KB236432

해　설

이환(李桓)

　아베 프레보는 《마농 레스코》와 더불어 불후(不朽)의 명성과 영예를 차지하게 됐지만 그외에도 수많은 작품을 후세에 남겼다. 앙리 아리스가 작성한 작품목록을 보면 무려 130권으로서 그 중 47권이 주로 영국 작품들의 번역이요, 6권이 개인적인 저서로 되어 있는데 대부분이 소설이라고 한다. 그러나 프레보의 이름이 프랑스 문학과 더불어 길이 빛나게 되며, 또한 대중성을 띠게 되는 것은 두말할 것도 없이 《마농 레스코》에 의해서이다. 그의 수많은 소설 가운데 이 《슈발리에 데 그류와 마농 레스코의 이야기》(이것이 원명이다)는 인간 정열의 깊은 진리와 단순하고 간결한 구성으로, 뛰어난 아름다움을 지니고 있다. 흔히 비평가들이 상상하는 바와 같이 이 이야기는 아베 프레보 자신의 불행한 사랑을 소설화한 것인지도 모른다. 어쨌든 프레보의 생애는 파란 많은 생애였거니와 특히 그의 청춘시절은 모험과 동요의 연속이었다.

　아베 프레보는 1697년 4월 1일 아르트와 지방의 에댕(Hesdin)이란 곳의 훌륭한 부르주아 가정에서 태어났다. 극히 평온하고 규율 곧은 가정에 있어 그는 전혀

기대치 않았던 예외의 생애를 걸어간 셈이다. 일찍이
모험의 세계에 이끌린 그는 제수이트 교단의 수도 생활
을 버리고 군인 생활에 투신했다. 그러나 1720년에는
다시금 종교 생활로 돌아와 베네딕트 교단에 들어갔다.
그곳에서 신학을 연구하고 고전을 가르쳤는데, 1726년
에는 사제(司祭)의 명을 받아 교법사로 큰 성공을 거뒀
다. 그때부터 은밀히 ≪어떤 귀족의 회고록≫을 저술하
기 시작했다. 1727년에 생 제르망 데 프레 승원에서
탈출한 것이 교단의 박해를 받게 되어 외국으로 망명하
였다. 7년에 걸친 영국, 폴란드에서의 망명 생활은 그
로 하여금 영국 문학과 접촉할 수 있는 기회를 주었거
니와, 그 동안 그는 7권에 달하는 ≪회고록≫을 완성했
고, 다시 8권의 ≪크롬웰의 謫子, 크리브렌드 씨의 이
야기≫를 저술하였으며, 비평과 문학의 주간잡지를 간
행하였다.

　1735년에 다시 베네딕트 교단으로 돌아간 그는 드
콩티 공작의 교법사가 되어 파리에 정착하였다. 물론
작가로서의 활동은 그치지 않아 새 소설의 저술과 영국
작품, 특히 리처드슨의 소설 번역에 힘을 기울였다. 말
년에 이르러서는 기독교를 위한 작품을 구상하였으나

실현을 보지 못한 채 숨을 거두었다.

　《마농 레스코》는 1731년 암스테르담에서 출간되었다. 이 소설은 앞서 말한 《어떤 귀족의 회고록》의 마지막 7권으로 구성된 것이지만 그 자체는 독립적인 것으로 볼 수 있다. 저자는 '독자에의 머리말' 가운데 이 두 작품 사이에는 아무런 필연적인 관련이 없다는 사실을 밝히고 있다.

　굳이 이 작품의 줄거리를 요약할 필요는 없을 것이다. 읽어보면 알겠거니와 지극히 단순한 내용의 이야기요, 또한 단순한 구성과 필치로 그려진 이야기이다. 나이 어린 두 젊은이―데 그류는 열 일곱, 마농은 열 다섯―가 어느 날 우연한 기회에 만난다. 아름답고 다정다감한 두 사람은 숙명과 같은 사랑의 열정에 사로잡힌다. 그러나 그들의 감정은 서로가 다른 것으로서 비극의 씨는 이 순간부터 싹트기 시작했다.

　데 그류를 인도하는 것은 사랑이고, 마농을 인도하는 것은 사치와 향락의 취미이다. 전 작품을 통해 우리는 오직 사랑에 이끌리는 데 그류와, 향락에 이끌리는 마농과의 비극적인 대조를 보게 될 것이다. 데 그류에게 이와 같은 마농의 허영을 만족시킬 만한 재물이 있는 동안 마농은 그와 더불어 즐거이 쾌락을 나누지만, 일단 데 그류의 돈이 마르게 되면 마농은 다른 곳으로 날아간다. 마농은 여러 차례 그를 버리며 속인다. 악의도 회한(悔恨)도 없이 스스로의 본능에 따라, 마치 본래의 직능을 수행하기나 하는 것처럼……. 데 그류는 한결같이 마농의 뒤를 따르며 물불을 가리지 않는다. 집을 버리고, 신학교에서 빠져나오고, 생 라자르 감옥을 탈출하고 살인까지도 감행한다. 마농 없이 살 수 없는 그요, 오직 하나의 욕망에 사로잡힌 그다. 즉, 마농을 소유하려는 욕망에…… 그리하여 그 목적을 위하여 수단 방법을 가리지 않는다. 도박. 협잡. 기만…… 이렇듯 그는 타락에서 타락으로—회한이 따르지 않는 것은 아니다—떨어지며, 마농은 불행에서 불행으로 떨어져, 마침내는 창녀들과 더불어 아메리카의 루이지애나로 유형가는 몸이 된다.

이 머나먼 하늘 아래 자그마한 오막살이에서 그들은 마침내 행복과 평화를 찾을 수 있으려니 기대한다. 그러나 운명은 다시금 데 그류로 하여금 마농을 탐내는 촌장의 조카와 결투케 하고, 마농과 더불어 사막으로

피신케 한다. 그곳에서 마농은 죽음을 맞게 되고 그들
의 오랜, 그리고 파란 많은 사랑의 역정도 끝난다.

　일반적으로 이 소설은 《마농 레스코》라고 불려진
다. 이 제목으로 출간된 일까지도 있었다. 이 외에도 《
마농 레스코와 슈발리에 데 그류의 이야기》라는 제목
으로 불려지기도 했는데, 결국 가장 정확한 것으로 확
정되기는 《슈발리에 데 그류와 마농 레스코의 이야기
》이다. 실상 두 주인공의 이름의 순서는 무시할 수 없
는 뜻을 가지고 있다. 그곳에는 저자의 의도가 암시되
어 있는 것으로, 마농보다는 데 그류의 이야기에 중점
을 둔 것이라 할 수 있다.
　그러나 마농이라는 인물은 수많은 해설자들의 관심의
초점이 되어 왔다. '놀라운 스핑크스'라고 위세는 말하
였고, 한편 셍트 뵈브는 '이해할 수 없는 여인'이라고 말
했다. 오늘날에 있어서도 앙드레 데리브와 같은 비평가
는 '헤아릴 수 없는 여인'이라고 말하고, 이는 프레보에
의해서 문학 안에 형상화된 이른바 '베이비 우먼
(petite femme)'의 전형일 것이라고 주장하고 있다.
흔히 말하는 방탕과는 성격이 다른 어린 마음의 경박

함, 논리와 모랄의 일반적인 법칙에서 벗어나는 아기자
기한 들뜬 행동, 그러기에 그의 미를 찬양하고 깊은 관
심을 기울이는 사람들은 그의 불행에 동정을 아끼지 않
을 뿐만 아니라 이따금 그의 순결을 변호하기까지도 한
다.

그러나 데 그류의 애인으로서 그녀는 진정 그를 사랑
했던 것일까? 최초의 흐뭇한 사랑이 파경에 이른 후,
시련과 역경의 고달픔 속에서 진정 사랑하였다고 단정
할 수 있을까? 이것은 독자들이 판단할 문제이다. 그러
나 그가 영원한 사랑을 받아 왔다는 것, 이 사실만은
누구도 부정할 수 없을 것이다. 그러기에 마농의 인물
이 문학에 있어 아무리 새로운 전형이라 할지라도 그를
오직 데 그류의 정열의 대상으로만 보는 것은 정당한
일이며, 이 작품의 참다운 드라마와 가치는 데 그류의
정열의 비극에 있다고 할 것이다.

그는 사랑의 화신이다. 처음으로 마농을 본 순간부터
루이지애나의 모래 속에 그녀를 묻는 최후의 순간까지
그의 사랑에는 변함이 없다. 이따금 스스로의 사랑에
수치를 느끼기는 하지만 끝내 부인하지는 않는다. 이를
테면 마술에 걸렸다고나 할까, 숙명적이고 신비로운 사

랑의 제물로 바쳐진다. 매혹에 넘치는 부화(浮華)한 마농 앞에 순수하고 마음 약한 열정의 데 그류는 마치 어린 손에 쥐어진 장난감이나 다름없다. 잊어버리려 할 때 다시 사로잡으며, 사로잡힌 순간 그의 양심의 호소는 다시 짓밟히게 되어 끝내는 살인과 파렴치한 행동으로 몰아 세워진다. 그렇다고 데 그류의 명석한 의식이 마비된 것은 아니요, 스스로 현혹에 빠진 것을 명백히 알고 있다. "이치에 합당하게 행동하는 것이 나의 의무이다. 그러나 내 뜻대로 행동할 수 있는 일일까?" 이렇게 말하는 데 그류는 실상 오레스트나 페드르와 같은 라신(Racine)적인 비극을 소설 안에 재현하고 있다.

　뿐만 아니라 《마농 레스코》와 더불어 프레보는 새로운 관념을 제시하고 있다. 데 그류는 대담하게도 사랑의 정열로써 온갖 과오를 변명한다. 사랑은 온갖 것을 정당화하며 죽음까지도 극복케 한다. 절망 속에 죽음을 바라볼 따름인 데 그류로 하여금 힘과 용기를 북돋게 하는 사랑의 변증(辨證)은 작품 중에 가장 아름다운 페이지를 이루고 있다. 프레보는 자기의 작품을 가리켜 '전체가 도덕론'이라고 하였지만, 우리가 보기에는 오히려 변증론인 것 같은 인상이다. '사랑은 설사 속이

는 일이 있다 할지라도 적어도 기쁨과 만족을 약속한
다. 그러나 종교는 서글프고 고달픈 고행을 약속할 따
름이다.' 이렇듯 대담한 언사를 꺼리지 않는 그는 종교
의 울타리를 부수며 동시에 가정과 도덕과 사회의 규범
을 전복시키는 것이다. 데 그류는 운명의 저주에 도전
하나, 마침내는 자기의 반항의 희생이 된다. 르네 나에
르나 그보다 앞선 누벨 엘로즈의 생 푸루 등을 상기하
는 비련의 주인공 데 그류와 더불어 프레보는 멀리서
낭만주의적인 영감(靈感)의 설레임을 전하고 있다.

  18세기의 리얼한 사회적인 풍조를 배경으로 한 이
정열의 비극은 진실의 깊이와 심리적인 분석의 묘미와
구성과 스틸의 단순함으로 능히 프랑스 소설의 고전으
로 인정되어 온 것이다.

마농 레스코

〈어떤 귀족의 회고록〉 저자의 머리말

나의 〈회고록〉 가운데 슈발리에 데 그류의 사랑의 모험을 구태여 엮어 넣지 못할 바는 아니지만, 서로 이렇다 할 관련이 없으니만큼 독자로서는 각각 분리되어 취급되는 편을 차라리 좋아할 것이 아닌가, 생각되었습니다. 이토록 긴 얘기는 나 자신의 얘기 줄거리를 한없이 중단시켰을 터이기에 말입니다. 비록 훌륭한 작가로서의 소양을 자부할 처지는 못 됩니다만, 그렇다고 한 얘기가 따분하고 거추장스러울 뿐인 주변의 사건들로부터 벗어나야 한다는 것쯤을 모르는 나는 아닙니다. 그것이 곧 오라스의 교훈이겠지요.

응당 할 말을 먼저 하고.

하기야 이토록 단순한 진리를 증명하는 데 굳이 권위 있는 이름을 빌릴 필요도 없습니다. 바로 양식(良識)이야말로 이 규칙의 근원이니까요.

여기 독자께서도 나의 생애의 회고록 가운데 무엇인가 즐겁고 흥미로운 것을 발견하시겠지만, 이 속편에서도 그에 못지않은 만족을 얻으시리라는 것을 나는 감히 약속하는 바입니다.

독자 여러분께서는 데 그류 씨의 행동 가운데 정열이

가지는 위력의 한 끔찍한 예를 보실 것입니다. 맹목적
인 한 젊은이—행복을 거부하며 끝내 불운 속에 스스로
뛰어들어가는 장님을 나는 그려 갈 것입니다. 가장 빛
나는 천성으로 온갖 천품을 누리고 있음에도 불구하고,
운명과 자연의 모든 축복보다는 차라리 보잘것없는 방
랑생활을 택하며, 불행을 예감하면서도 굳이 피하려 하
지 않거니와 그 안에 사로잡혀 신음할 때에도 이 불행
한 운명을 청산할 수 있도록 제공되는 구조책을 받아들
이지 않는—요컨대 하나의 우유부단한 성격, 덕과 악의
뒤엉킴, 그리고 선한 감정과 악한 행동과의 끊임없는
대조를 그리려는 것입니다.

　이것이 바로 앞으로 보여 드리려는 그림의 배경이지
요. 양식을 가진 사람이라면 이런 성격의 작품을 결코
무용한 것으로 보지는 않을 것입니다. 흐뭇한 독서의
즐거움뿐만 아니라, 그 안에서 생의 교훈에 이바지할
수많은 사건들을 발견할 것입니다만, 나는 즐거움과 더
불어 교훈을 준다는 것은 대중에 대한 적지 않은 봉사
라고 생각하고 있습니다.

　도덕의 여러 규율을 깊이 생각해 보노라면 우리는 그
것이 존중됨과 동시에 소홀히 됨을 보고 놀라지 않을
수 없게 마련입니다. 그리하여 선과 완성에의 뜻을 높
이 받들면서도 행동에 있어서는 어느덧 저버리곤 하는
인간 심정의 수수께끼의 원인을 자문하게 됩니다.

　만약에 다소간 재치 있고 품위 있는 사람이 서로의
대화나 고독한 명상의 가장 보편적인 주제가 무엇인가

를 살펴본다면, 그것은 거의 어느 때나 도덕적인 문제
로 향한다는 사실을 쉽게 발견할 것입니다. 그들의 생
애에 있어 가장 감동 깊은 순간은 혼자서 또는 벗과 더
불어 덕의 아름다움과 우정의 흐뭇함, 행복에 이르는
방도와 행복에서 우리를 멀리하는 천성의 약점, 그리고
이 약점을 씻어 주는 구제(救濟) 등에 대해서 흉금을
털어 놓고 이야기를 주고 받는 순간이 아닐 수 없습니
다. 오라스와 브왈로는 이와 같은 대화를 복된 생의 이
마주를 구성하는 가장 아름다운 요소의 하나로 지적하
고 있습니다. 그렇다면 어찌하여 이 드높은 상념의 세
계에서 그처럼 허망하게 굴러 떨어지며, 인간 범속의
위치로 돌아가는 것일까요?

  여기 내가 제시하고자 하는 이유가 우리의 생각과 행
동 사이의 이러한 모순을 능히 설명하지 못한다면 나는
실패한 것이 될 것입니다.

  모든 도덕의 규율은 막연하고 일반적인 원칙 외의 아
무것도 아니니만큼 행동과 생활의 세부에 이르러 그때
그때 적용한다는 것은 극히 어려운 일이기 때문이지요.
한 예를 들어 설명해 보겠습니다. 착한 마음이라면 사
랑과 인간애를 아름다운 덕으로 느낄 것이요, 필연 실
천에 옮기고 싶은 충동에 사로잡힐 것입니다.

  그러나 실행할 단계에 이르러서는 그들은 흔히 머뭇
거리게 됩니다. 과연 지금이 그 기회일까? 어느 정도가
합당한 것이며, 혹시 대상을 잘못 택한 것은 아닐까?
헤아릴 수 없는 의문이 가로막지요. 자선을 베풀고 관

대하게 대하려고 원하지만, 속임을 당하는 것은 아닐
까, 혹은 지나치게 다정하고 동정적인 나머지 비굴하게
보이는 것은 아닐까 두려워하기도 합니다.

한 마디로 요약한다면 의무를 지나친 것은 아닐까,
또는 불충분한 것은 아닐까, 하는 두려움입니다. 그 의
무라는 것은 대개 인간애이며 사랑이라고 하는 일반적
인 관념 속에 무척 막연하게 표시되어 있을 따름이지
요.

이와 같은 불투명 가운데서 인간 심정의 경향을 합당
하게 결정지을 수 있는 것이 있다면 그것은 오직 경험
이나 실례 뿐입니다. 그런데 경험은 누구나가 제멋대로
가질 수 있는 그런 편의한 것은 못 됩니다. 우연히 그
안에 자리잡게 된 각기 다른 상황에 따라 결정되는 것
입니다. 그러기에 덕을 행하는 데 있어, 많은 사람들에
게 어떤 규범이 될 수 있는 것으로는 실례가 남아 있을
따름이겠지요.

다음의 얘기와 같은 작품들이 큰 도움을 제공할 수
있는 것은 바로 이런 부류의 독자를 위해서이며, 적어
도 그 작품들이 명예와 양식을 지닌 사람에 의해 씌어
졌을 때에는 그렇다는 말입니다. 그 안에 기록되는 하
나하나의 사실은 빛이요, 경험을 대신하는 교훈입니다.
하나하나의 모험은 스스로를 비추어 다스릴 거울이나
다름없습니다. 각자 처해 있는 환경에 적응시키는 것만
이 문제입니다. 말하자면 작품 전체가 유쾌히도 행동에
옮겨진 도덕의 하나의 개론이라고나 할까요.

　이 나이에 운명과 사랑의 모험을 쓰기 위하여 다시금 붓을 드는 것을 보고 불쾌하게 여길 근엄한 독자도 있으시겠지요. 그러나 위와 같은 나의 고찰이 근거 있는 것이라면, 내 기도는 정당화되는 것이요, 만일 그릇된 것이라면 나의 과오가 곧 변명이 될 것입니다.

제 1 부

 내가 처음으로 슈발리에 데 그류를 만났던 시절로 우
선 독자를 안내하는 수밖에 없습니다. 그때로 말하면
내가 스페인으로 떠나기 약 여섯 달 전의 일이었습니
다. 외떨어진 생활에서 밖에 나가는 일이라곤 극히 드
문 나였지만, 딸에 대한 안타까운 사랑으로 인해 이따
금 나는 짧은 여행을—그것도 되도록 단축시키기에 힘
썼습니다만—하지 않을 수 없었습니다.
 어느 날 루앙에서 돌아오는 길이었지요. 그곳에 간
것은 전에 외조부 편에서 내려오는 몇몇 토지에 대한
권리를 딸에게 물려준 바 있었는데, 그 상속에 관한 어
떤 사건의 소송 수속을 노르만디 법정에 가서 해달라는
딸의 부탁이 있었기 때문입니다. 첫날 밤을 에브루에서
지내고 다시 길을 떠나 이튿날 오륙십 리 떨어진 파시
에 도착하여 점심을 먹기로 했습니다. 이 마을에 들어
서면서 온 마을 사람들의 뒤숭숭한 모습을 보고 적이
놀랐습니다. 그들은 모두 집에서 뛰쳐나와 떼를 지어
어떤 허술한 주막집 앞으로 몰려가는 것이었는데, 그곳
에는 포장 덮인 두 대의 마차가 보였습니다. 아직도 수
레에 매인 채 피로와 더위로 온몸에서 김을 내뿜고 있

는 말들을 보니, 막 도착한 모양이었습니다. 도대체 무슨 영문으로 이 야단법석인가 궁금하여 나는 잠시 말을 세웠습니다. 그러나 호기심에 찬 군중들로부터 나는 별 신통한 까닭을 알아내지 못했습니다. 그들은 내 물음에는 아랑곳도 없다는 듯이 밀치락달치락 주막집을 향해 몰려나갈 뿐이었습니다. 그러자 마침 탄약대를 몸에 걸치고 어깨엔 총을 멘 한 호송병이 문 앞에 나타나기에, 나는 손짓으로 그를 불렀습니다. 나는 그에게 이 소동이 어찌된 영문이냐고 물어 보았습니다.

"별다른 일이 아닙니다, 나리." 하고 그는 대답하는 것이었습니다. "우린 열두엇 가량의 창녀를 드 아브르 드 그라스까지 호송해 가지고, 아메리카로 배를 태워 보내는 겁니다. 그 중에는 제법 반반한 계집들도 있는데, 아마 그래서 이 시골뜨기들이 야단법석이겠죠."

만약 그때 한 노파의 아우성 소리에 발길을 멈추지만 않았던들, 나는 이 설명에 만족하고 선선히 그 자리를 떠나갔을 겁니다. 두 손을 움켜잡고는 주막집에서 뛰쳐나온 노파는, 이런 무지막지한 일이 어디 있으며, 끔찍하고도 가엾은 노릇이라고 마구 호통하지 않겠어요.

"무슨 일인가요?" 하고 나는 노파에게 물어 봤습니다.

"아아! 나리, 들어가 보세요. 이렇게 원통한 일이 어디 있겠어요!"

호기심에 이끌린 나는 말에서 내려 마부에게 말을 맡겨 놓고, 군중을 헤치며 간신히 들어갔습니다. 과연 애처로운 광경을 목격하였습니다. 문제의 창녀 열둘은 여

섯씩 나뉘어 쇠사슬로 허리통이 묶여 있었습니다. 그
중 한 여인은 모습이나 품위로 보아 도저히 그런 처지
에 어울리지 않으리만큼 고상하였는데, 경우만 달랐던
들 나는 상류사회의 숙녀로 보았을지도 모릅니다. 그의
슬픔이나 더러운 옷차림에도 불구하고 추함이 없는 그
의 모습은 내 마음속에 경의와 측은한 느낌을 불러일으
키는 것이었습니다. 그러나 그는 관중들의 시선을 피하
기 위하여 쇠사슬이 늦추어지는 한, 몸을 저쪽으로 돌
리려 애쓰고 있었습니다. 외면하려는 그의 노력은 극히
자연스러운 것으로 수치의 마음에서 우러나오는 듯 보
였습니다. 이 가엾은 일행을 감시하고 있는 여섯 명의
호송병이 한방에 있었기 때문에, 나는 호위대장을 따로
불러내어, 이 아름다운 여자의 신상에 대하여 몇 마디
물어 보았습니다. 그는 퍽 간단한 설명을 들려 줄 따름
이었습니다.

　"우리는 경시총감의 명령을 받아 그 여자를 감화원으
로부터 데려왔지요. 좋은 일을 한 것으로 그곳에 갇혔
을 리는 만무할 테죠. 그래서 도중에 몇 차례 물어 보
곤 했지만 통 대꾸를 해야지요. 뭐, 딴 계집들보다 잘
보살펴 주라는 명령을 받은 것은 아닌데 그 여자에 대
해서는 각별히 돌보지 않을 수 없었지요. 딴 것들에 비
할 바가 아니었으니까요. 저기 한 젊은이가 있습지요?"
하고 그는 다시 말을 이었습니다. "저이라면 그 여인의
불행의 원인에 대해서 저보다 더 잘 밝혀 드릴 겁니다.
파리에서부터 따라온 사낸데 줄곧 눈물이 마를 새가 없

었으니까요. 오빠거나 그렇지 않으면 정부일 테죠."

나는 젊은 사나이가 자리잡고 앉은 방 한구석으로 돌아섰습니다. 그는 깊은 명상에 잠겨 있는 듯 보였고 그처럼 생생한 고통의 형상을 나는 본 일이 없었습니다. 옷차림은 몹시 단출하였지만 첫눈에 가문도 훌륭하고 교양도 높은 사람임을 알 수 있었지요. 나는 그에게 가까이 다가섰습니다. 그는 몸을 일으켰습니다. 그의 눈과 얼굴과 온갖 움직임 가운데 어찌나 고귀하고 섬세한 품위가 엿보였던지 나는 자연 그에게 호감을 가졌던 것입니다.

"폐가 될까 두렵습니다." 하고 나는 그의 곁에 앉으면서 말을 걸었습니다. "저 아름다운 여인에 대해서 좀 물어 봐도 좋을까요?—저런 처량한 운명을 맛보아야 할 사람 같지는 않으니 말입니다."

젊은이는 꾸밈없이 대답하기를, 자기 자신을 밝히지 않고서는 그 여자가 누구인가를 설명할 수 없는데, 부득이한 사정으로 자기 신분은 나타내지 못하겠노라는 것이었습니다. "그렇지만……." 하고 그는 호위를 가리키면서 말을 이었습니다. "저자들도 내가 얼마나 열정적으로 그이를 사랑하고 있는가를, 그리고 그 정열로 말미암아 내가 이 세상에서 가장 불행한 자가 되고 말았다는 것은 잘 알고 있으니, 그 정도는 말씀드릴 수 있습니다. 파리에서 저는 그의 석방을 위하여 갖은 수단은 다 해봤습니다. 청원도 책략도 폭력도 모두 헛일이었습니다. 그래, 이 세상 끝까지라도 그를 따라가겠

노라 결심했지요. 같이 배를 타고 아메리카로 건너가겠
어요. 하지만 끝내 무정하기 짝이 없는 일은." 하고 호
송병들을 가리키며 말을 계속했습니다. "저 비굴한 녀
석들이 그이에게 가까이 가는 것조차도 허락하지 않는
일입니다. 당초 나는 파리에서 몇십 리 떨어진 곳에서
저놈들을 해치울 계획이었지요. 그래 적지 않은 돈으로
날 도울 네 사람을 샀던 것인데, 놈들이 날 배반하고
돈만 먹은 채 뺑소니치고 말았지요. 폭력으로 성공할
도리가 없게 되니 항복할 수밖에요. 하는 수 없어, 충분
한 보상을 줄 테니 따라가는 것만이라도 허락하라고 호
위병들에게 요청했습니다. 돈이 탐난 놈들은 결국 응낙
했지요. 그런데 사랑하는 그에게 한마디 말을 건넬 때
마다 놈들은 돈을 내라고 하지 않겠어요. 얼마 안 가서
돈이 털리고 말았지요. 한 푼 남지 않은 지금에 와서는
내가 한 발짝이라도 다가서면 몰인정하게도 날 떼밀곤
한답니다. 방금도 놈들의 위협을 무릅쓰고 가까이 다가
섰더니 총끝을 겨누기까지 하는 무례한 놈들이에요. 그
러니 이제는 별도리없이 여태까지 타고 온 변변치 않은
말이라도 팔아, 놈들의 욕심을 채워 주고 걸어서라도
따르지 않으면 안 되게 되었습니다."

  퍽 침착하게 시종 전말을 얘기하는 듯 보였지만, 젊
은이는 말을 마치자 흐르는 눈물을 걷잡지 못하는 것이
었습니다. 나에게는 이 사랑의 이야기가 다시없이 감명
깊고도 서글픈 것으로 생각되었습니다.

  "당신의 비밀을 굳이 밝혀 달라는 것은 아닙니다." 하

고 나는 그에게 말했습니다. "그러나 무슨 힘이라도 될 수 있다면 즐거이 도와드리겠습니다."

"아아! 이 나에게 무슨 희망의 빛이 있다는 말씀이신 가요? 가혹한 운명에 복종할 수밖엔 없습니다. 아메리카로 건너가렵니다. 그곳에서라면 사랑하는 이와 자유로이 될 수 있으니까요. 친구에게 편지를 썼으니, 르 아브르 드 그라스에서 좀 도움을 받을 수 있을 겁니다. 거기까지 가는 것과 그리고……."—그는 처량하게 애인을 바라보면서 말했습니다. "가엾은 저이에게 도중 위안을 주지 못하는 것만이 답답한 일이지요."

"그렇다면 내가 그 고통을 덜어 드리지요. 여기 얼마 안 되는 돈이나마 받아 주십시오. 이런 도움밖엔 드릴 수 없으니 유감입니다."

나는 호송병들의 눈을 피해 금화 4루이를 그에게 주었습니다. 그들이 이 돈을 알게 되면 더 비싸게 흥정할 테니까요. 나는 또한 젊은이로 하여금 르 아브르까지 줄곧 애인과 얘기할 수 있도록, 호송병들과 약조를 맺어 볼 생각이 났습니다. 그래, 대장에게 가까이 오라는 손짓을 하고 제안을 했습니다. 뻔뻔스러운 녀석이었지만 조금은 창피한 모양이었지요.

"우리가……." 하고 난처한 듯이 대답하는 것이었습니다. "저 여자에게 얘기하는 것을 거절하는 것은 아닙니다. 하지만 늘 곁에만 있으려고 하니까요. 그래 우리로서는 지장이 많지요. 그만큼 지장을 일으키고 있으니까 값을 치르는 것이 마땅치 않겠어요."

"어디, 그 지장을 느끼지 않도록 하려면, 얼마면 되겠
소?"

그는 대담하게도 2루이를 요구했습니다. 나는 당장에
그 돈을 지불했지요.

"하지만 조심하시오. 흐릿한 수작은 하지 않는 게 좋
을 거요. 이 젊은이에게 무슨 일이 있거든 통지하도록
내 주소를 주고 갈 테니까요. 당신들을 욕보일 수단쯤
은 내게도 있으니, 그 점을 잊지 마시오."

나는 금화 6루이를 소비하였습니다. 그러나 생전 처
음 만난 이 젊은이가 표시한 극진한 감사와 감격은, 그
가 결코 하찮은 사람이 아니요, 내가 은혜를 베풀어 합
당하다는 것을 확신케 하는 것이었습니다. 나는 그곳에
서 나오기 전에 여인에게 몇 마디 건넸습니다. 그의 대
답이 어찌나 상냥하고 사랑스러웠던지, 방을 나오는 나
는 여인들의 헤아릴 나위 없는 성격에 대하여 깊은 명
상에 잠기지 않을 수 없었습니다.

고독한 생활로 다시 돌아온 나는, 그후의 소식에 관
해서는 전연 알 도리가 없었습니다. 어느덧 2년이란 세
월이 흘러, 그 일은 까마득하게 잊어버리고 있었을 때,
우연은 다시금 그 경위를 남김없이 알 수 있는 기회를
내게 마련해 주었습니다.

나는 런던에서 카레에 제자드……후작과 함께 도착한
길이었습니다. 우리는 리온 도르에 머물렀던 것으로 기
억되는데, 그럴 이유가 있어 그날 하루와 밤을 거기서
묵지 않으면 안 되었습니다. 오후 거리를 거닐다가 틀

림없이 파시에서 만난 일이 있는 그 젊은이를 발견한
것입니다. 그는 몹시 허술한 옷차림으로 처음 만났을
때보다 한결 파리해 보였습니다. 이제 막 마을에 도착
한 듯한 그는 한 손에 묵은 여행가방을 들고 있었습니
다. 그러나 그 예쁘장한 용모로 해서 나는 금세 그를
알아보았던 것입니다.

"저 젊은이를 만나봐야겠소." 하고 나는 후작을 돌아
보며 말했습니다.

젊은이도 또한 나를 알아보곤 어쩔 줄 모르고 기뻐하
는 것이었습니다.

"아아!" 그는 내 손에 입을 갖다 대면서 외쳤습니다.
"다시 한 번 저의 변함없는 감사를 표할 수 있게 되었습
니다."

어디서 오는 길이냐고 나는 물었습니다. 그는 얼마
전에 아메리카에서 르 아브르 드 그라스에 도착하여 오
늘 배로 이곳에 왔다고 대답하였습니다.

"돈이 딸리는 것같이 보이는군요. 내가 숙박하고 있
는 리옹 도르에 가 계세요. 곧 돌아갈 테니까요."

나는 지체없이 돌아갔습니다. 그의 불행의 시종과 아
메리카 여행의 전말을 알고 싶은 생각에 초조하기 한없
었지요. 나는 그에게 여러 가지 마음을 써주고, 주인에
게도 불편이 없도록 보살펴 달라고 부탁했습니다. 내가
재촉하는 것을 기다리기도 전에 그는 지내 온 얘기를
하기 시작했습니다.

"그처럼 정중하게 저를 대해 주시는 분에게 무엇이고

숨겨 둔다면 참 비열한 배은(背恩)이 아니겠습니까. 저
의 불행이나 고통뿐만이 아니라 저의 타락, 가장 수치
스러운 결점까지도 말씀드리렵니다. 저를 비난하시면서
도 한편으로는 가엽게 생각해 주실 겝니다."

  여기에서 독자에게 알려 드릴 것은, 내가 그의 얘기
를 옮겨 쓴 것은 그것을 들은 직후의 일이요, 따라서
이 얘기보다 더 정확하고 충실한 것은 없다는 사실입니
다. 충실하다는 것은 젊은 사랑의 모험가가 그지없이
우아하게도 설명한 여러 감정과 회상의 구절구절에 이
르기까지 그렇다는 말입니다. 그러니 여기 그의 얘기를
읽어 주시기 바랍니다. 끝까지 그 자신의 말이 아닌 것
은 한 마디도 섞지 않을 터입니다.

  나이 열일곱에 내가 아미앙에서 철학공부(譯註＝고등
학교 최고학급)를 마칠 무렵이었다. P…가(家)의 가장
훌륭한 집안에 속한 부모는 그곳으로 나를 유학 보냈
고, 하도 온순하고 얌전한 생활을 보낸 나머지 선생님
들은 나를 학교의 모범생으로 추천해 줄 정도였다. 그
렇다고 이 영예를 받기 위해서 남다른 노력을 했던 것
이 아니라, 원래가 유하고 고요한 성격이었을 뿐이었
다. 공부에 열중한 것도 좋아서 한 일이요, 악덕에 대한
자연스런 혐오의 표시를 사람들은 미덕으로 간주했던
것이었다. 훌륭한 가문과 우수한 학업과 깨끗한 외모
등으로 나는 마을의 모든 지체 있는 사람들의 아는 바
가 되었거니와 존경을 받기도 했다. 언젠가 나는 공개

발표회를 만장의 갈채를 받으며 끝마쳤는데, 자리를 같이 했던 사교(司敎)는 성직자가 되지 않겠느냐고 권하면서 양친의 소원인 말트 기사단에 들어가느니보다 그편이 훨씬 출세가 빠를 것이라고 말하는 것이었다. 양친은 벌써 내게 십자장(十字章)을 달게 하고, 슈발리에데 그류라는 이름으로 나를 부르고 있었다.

방학이 되어 집으로 돌아갈 준비에 바빴는데, 아버지는 나를 아카데미에 보내 주겠다고 약속하셨다. 아미앙을 떠남에 있어 단 한 가지 유감스러운 것은, 그토록 정다웠던 한 사람의 친구를 남겨 두는 일이었다. 그는 나보다 두 살 위였다. 우리는 같이 공부하여 왔지만, 집안 살림이 말할 수 없이 가난했던 그는 승직(僧職)을 택한 후 그대로 아미앙에 머물러 성직자로서의 공부를 하지 않으면 안 되었다. 그는 수많은 좋은 성품을 갖추고 있었다. 앞으로 내 얘기가 진전되는 데 따라 그의 그지없는 미덕을 알게 되겠거니와, 특히 우정에 있어서의 열성과 관용은 가장 이름 높은 옛 성현들도 그에 당할 바가 아닐 것이다. 당시 그의 충고를 따르기만 했던들 나는 변함없이 어질고 행복했을 것이 아니냐. 나의 열정이 몰아넣은 운명의 낭떠러지에서 그의 질책을 귀담아 들었던들, 행운과 명성의 파국에서 그래도 무엇인가 건져낼 수 있었으련만……그러나 그의 온갖 정성은 헛되이 돌아갔을 뿐만 아니라, 이 배은망덕한 놈은 때로는 화를 내고 성가신 걱정이라 물리치기만 했으니, 그는 오직 슬픔만을 맛보았던 것이다.

아미앙을 떠나는 날은 벌써 예정되어 있었다. 아아!
어찌하여 하루라도 더 당기지 않았던가! 그랬다면 순진
한 그대로 아버지께 돌아갔으련만…… 내일이면 이 고
장을 떠나기로 한 바로 전날이었다. 티벨쥬라고 불리는
나의 친구와 길을 거닐고 있노라니, 아라에서 역마차가
도착하는 것이었다. 우리는 손님들이 내리는 주막집에
까지 따라가 보았다. 단순한 호기심 외에는 아무런 동
기도 없었다. 마차에서 내린 몇몇 부인들은 이내 들어
가고 말았으나, 오직 한 사람의 젊은 여인이 뒤에 처져
옆뜰에 홀로 머물러 있었는데, 그의 수행인인 듯싶은
나이 지긋한 사나이는 짐을 내리기에 골몰하고 있었다.
그런데 그 여인은 어찌나 아름다웠던지 그만 나는—일
찍이 이성이란 존재를 생각해 본 일도 없었거니와 어느
여자에게 한눈을 판 일조차도 없었던 이 나, 분별과 조
심성으로 세인의 칭찬을 받곤 하던 이 나는 단숨에 열
광하리만큼 흥분하고 만 것이다. 지나치게 겁이 많고
이내 당황하는 결점이 있음에도 불구하고 나는 조금도
망설이지 않고 첫눈에 가슴을 태우게 한 여인 앞으로
나아갔다. 나보다 그는 어려 보였지만 낭패한 빛도 없
이 인사를 받는 것이었다. 나는 무슨 일로 아미양에 오
게 되었는지, 그리고 이 고장에 친지라도 있는지를 물
어 보았다. 그는 다소곳이 대답하기를 수녀가 되려고
부모 슬하를 떠나왔노라는 것이었다. 이와 같은 그의
계획은 내 꿈에 대한 치명적인 타격으로만 느껴졌으니,
그만큼 사랑은 내 가슴에 깃들이자마자 앞을 밝혀 보여

주었던 것이다. 나는 이러한 감정을 알아들을 수 있도
록 그녀에게 암시를 주었는데, 실상 그는 나보다 경험
이 풍부했던 것이다. 지금 생각해 보면, 그를 수도원에
보내려던 것도 싫다는 것을 우겨서 한 일이요, 벌써 싹
트기 시작한 향락에의 경향을 가로막기 위함이었음이
분명하다. 이 향락에 끌리기 쉬운 경향이야말로 앞으로
그와 나의 불행을 가져오는 원인이었던 것이다. 그러나
나는 불꽃같이 타오르는 사랑과 스콜라풍(風)의 웅변이
깨우쳐 주는 온갖 이유를 들며 부모의 잔인한 의도를
맹렬히 비난했다. 그는 쌀쌀한 기색도 경멸의 빛도 보
이지 않았다. 한동안 잠자코 있더니 이윽고 말하기를,
자기는 장차 불행하게 되리라는 것을 잘 알고 있으며,
이렇듯 아무런 피할 길도 마련하여 주지 않는 것을 보
면 분명히 하늘의 섭리라는 것이었다.

　여인의 정다운 눈초리, 이렇듯 말하며 슬픔에 겨운
사랑스런 모습—아니 그보다도 나를 파멸로 이끌어 가
려는 운명의 힘이 나를 휘몰아 주저없이 대담케 하는
것이었다. 나는 단언하기를, 만약 나의 명예와 이미 가
슴속에 불어넣은 무한한 사랑을 믿어만 준다면, 부모의
강압에서 구출하여 행복하게 해주기 위해 목숨을 바칠
터이라고 하였다. 지금도 이때를 회상하노라면 그 대담
과 웅변이 어디서 온 것인지 스스로 놀라지 않을 수 없
다. 그러나 사랑이란 신비로운 것, 때때로 놀라운 기적
을 나타낸다. 나는 우선 서둘러 취할 처치에 대해서 여
러 가지로 일러 주었다. 처음 보는 이 아름다운 처녀는

내 나이에 속임수를 쓸 리야 없겠지 하고 생각했던 모
양이었다. 그리하여 만약 자기를 자유의 몸으로 돌려
줄 희망이 조금이라도 보인다면, 목숨보다도 소중한 은
혜로 알고 감사해 마지 않겠노라는 것이었다. 나는 어
떠한 일이라도 할 용의가 있다고 거듭 맹세하였으나,
당장에 어떤 수단을 생각해 내기에는 너무나도 경험이
없었던 나요, 결국 그이에게나 나에게나 별 신통한 도
움이 될 리 없는 막연한 언약 같은 것에 의지할 따름이
었다.

　이러는 중에 늙은 하인 아르규가 돌아왔는데, 만약에
눈치도 없이 어리둥절하고만 있던 나를 그가 재치 있게
꾸며대지 않았던들 내 희망은 영영 수포로 돌아갈 뻔했
을 것이다. 하인이 곁으로 가까이 오자 그는 갑자기 나
를 사촌 오빠라고 부르면서, 반갑게도 아미양에서 만나
뵙게 되었으니 수도원에 들어가는 것은 내일로 미루고
저녁이나 같이하자고, 조금도 낭패한 기색 없이 말하는
것이었다. 나는 놀라지 않을 수 없었다. 그러나 이내 눈
치챈 나는 장단을 맞추며, 오랫동안 부친의 마부로 있
던 자가 여기서 여관을 경영하고 있는데 내 일이라면
성의껏 돌보아 줄 것인즉 거기서 묵으라고 권하였다.
나는 몸소 그를 안내했는데, 늙은 하인은 다소 언짢은
기색이었고 친구 티벨쥬는 무슨 영문인지 몰라 잠자코
따라올 뿐이었다. 그는 우리들의 대화를 조금도 듣지
않았던 것이다. 내가 이 어여쁜 여인과 사랑을 속삭이
고 있는 동안 그는 앞뜰을 거닐고 있었기 때문이다. 그

러나 그의 어진 마음이 두려운 터였으므로 무슨 용무를
부탁하여 그를 따돌리고 말았고, 이리하여 여관에 들어
가서 나는 내 가슴을 사로잡은 사랑하는 여인과 단둘이
말을 주고받는 기쁨을 가졌던 것이다.

그러던 중 나는 생각했던 것보다 나 자신이 애송이가
아니라는 것을 이내 깨달았다. 일찍이 꿈에도 못 본 수
많은 사랑의 감정에 내 가슴은 활짝 열렸고, 어떤 흐뭇
한 열이 전신의 혈관으로 퍼졌다. 나는 일종의 열광 속
에 사로잡혀, 한동안은 말을 잃은 채 눈으로 뜻을 표현
할 따름이었다. 마농 레스코 양은(이것이 바로 그의 이
름이었다) 자기의 매력이 이렇듯 효과를 나타내는 것을
보고 자못 만족하는 것 같았다. 그러나 나에 못지않게
깊은 감동을 받은 모양으로, 나를 그립게 여기거니와
내 덕택으로 자유의 몸이 되어 기쁘기 한없다고 고백하
는 것이었다. 그는 내 신분을 알고 싶어했다. 그래 그것
을 알게 된 후로는 한결 애정이 두터워졌는데, 평민 출
신이었던 그는 나와 같은 훌륭한 가문 출신인 애인을
정복하게 되어 자못 자랑스러웠던 것이 아닌가 한다.
우리는 어떻게 하면 함께 살 수 있을까 하고 궁리를 하
였다. 생각에 생각을 거듭하던 끝에 도망치는 일 외에
는 별도리가 없다는 것을 알았다. 그러기 위해서는 하
인의 감시를 속여야만 되었는데, 비록 하인에 불과했지
만 적당히 경계해야 할 인물이었다. 결국 우리들의 계
획인즉, 밤 사이에 내가 역마차 한 대를 준비해 두었다
가 그자가 깨어나기 전 새벽녘에 주막집으로 되돌아와,

둘이서 몰래 도망쳐 나와 곧장 파리로 달려가서, 도착하는 대로 결혼하자는 줄거리였다. 나에게는 푼푼이 모아 둔 용돈이 오십 에퀴쯤 있었고, 그에게는 약 배 가량의 소지금이 있었다. 경험없는 아이들처럼 우리는 이 돈이 영영 없어지지 않을 것같이 생각했으며, 다른 여러 가지 계획의 성공에 대해서도 자신만만했던 것이다.

일찍이 맛보지 못한 만족한 마음으로 저녁을 먹고 난 다음 나는 계획에 착수하려고 자리에서 일어섰다. 이튿날 집으로 돌아갈 예정으로 이미 차비가 끝나 있었으니만큼 준비는 지극히 간단했다. 그리하여 짐을 실어 보내는 일이나, 마을의 성문이 열릴 시각인 새벽 다섯시에 출발하도록 역마차를 대령시키는 일 따위는 조금도 어려운 일이 아니었다. 그러나 생각지도 않았던 지장이 하나 생겼으니, 하마터면 내 계획은 송두리째 틀어질 뻔했던 것이다.

티벨쥬는 나보다 세 살 위에 불과했지만 사려분별이 있고 극히 고지식한 행동의 사나이였다. 게다가 이루 비할 데 없는 우정으로 나를 사랑하고 있었다. 내가 마농과 같은 아름다운 여인을 만난 일, 열성으로 여인을 여관에 안내한 일, 더욱이 자기를 자꾸 피하려던 내 거동 같은 것으로 해서, 혹시 사랑에 빠진 것은 아닌가 하는 의혹을 품었던 것이다. 나를 남겨 둔 채 헤어진 여관집으로 그는 감히 되돌아오지는 않았지만—내 감정이 상할까 두려워서였을 것이다—내 하숙방에서 나를 기다리고 있었다. 내가 돌아왔을 때는 벌써 열시가 될

무렵이었다. 기다리고 앉아 있는 그를 보자 그만 맥이
풀렸다. 자기로 말미암아 낭패한 나의 동정을 그는 쉽
사리 눈치채는 것이었다.

"자넨……." 하고 그는 노골적으로 말하였다. "내게
숨겨야 할 무슨 계획을 품고 있지. 자네 태도를 보면
알겠네."

나는, 일일이 내 계획을 그에게 보고할 의무는 없지
않느냐고 퉁명스럽게 대답하였다.

"그야 그렇겠지. 하지만 자넨 언제나 나를 친구로 대
해 주지 않았나. 과연 그런 자격을 내가 가졌다면 친구
끼리 좀더 믿어야겠고 정직해야 하지 않겠는가."

어찌나 치근하게, 그리고 시종 비밀을 밝히라고 종용
당한 나머지, 평소 비밀 없는 사이였던지라 결국 사랑
의 고백을 하고 말았다. 그는 불만스런 표정으로 얘기
를 듣고 있었는데, 그 태도에 나는 몸이 오싹해지는 것
이었다. 더욱이 도주계획까지 밝히고 만 경솔에 대해서
는 후회막급이었다. 그는 참다운 친구의 도리로서 갖은
힘을 다해서라도 반대하지 않을 수 없다고 단언하였다.
어쨌든 내 마음을 돌이킬 수 있도록 있는 힘을 다 써보
겠지만, 만일 그래도 터무니없는 이 결심을 포기하지
않는다면 단연코 나를 가로막을 수 있는 사람들에게 알
릴 것이라고 말하는 것이었다. 십오 분이 넘도록 그는
진지하게 타일렀는데, 마침내는 보다 현명하게 그리고
이성적으로 행동할 약속을 하지 않는다면 폭로하겠노라
는 위협까지 하였다. 나는 경솔하게 비밀을 털어놓은

것이 그저 원망스러울 뿐이었다. 그러나 요 몇 시간 전
부터 사랑은 나의 재치를 활짝 터놓았던 터라, 내 계획
이 다음 날로 실행된다는 사실만은 조심스럽게도 숨겨
두었던 것이다. 그리하여 그럴 듯하게 얼버무리기로 작
정하였다.

"티벨쥬, 난 자넬 친구라고 믿어 왔네. 그래 이런 고
백으로 자네를 다루어 볼 셈이었지. 내가 그 여자를 사
랑한다는 것만은 사실이야. 자네를 속인 것은 아닐세.
하지만 도망칠 계획이라 했지만 어디 함부로 그런 짓을
할 수야 있겠나. 내일 아침에 날 만나 주게. 될 수 있는
일이라면 자네에게 내 애인을 보여 줄 테니, 어디 그런
일까지도 감행할 만한 가치있는 여자인가 판단해 보게."

그는 친구로서의 맹세를 되풀이해 늘어놓은 후에야
날 남겨 두고 돌아갔다. 나는 밤새도록 용무를 마치고
동이 틀 무렵 마농의 여관으로 돌아가 본즉 그는 나를
기다리고 있었다. 한길을 향한 창가에 서 있다가 나를
발견하자 달려와서 문을 열어 주었다. 소리 없이 우리
는 밖으로 빠져 나왔다. 그에게는 옷보따리밖에는 없었
는데, 내가 받아들었다. 역마차는 떠날 준비가 되어 있
었다. 우리는 이내 마을에서 멀리 떠나갔다.

내게 속은 것을 알고 티벨쥬가 어떤 행동으로 나섰는
가는 후에 애기하기로 하겠다. 그의 열의는 그것으로
말미암아 조금도 식지 않았었다. 앞으로 보면 알게 되
겠지만, 그는 극진한 우정을 보여 주었으며, 또 내가 어
떠한 태도로써 보답했는가를 생각해 보면 눈물을 머금

지 않을 수 없는 것이다.

우리들은 전속력으로 달렸기 때문에 쎙 드니에 도착
한 것은 밤이 되기 전이었다. 나는 마차 옆에서 말을
타고 달리느라고, 말을 바꿀 때 이외에는 이야기를 할
겨를도 없었다. 그러나 파리도 가까워지고 이젠 마음놓
을 수도 있었으므로 좀 쉬어 가기로 했다. 우리들은 아
미양을 떠난 후 아무것도 입에 넣지 않았던 것이다. 내
가 얼마나 열성적으로 마농을 사랑하고 있었는지는 알
수 없는 노릇이었지만, 마농 역시 이에 못지않게 사랑
을 표시했다. 우리들은 단둘이 되기를 기다리다 못해,
남이 있건 없건 서로 애무하였다. 이렇듯 사랑에 취한
우리들의 모습에 마부도 여관집 사람들도 경탄의 눈을
돌리는 것이었는데, 아직 애송이라 할 수밖에 없는 우
리들이 미칠 듯 서로 사랑하고 있는 것을 보고 적이 놀
라는 모양이었다. 쎙 드니에서의 결혼 계획도 말끔히
잊어버리고, 우리들은 교회의 규칙을 짓밟으며, 그에
생각이 미칠 겨를도 없이 부부가 되어 버리고 말았다.

천성이 정이 깊고 충실한 나인지라, 만약 마농만 정
숙했다면 나의 일생은 분명히 행복했을 것이다. 나는
그 여자를 깊이 알면 알수록 그 안에서 사랑할 새로운
아름다움을 발견하는 것이었다. 그 재치, 그 고운 마음
씨, 깊은 정과 아름다운 모습은 강하고도 매혹적인 쇠
사슬이 되어 나를 묶었으며, 마침내는 나의 온갖 행복
을 희생시켜서라도 그로부터 떠나가지 않게끔 하였던
것이다. 이 얼마나 끔찍한 변화이랴! 내게 절망을 가져

온 것이 곧 무한한 행복을 가져올 수도 있었던 것이다. 나는 한 줄기 변함없는 사랑에서 가장 흐뭇한 운명과 사랑의 가장 완전한 보상을 누리리라 기대하였지만, 바로 이 사랑으로 말미암아 모든 인간 중에서 가장 불행한 사나이가 되어 버린 것이다.

파리에 도착하자 우리들은 세간 달린 집을 얻었다. 그것은 곧 V…가였는데, 불행히도 이름 높은 징세관 드 B…씨의 이웃이었다. 처음 3주일이 지나는 동안 사랑에 겨워 있었던 나는 집생각도, 그리고 돌아오지 않는 아들을 걱정하고 계실 아버지 생각도 깨끗이 잊고 있었다. 그러나 나의 소행은 이른바 방탕과는 성질이 다른 것이요, 마농 역시 행동이 신중한 편이었으므로, 생활이 평온하여 감에 따라 차츰 의무에 대한 생각이 마음속에 되살아나는 것이었다. 될 수만 있으면 아버지의 허락을 얻기로 마음먹었던 것이다. 내 애인은 이처럼 사랑스러우니만큼 만약 그의 슬기로움과 훌륭한 성품을 알릴 수만 있다면 반드시 아버지도 좋아하실 거라고 생각되었다. 한 마디로 말하자면, 아버지의 동의 없이 결혼한다는 것이 잘못된 생각임을 깨닫게 되어, 아버지의 허가를 얻어야겠다는 것이었다.

나는 이 뜻을 마농에게 전했다. 그리고 사랑과 의무를 위한다는 동기 외에도, 생활 문제를 고려하지 않으면 안 된다는 것을 알아듣도록 타일렀다. 왜냐하면 우리들의 용돈도 바닥이 드러나 보인데다가 돈이 언제까지나 마르지 않을 것이라는 생각에서 깨어나기 시작했기 때문이다. 마농은 이 제안을 쌀쌀하게 받아들였다.
그러나 그의 반대 이유가 바로 사랑에서요, 또 아버지
가 우리들의 비밀 생활을 알게 된 후 우리들의 소원을
들어 주시지 않는다면 나를 잃게 되리라는 우려에서 나
온 것이었던만큼, 나는 앞으로 다가올 잔혹한 운명의
타격에 대해서는 의심조차도 품지 않았다. 생활 문제를
어떻게 하느냐는 문제에 대해서는, 아직 수주일 동안은
지낼 수 있겠고, 그나마 떨어지면 시골 일가에게 편지
를 내서 동정을 바랄 수도 있는 일이라 대답하는 것이
었다. 게다가 어찌나 정깊고 벅찬 애무로써 부드럽게
거절했던지, 오직 그의 품안에 살고 그의 사랑에 대해
서는 도시 의심해 본 일이 없었던 나는 그의 모든 대답
과 결정에 이내 찬동하고 말았던 것이다.

나는 우리들의 살림살이며 비용 지출을 송두리째 그
에게 맡겨 놓고 있었다. 그런데 그후 얼마 되지 않아
식탁의 음식 차림이 전보다 훌륭해지고 마농 또한 무척
값비싼 몸치장을 하고 있다는 것을 알게 되었다. 수중
에 남은 돈이라곤 불과 십이 피스톨밖에 되지 않는 것
을 알고 있던 나로서는 이 불어나는 살림을 보고 놀라
지 않을 수 없었다. 그는 웃으면서 조금도 걱정하지 말
라고 이렇게 말하는 것이었다.

"재주껏 마련해 보겠다고 언젠가 약속하지 않았어
요?"

쉽사리 경계심을 품기에는 너무나도 단순하게 그를
사랑하는 나였다.

어느 날 오후의 일이었다. 여느 때보다 늦게 돌아오
겠노라는 말을 남기고 외출하였다가 집으로 되돌아왔는
데, 문간에서 이삼 분 기다리게 하는 데에는 놀라지 않
을 수 없었다. 우리들은 같은 나이 또래의 하녀를 한
사람 데리고 있었는데, 문을 열어 주러 나오기에, 왜 그
렇게 지체했느냐고 물어 보았다. 난처한 얼굴로 대답하
기를, 문 두드리는 소리가 들리지 않았다는 것이었다.
나는 단 한 번 노크했을 뿐이었다.

"그럼, 문 두드리는 소릴 듣지도 않았는데 무엇 때문
에 문을 열러 나왔느냐?"

이 질문에 그만 당황한 계집애는 당장에 대답을 꾸며
낼 만한 꾀도 없는 듯 훌쩍거리면서, 자기의 잘못이 아
니요, 안주인께서 드 B…씨가 뒤편 계단으로 빠져 나
갈 때까지 문을 열지 말라는 분부가 계셨기 때문이라고
사정하는 것이었다. 이 말에 넋을 잃은 나는 집 안으로
들어설 용기조차도 없었다. 이윽고 볼일이 있다는 핑계
로 밖에 나갈 결심을 하고, 계집애에게 곧 돌아올 테니
안주인에게 그렇게 전하되, 드 B…씨에 대한 얘기를
했다는 것은 말하지 말라고 일러 주었다.

말할 나위 없는 타격을 받은 나는 층계를 내려오면서
도 그저 눈물만 흘리고 있었는데, 도시 어떤 감정에서
솟는 눈물인지 나 자신도 알 수가 없었다. 맨 처음 눈
에 띈 카페로 뛰어들어가, 테이블 가에 걸터앉아 두 손
으로 머리를 감싸쥔 채, 마음속에 뒤엉킨 상념을 되살
려 보는 것이었다. 방금 귀담아들은 것을 도저히 나는

회상할 수 없었다. 그것을 한갓 환각으로 생각하고 싶었거니와 아주 모르는 체하고 집으로 돌아가려고 두세 번이나 자리에서 일어서기도 했다. 마농이 나를 배반한다는 것은 생각할 수도 없는 일이었기에, 그런 혐의를 가짐으로써 그를 모욕할까 두려웠던 것이다. 그를 사랑하고 있다는 것—그것은 의심할 여지없는 사실이었다. 그러나 그에게서 받은 사랑의 표시인들 결코 내 사랑에 비해 못할 것은 없지 않은가! 그렇다면 어찌하여 나보다 성실치 못하거나 부실하다고 그를 비난할 수 있겠는가? 나를 속여야만 할 이유가 어디에 있단 말인가? 그 지없는 사랑을 아낌없이 표시하고, 또 나의 애무에 황홀하게 도취하던 것도 불과 몇 시간 전의 일이 아니었던가. 나는 그의 마음보다 내 마음을 더욱 알 수 없게 되어 버렸다.

'아니다, 아니다. 마농이 날 속이다니, 그럴 수 있나. 내가 오직 자기를 위해 살고 있음을 그는 모를 리 없다. 얼마나 자기를 사랑하고 있는지 알고도 남을 일이 아니냐. 날 미워할 이유라곤 단 한 가지도 없잖나……'

그러나 드 B…씨가 찾아온 일과 살짝 빠져 나간 일은 나를 궁지에 빠뜨렸다. 나는 또한 우리의 분수를 넘는 듯싶은 마농의 차림을 되살려 봤다. 새 정부(情夫)의 선사품이 아닌가 느껴지는 그 무엇이 있었다. 게다가 지난번 영문 모를 돈 출처를 따졌을 때의 그 침착성! 그러나 나는 이 헤아릴 수 없는 수수께끼에 대하여 내게 유리한 해석을 붙일 양으로 무척 고심하는 것이었

다. 한편으로는 우리가 파리에 온 후로 그로부터 눈을
뗀 일이 거의 없었던 일이 생각났다. 일할 때나 산책할
때나 놀 때나 우리는 늘 나란히 곁에 붙어 있었다. 오
오! 단 한순간의 이별도 우리를 괴롭혔을 테니 말이다.
우리들은 끊임없이 서로 사랑을 주고받곤 하였으니, 그
렇지 않고서는 불안스러워 견뎌내지 못했을 것이다. 그
러므로 마농이 단 한순간이라도 다른 사나이에게 마음
을 빼앗기리라고는 꿈에도 상상할 수 없는 일이었다.
마침내 나는 이 신비로운 수수께끼를 풀 열쇠를 발견했
다. 그렇다. 드 B…씨로 말하면 큰 사업을 경영하고 있
어 그만큼 아는 사람들도 많은 사람인데, 마농의 친척
되는 사람이 돈을 전달하려고 이 사람에게 부탁했을지
도 모른다. 마농은 이미 그에게서 돈을 받았을 것이요,
오늘도 돈은 갖다 준 것이다. 마농은 틀림없이 나를 깜
짝 놀라게 해서 즐거움을 느낄 양으로 숨겨 왔을 것이
다. 이런 데 와서 혼자 괴로워 하는 대신 여느 때처럼
집으로 돌아갔더라면 나에게 죄다 털어 놓고 얘기했을
지도 모른다. 적어도 내가 먼저 입을 열면 숨기지는 않
으리라.

　이렇게 생각이 미치자 후련하게 슬픔도 가셔졌다. 나
는 이내 집으로 돌아갔고, 여느 때나 다름없는 애정으
로 마농에게 입맞추었다. 그는 즐거이 나를 반겨 주었
다. 이제는 내 해석이 의심할 바 없다고 생각이 되어
처음에는 아예 말해 버릴까도 했지만, 반드시 언젠가는
마농 쪽에서 지금까지의 전말을 남김없이 밝혀 주리라

는 기대에서 침묵을 지키고 있었다.

저녁식사 때가 되었다. 나는 무척 즐거운 얼굴로 식탁에 자리잡았다. 그러나 우리 둘 사이에 놓여 있는 촛불에 비추어 사랑하는 그이의 얼굴과 눈매 속에 나는 슬픔의 그림자가 어려 있는 것을 보는 듯싶었다. 나는 또한 우울해졌다. 그의 시선이 여느 때와는 다른 빛으로 나를 바라보고 있는 것을 느꼈다. 그것이 흐뭇하고도 근심 어린 감정에서인 것을 모를 바 아니었지만, 도시 사랑 때문인지 아니면 연민 때문인지 분간할 수 없었다. 나도 같은 시선으로 그를 주시하였다. 아마 그 편에서도 내 시선에 어리는 마음의 움직임을 엿보기에 무척 힘들었을 것이다. 우리는 얘기할 생각도, 식사를 할 생각도 하지 않았다. 마침내 아리따운 그의 눈에서 눈물이 방울져 떨어지는 것을 나는 보았다. 아아, 부실한 눈물이여!

"아아, 사랑하는 마농!" 하고 나는 부르짖었다.

"당신 우는구려. 그래, 울어야 할 만큼 괴로워하면서 그 고통에 대해선 한 마디도 없단 말이오?"

마농은 한숨으로 대답할 따름이었으니, 내 불안은 더욱 커갈 뿐이었다. 떨리는 다리로 나는 몸을 일으켰다. 사랑의 온갖 열정을 다하여 나는 그 눈물의 까닭을 알려 달라고 호소하였다. 그의 눈물을 씻어 주며 나 또한 울음을 터뜨렸으니, 나는 산 사람이라기보다는 차라리 죽은 사람이나 다름없었다. 목석이라도 나의 괴로움과 두려움의 몸부림에는 감동치 않을 수 없었을 것이다.

이렇듯 온통 마농에 사로잡혀 있었을 때, 층계를 올라오는 몇 사람의 발소리가 들려왔다. 누군지 조용히 문을 두드리는 것이었다. 마농은 나에게 키스하고는 팔에서 빠져 나가 재빨리 화장실로 들어가 문을 닫았다. 어지러워진 자기의 모습을 찾아온 낯선 사람들에게 보이지 않으려고 숨는 것이려니 짐작했다. 나는 가서 문을 열어 주었다. 그 순간 세 사람의 사나이에게 왈칵 붙잡혔는데, 알고 본즉 그들은 아버지의 하인들이었다. 애당초 조금도 난폭하게 굴지 않았지만, 그 중 두 사람이 내 팔을 붙잡자 남은 한 사람은 내 호주머니를 뒤져, 몸에 지니고 있던 유일한 무기인 작은 칼을 뺏아 가는 것이었다. 그들은 실례를 저지를 수밖에 없으니 용서하시라 하고, 이렇게 행동하는 것은 아버지의 명령이요, 저 아래 마차 안에는 형이 기다리고 있노라고 말하였다. 어찌나 당황했던지 나는 저항도 대답도 할 겨를 없이 끌려 내려갔다. 아니나다를까, 형이 기다리고 있었다. 나는 마차 안의 형님 곁에 앉혀졌는데, 마부는 형의 지시대로 쌩 드니까지 전속력으로 말을 몰았다. 형은 다정하게 입맞추기는 하였으나 말 한 마디도 없었으므로 나는 이렇게 된 불행에 대하여 충분히 생각해 볼 여유를 가졌다.

처음에는 무슨 영문인지 모든 것이 흐릿하기만 하여 아무런 생각도 떠오르지 않았다. 어쨌든 내가 무자비하게도 배반당한 것만은 분명했다. 하지만 누구에 의해서란 말이냐? 첫째로 떠오르는 이름은 티벨쥬였다. 친구를 배반하다니! 만일 내 의심이 맞기만 한다면, 이 놈 살려 놓지 않을 테다, 하고 나는 속으로 중얼거렸다. 그러나 곰곰이 생각해 본즉 내 거처를 모르는 그에게서 새어나갈 리가 없지 않겠는가 싶었다. 그렇다면 마농의 짓일까? 아니, 그를 의심하다니, 내 마음으로서는 감히 그런 죄를 저지를 수 없다. 그의 얼굴에 어린 그지없는 슬픔, 그의 눈물, 물러가면서 나에게 퍼부은 다정한 키스 등은 풀래야 풀 수 없는 수수께끼와도 같았다. 그러나 그것은 우리 공통의 불행을 예감한 탓이라 이해하고 싶었거니와, 그이로부터 날 앗아간 사건에 절망하고 있는 동안에도, 어리석게도 그는 나보다 한결 애통하리라 믿었던 것이다. 이모저모 궁리한 끝에, 결국 누군가 아는 사람이 파리의 길목에서 날 발견했다가 아버지에게 알려 준 것이려니, 하는 생각이 떠올랐다. 이렇게 생각하니 적이 마음이 가벼워졌다. 아버지의 입장으로서는 그것을 꾸짖고 혹독한 훈계도 하시겠지만 그 정도로 일은 해결되겠지, 하고 속으로 기대하고 있었다. 그리하여 이만한 것쯤은 꾹 참고, 무엇이든 하라는 대로 잘 지켜, 하루 속히 파리로 돌아가 그리운 마농에게 기쁨과 삶의 보람을 나누어 줄 기회를 쉬 얻어 보리라 마음 먹었던 것이다.

이윽고 얼마 되지 않아 우리는 쌩 드니에 도착했다. 나의 침묵에 놀란 형은, 아마 두려운 마음에서 그러려니 짐작하는 모양이었다. 나를 위로할 생각으로 다짐하여 말하기를 아버지의 엄격한 꾸지람을 두려워할 필요

는 없고, 다만 순순히 본분으로 되돌아와서 아버지의
사랑에 보답하기만 하면 된다는 것이었다. 형의 주선으
로 그날 밤은 쎙 드니에서 묵었는데, 형은 조심스럽게
도 세 사람의 하인을 같이 재웠다. 무엇보다도 가슴 아
팠던 일은, 아미앙에서 파리로 향하던 도중 마농과 더
불어 머물렀던 바로 그 여관에 든 것이었다. 주인이며
하인들도 나를 알아보았는데, 대뜸 내 사건의 내력까지
도 눈치챈 모양이었다. 누군가가 주인에게 이렇게 말하
는 것을 들었다.

"아아! 바로 저 도련님 아니에요? 여섯 주일 전엔가
홀딱 반한 나이 어린 여자와 같이 머물렀지요. 정말 그
여자는 귀엽더군요! 그렇게도 사랑하더니만, 가엾기도
하죠. 그만 갈라 놓다니 유감스러운 일이군요."

나는 못 들은 체하고 되도록이면 얼굴을 보이지 않으
려 애썼다.

형은 쎙 드니에서 2인마차를 대령시켜 놓았으므로,
우리는 새벽 일찍 출발하여 다음 날 저녁에는 집에 도
착하였다. 형이 한 걸음 먼저 아버지를 만나뵙고 내가
얼마나 순순히 따라왔는가 여쭈면서 내게 유리하도록
사전에 진술하였으므로, 나는 생각했던 것보다 너그러
운 대접을 받았다. 아버지는 아무런 허락도 없이 행방
을 감춘 나의 과오에 대해서 일반적인 꾸지람을 하실
뿐이었다. 마농에 관해서는, 알지도 못하는 여인에게
현혹되어 그런 일을 당했으니 마땅하다고 말씀하시고,
전에는 좀더 신중한 인간으로 생각해 왔었지만, 어쨌든

이번 일을 계기로 보다 현명해지기를 바란다고 타이르
셨다. 나는 내 생각과 합치되는 뜻으로 아버지의 말씀
을 해석할 따름이었다. 너그럽게 용서해 주신 데 대하
여 감사를 드리고 앞으로는 순종되고 규율 있는 행동을
하겠노라 약속하였다. 그러나 마음속으로는 승리를 외
치고 있었는데, 전후 사정으로 미루어 보아 어쩌면 밤
이 새기 전에라도 집을 빠져 나갈 수 있을 것이라는 자
신을 가졌기 때문이다.

저녁때가 되어 모두들 식탁에 둘러앉았다. 나는 아미
앙에서 마농을 정복하던 일과 그 충실한 애인과의 도피
에 대하여 가족들에게 놀림을 받았다. 그러나 나는 기
분 좋게 웃어넘길 뿐이었다. 끊임없이 마음을 차지하고
있던 일을 마음놓고 화젯거리로 삼을 수 있게 되어 기
쁘기까지 했다. 그러나 아버지가 무심코 던진 두어 마
디 말은 나로 하여금 전신의 신경을 모아 귀를 기울이
게 하였다. 그것은 변하는 여자의 마음이라든가 드 B
…씨의 속심 있는 협력이라든가 하는 것들이었다. 이
사나이의 이름이 튀어나오는 바람에 그만 어리둥절해져
나는 좀더 자세히 설명해 주실 수 없겠느냐고 은근히
여쭈어 보았다. 그러자 아버지는 형을 돌아보시면서 아
직 나한테 죄다 얘기하지 않았느냐고 묻는 것이었다.
형은 도중에 하도 풀이 죽어 보이기에 이제는 열광에서
깨어났으니 그런 수단까지 쓸 필요가 없으려니 생각했
다고 대답하였다. 아버지는 과연 얘기할 것인가 안 할
것인가 적이 망설이는 눈치였다. 마침내 꼭 들어야만

되겠다는 간청에 못 이겨 아버지는 말씀해 주셨다. 아
니, 차라리 모든 얘기 중에서도 더없이 끔찍한 얘기로
서 무참히도 내 가슴에 칼을 꽂았다고 함이 옳을 것이
다.

아버지는 먼저 물으시기를, 아직도 계집으로부터 진
정한 사랑을 받고 있거니 하고, 철없이 믿고 있느냐는
것이었다. 그 점만은 확신하고 있는 터라, 나는 용감하
게도 의심의 여지도 없노라고 대답했다.

"하하하……." 아버지는 힘껏 커다랗게 웃으시면서,
"희한한 일이로군. 이놈아, 속아넘어간 줄도 모르고……
그래도 그런 기분으로 있는 네가 아버진 좋단 말이야.
철없는 슈바리에, 널 말트 교단에 넣을 생각을 한 것은
정말 유감스런 일이다. 이제 보니 참을성 있고 다루기
십상인 남편 소질이 다분한 너를 말이다."

아버지는 나의 어리석음이나 무엇이든 믿어 버리는
고지식한 마음에 대해서 이와 같은 가혹한 조롱을 끝없
이 계속하였다. 마침내는 아무 말없이 잠자코 있는 나
를 보시고는 다시 말을 이어, 아미앙에서 떠난 후로부
터 따져 보면 마농이 나를 사랑한 것은 불과 열이틀 정
도라고 결론지으시는 것이었다. "왜냐하면 내가 알기에
는 지난 달 26일에 네가 아미앙에서 떠났고 오늘은 29
일인데, 드 B…씨가 내게 편지를 보내 온 것은 열하루
전이지. 그런데 네 애인과 완전히 정을 통하려면 적어
도 여드래를 요했을 터이니까 지난 달 28일에서 이 달
29일까지의 서른 하루에서 여드레와 열하루를 빼면 결

국 남는 것은 열이틀…… 그야 하루 이틀 차이가 있을
지는 모르지만……."

이 말에 다시금 폭소가 터져나왔다. 나는 시종 얘기
에 귀를 기울였으나 충격을 참을 길은 없었으니, 이 서
글픈 연극을 끝까지 견디어 낼 수 있을까 두려웠다.

"네가 모른다니 다 얘기해 주마, 드 B…씨는 네 공주
님의 마음을 호려 버렸단 말이야. 그래, 날 농락하는 말
인즉, 네 애인을 가로챌 마음이 생긴 것은 날 위한 한
결같은 열의에서라는 거야. 이런 고결하신 도량을 딴은
날 알지도 못하는 그런 위인에게서 기대할 수 있다니!
내 아들이란 것을 그 계집에게서 듣고 성가신 널랑 떼
어 버리기 위해서 너의 거처와 방탕한 생활을 적어 보
냈는데, 널 붙잡는 데는 적지 않은 힘이 필요하다는 사
실까지 고해왔더란 말이다. 뿐만 아니라, 자기도 널 쉬
붙잡을 수 있도록 협력을 해주겠다는 거야. 그래 네 형
이 불의에 널 잡을 기회를 얻은 것도 바로 그자와 네
애인의 수작으로 된 일이다. 자, 이제 네 사랑의 승리가
어디까지 계속되었는가 뽐내 보려무나. 하긴 네 정복이
꽤 빠르긴 했다만, 기사(騎士)야, 그 전리품을 오래 간
직할 줄은 몰랐단 말이다."

그 한마디 한마디가, 가슴을 파헤치는 아버지의 말씀
을 더 이상 듣고 있을 기력이 없었다. 식탁에서 일어나
밖으로 나가려고 했으나 서너 걸음도 채 옮기지 못하여
마루 위에 쓰러져, 그만 느낌도 정신도 잃고 말았다. 응
급치료를 받고 이내 의식을 회복하자 나는 비오듯 눈물

을 흘리며 서글프고도 애끓는 하소연을 할 따름이었다.
언제나 알뜰히 나를 사랑하시던 아버지는 온갖 애정을
다 기울여 위로하였다. 아버지의 말씀에 귀를 기울였으
나 도시 무슨 뜻인지를 몰랐다. 나는 아버지의 무릎에
매달려, 그놈의 B…를 한 칼에 찔러 죽이게 한 번 더
파리에 보내 달라고 애걸하였다.

  "그럴 리 없어요, 마농의 사랑을 차지했을 리 없어요,
무슨 횡포한 짓을 했겠지요. 미약(媚藥)을 썼거나 마수
를 써 유혹했을 거예요. 짐승처럼 강탈했을 거예요. 마
농은 날 사랑해요. 내가 그걸 모르다니요? 놈이 칼을
내놓고 협박하여 나와 손끊기를 강요했겠지요. 그처럼
귀여운 여인을 뺏기 위한 일이라면 무슨 짓을 못하겠어
요! 오오, 하느님, 마농이 날 배반하다니, 날 이젠 사랑
하지 않다니, 그게 될 말인가요?"

  그리하여 말끝마다 속히 파리로 돌아가겠다고 지껄이
며, 때를 가리지 않고 떨쳐 일어나곤 하였기 때문에, 아
버지도 이러한 흥분 상태에서는 여하한 수단도 나를 만
류할 수 없음을 깨달으신 모양이었다. 높다란 방으로
나를 데리고 가더니 두 사람의 하인으로 하여금 감시케
하였다. 나는 자제심을 모두 잃고 있었다. 단 십오 분만
이라도 파리에 돌아갈 수만 있다면 천 번 죽어도 후회
치 않았을 것이다. 그러나 내 심정을 말끔히 드러내 보
인 이상 쉽사리 방에서 내보내 주지 않으리라는 것은
분명했다. 나는 창 높이를 눈짐작해 보았다. 그러나 도
저히 빠져 나갈 가망이 없음을 알자, 나는 조용히 두

하인에게 말을 건넸다. 만일 나의 탈주를 눈감아 준다
면 장차 한 몫 단단히 마련해 주겠노라고 여러 가지로
맹세를 되풀이하였다. 매달리기도 하고, 추켜 달래 보
기도 하고, 위협하기도 했다. 그러나 모두 헛된 일이었
다. 이제는 모든 희망을 잃은 것이다. 나는 죽기를 결심
하고 살아서 떠나지 않을 심산으로 잠자리에 몸을 던졌
다.

　이렇게 자리에 누운 채 그날 밤과 이튿날을 꼬박 지
냈다. 다음 날 보내 온 음식을 물리쳤다. 그러자 오후에
는 아버지가 보러 오셨는데, 자애롭기 한없는 가지가지
위안으로 나의 괴로움을 덜어 주려고 하셨다. 무엇이든
먹어야 한다는 단호한 말씀에 나는 아버지의 뜻을 존중
하는 의미에서 음식을 들었다. 이래저래 며칠이 지나는
동안 나는 아버지 앞에서만 그의 명령에 순종하느라 마
지못해 음식을 조금 입에 담을 정도였다. 여전히 아버
지께서는, 나로 하여금 올바른 정신으로 되돌아와 부정
한 마농에 대해서는 경멸을 갖도록 여러 가지 이유를
들어 타이르곤 하셨다. 하긴 이제 나도 마농을 믿고 있
지는 않았다. 그토록 경박하고 불성실한 계집을 어떻게
믿을 수 있단 말인가? 그러나 그의 모습, 가슴속 깊이
아로새겨진 귀여운 얼굴만은 언제까지나 잊을 수 없었
다. 기분이 좀 나아지는 듯싶었다.

　'죽을 수도 있는 일이지.' 하고 나는 혼자 중얼거렸다.
'이토록 욕된 수치와 고통을 받은 후에야 죽어 마땅할지
도 모른다. 그러나 천번 만번 죽더라도 부정한 마농만

은 단념할 수 없지 않느냐.'

아버지는 이처럼 오랫동안 깊은 타격에 신음하는 것
을 보고 자못 놀라는 모양이었다. 그런데 명예를 귀히
여기는 나의 성품을 잘 알고 계시는 아버지는, 게다가
마농의 배반으로 그에 대한 경멸의 정을 품게 되었으리
라는 것을 의심치 않았던지라, 이와 같은 나의 미련은
각별한 사랑에서라기보다는 원래가 여자에게 끌리기 쉬
운 본성에서 유래하는 것이려니 짐작하셨던 것이다. 그
리하여 아버지는 아들에 대한 애정이 시키는 대로, 어
느 날 터놓고 이렇게 말씀하셨다.

"슈바리에야, 난 여태까지 너를 말트 십자장을 단 기
사로 만들 셈이었다. 그러나 네 기질은 조금도 그 방향
에 맞지 않는 모양이구나. 넌 어여쁜 여자가 좋을 게다.
마음에 맞는 여자를 하나 골라 줄 생각이니 어디 의견
이 있거든 거리낌없이 말해 보려무나."

나는 대답하기를, 이젠 어느 여자고 모두가 매한가지
이며, 이러한 불행을 막상 겪고 난 다음에 계집이란 계
집은 다 같이 증오스러울 따름이라고 하였다.

아버지는 미소를 띠면서 다시 말을 이으셨다.

"마농과 썩 닮은, 그리고 더 충실한 색시를 하나 골라
주겠다."

"아아, 정말 저를 가엾게 여기신다면 마농을 돌려봐
주세요. 아버지, 단연코 절 배반한 것이 아니에요. 그런
따위의 더럽고, 참혹한, 비열한 짓을 할 수 있는 여자는
아니니까요. 우리를—아버지와 그이와 저를 속인 것은

저 몰염치한 B…지요. 얼마나 정깊고 진실한 여자인가
를 아버지께서 아신다면—직접 만나보신다면, 아버지도
필경 좋아하실 거에요."

"넌 어린애로구나. 그만큼 얘기해 주었는데도 이처럼
눈이 어둡단 말이냐? 너를 형에게 넘겨 준 것이 바로
그 여자란 말이다. 그 계집의 이름조차도 입에 담지 말
아라. 그리고 현명한 너라면, 내가 너그럽게 대해 줄 때
에 잘 알아서 처리해야 할 것이 아니냐."

아버지의 말씀이 옳다는 것을 나는 너무나도 잘 알고
있었다. 굳이 그 불실한 계집의 두둔을 들게 한 것은
오직 어찌할 수 없는 충동적인 열정에서였다.

"아아!" 한동안 잠자코 있다가 나는 다시 말을 이었
다. "제가 이 세상의 모든 불실한 계집 중에서도 가장
비열한 계집의 희생이 되었다는 것은 너무나도 분명한
일입니다. 그래요." 비분의 눈물을 머금으면서 나는 말
을 계속했다. "전 틀림없이 어린애예요. 고지식하기 짝
이 없는 저라, 그들로서는 속일 보람마저 없었을 거예
요. 하지만 복수하기 위해서 무엇을 해야 되느냐쯤은
저도 잘 알고 있습니다."

아버지는 그 계획이 어떤 것인가를 알려고 하셨다.

"저는 파리에 가겠어요. B…란 놈의 집에 불을 질러,
놈을 부정한 마농과 함께 산 채로 태워 죽이겠어요."

이러한 나의 흥분은 아버지의 웃음을 샀을 뿐, 도리
어 전보다 한층 엄중한 감시를 받게 할 따름이었다. 그
곳에서 나는 꼬박 여섯 달을 보냈는데, 처음 얼마 동안

은 내 마음에 이렇다 할 변화가 없었다. 모든 감정은
머릿 속에 떠오르는 가지가지 마농의 모습에 따라 사랑
과 증오, 희망과 절망의 끊임없는 교차일 따름이었다.
때로는 온갖 여성 중에서도 가장 아리따운 여성으로 여
겨져 다시 한 번 만나보고 싶은 욕망에 몸이 마르고,
때로는 비열하고 불실하기 그지없는 계집으로 밖에는
보이지 않아 끝내 찾아내어 욕을 보여 주겠노라 스스로
맹세하곤 하는 것이었다. 이러는 동안 가져다 준 책을
읽으며 얼마쯤 마음을 가라앉힐 수가 있었다. 나는 낯
익은 모든 작가의 것을 다시 읽었으며, 새로운 작가를
사귀기도 하여 학문에 대한 무한한 흥미를 도로 갖게
되었다. 후일 이것이 얼마나 힘이 되었는가를 당신은
언젠가 알게 될 것이다. 연애를 통하여 얻은 지식은 전
에 잘 이해할 수 없었던 오라스나 비르질의 작품 속의
많은 부분을 밝혀 주었다. 《애네이드》 제4권에 나는
연애적인 주해를 달아 보기도 했다. 훗날 발표해 볼 생
각이지만, 나로서는 상당한 환영을 받으리라고 자부하
는 터이다. '아아! 성실한 디동에게 아쉬었던 것은 바로
나와 같은 마음이었지.' 하며, 그것을 쓰면서 중얼거리
곤 하였다.
　　어느 날 티벨쥬가 나의 영오(囹圄)에 찾아왔다. 미친
듯 나를 껴안은 그의 열정에는 놀라지 않을 수 없었다.
여태까지는 대체로 젊은이들 사이에 맺어지는 단순한
학우로서의 우정으로나 생각했을 뿐, 그 이상의 것으로
는 믿어지지 않았던 것이다. 그러나 그를 만나보지 못

한 요 몇 달 동안에 무척 변하고 의젓해 보여, 그의 얼굴이며 말투는 나에게 존경의 마음을 일으키게 하였다. 그는 학교 동무라기보다는 현명한 조언자로 얘기하였다. 이러한 혼미에 빠졌던 나를 동정하고 이미 상심에서 회복된 것으로 믿어 여간 기뻐하지 않았다. 끝으로 그는 이 젊음의 과실을 거울삼아 인간 쾌락의 허무함을 깨닫도록 충고하는 것이었다. 나는 놀라움을 금할 바 없어 그를 똑바로 바라보았다. 그는 이 변화를 의식하는 듯싶었다.

"사랑하는 나의 슈바리에, 확실하게 믿을 수 있는 것이 아니면, 그리고 나 자신 진지한 생각 끝에 확신을 가진 일이 아니면 한 마디도 자네에게 말하지 않겠네. 자네에 못지않게 쾌락에 끌리는 날세. 하지만 그와 동시에 하느님은 미덕에 대한 지향을 주셨다네. 나는 이성으로 이 둘에 의해서 맺어지는 열매를 비교해 보았는데, 그 양자의 다른 점을 이내 발견했단 말일세. 하느님의 힘이 나의 사색을 도우셨겠지. 나는 이 사바세계를 비할 바 없이 경멸하고 있네. 그럼에도 굳이 나를 속세에 얽매어 두며, 고독의 생활에 들어감을 가로막는 것이 무엇인지 자네는 알겠나? 오직 한결같은 자네에 대한 우정일세. 나는 뛰어난 자네의 마음과 머리를 잘 알고 있네. 도대체 자네가 할 수 없는 선행이 무엇이 있단 말인가. 쾌락의 해독이 자네를 그 길에서 멀리 했을 따름이지. 미덕을 위해 그 얼마나 큰 손실인가! 아미앙에서 자네가 달아났을 때 내가 얼마나 슬퍼했었는지 몰

라. 그때부턴 단 한순간도 마음의 평안을 느껴 본 적이
없었으니 말일세. 그후 얼마나 이리저리 쫓아 다니며
법석을 떨었는가는 보아서도 알 일이지."

　그의 얘기인즉, 자기를 감쪽같이 속여 놓고 애인과
함께 뺑소니친 것을 깨닫자 곧 말을 달려 뒤를 쫓았으
나, 서너 시간이나 뒤떨어졌던 탓으로 도저히 따를 수
가 없었다는 것이었다. 그래도 쌩 드니에 도착한 것은
우리가 떠난 지 반 시간 후였으며, 우리가 파리에 머무
르리라는 것이 확실했으므로, 여섯 주일을 두고 나를
찾아 헤매었으나 종내 허사였다는 것, 그밖에도 날 찾
을 수 있을 듯싶은 곳엔 다 가보던 중 하루는 국립극장
앞에서 나의 애인을 만났는데, 눈이 부시도록 화려한
치장을 하고 있기에 대뜸 새로운 정부를 우려먹고 있음
을 짐작했다는 것, 그래 집에까지 여자의 마차 뒤를 쫓
아가서 그가 드 B…씨의 첩살이로 붙어 살고 있음을
하인의 입으로 알게 되었다는 것 등이었다.

　"그 정도로 내가 단념한 것은 아니라네." 그는 말을
이었다. "다음 날 다시 되돌아가 직접 그 여자의 입으로
자네가 어찌 되었는가를 들어 보려고 하지 않았겠나.
그러나 자네 일을 묻자 그만 자리를 차고 일어나 버리
겠지. 그래, 하는 수없이 아무런 염탐도 못한 채 시골로
돌아간 걸세. 거기서 이번 사건과 그로 인한 자네의 심
한 상심을 알게 된 셈이지. 하지만 자네가 어느 정도
진정되었다는 것이 확실하기 전에는 만나고 싶지 않았
네."

"그럼 자넨 마농을 만났단 말인가." 나는 한숨을 몰아 쉬면서 말했다. "아아! 두 번 다시 그와 만나지 못할 몸이 된 나보다 자넨 몇 곱이나 더 행복한가!"

그는 나의 탄식을 아직도 그에 대한 따분한 미련이라 하여 꾸짖었다. 그러나 나의 선량한 성질이며 인품에 대해서 그럴 듯하게 추켜세우는 바람에, 그가 처음 찾아온 뒤로는 그와 같이 온갖 지상의 쾌락을 버리고 승직에 들어가고 싶은 열렬한 희구(希求)를 품게 되었다.

이 생각에 사로잡힌 나는 홀로 있을 때에는 도시 딴 생각에 흔들리는 일이 없을 정도였다. 전에, 같은 충고를 준 일이 있는 아미앙의 사제의 말이며, 만일 승려가 될 결심만 한다면 전도에 많은 행복이 있으리라 하던 그의 예언이 떠오르기도 했다. 하느님에 대한 신앙 또한 이 생각 가운데 품어져 있었다—어진 신자로서 살아 가리라. 사랑의 위험스런 쾌락에 대한 생각일랑 잊게 하는 학문과 종교에 골몰하자. 속인이 찬양하는 것을 멸시하리라. 그리하여 나의 마음은 오직 존경받기에 합당한 것만 구할 터이니 불안도 욕망도 전혀 느끼지 않으리라—이렇게 마음속으로 생각하는 것이었다.

이렇듯 나는 평화롭고 고독한 생활의 설계를 미리 짜 보았다. 조그마한 숲이 있고, 뜰 앞에 고요한 시내가 흐르는 인적 드문 집, 추려 모은 서적만이 나란히 꽂혀진 서재, 게다가 덕망 있고 양식을 갖춘 몇 사람의 벗, 초라하고 보잘것없는 찬이나 말끔한 식탁—이러한 것을 나는 꿈꾸었다. 뿐만 아니라 파리에 다녀오는 친구와의

서신왕래─그는 나의 호기심을 만족시켜 주기 위해서라
기보다는 인간들의 헛된 번뇌에 마음풀이를 시켜 주기
위해서 항간의 새로운 일들을 알려 줄 것이리라. '나는
행복할 것이 아니겠느냐? 나의 온갖 요구는 충족될 것
이 아니겠느냐?' 하고 생각했다. 이 꿈이 나의 성미에
알맞다는 것은 확실했다. 그러나 이렇듯 어진 구상 끝
에는 으레 무엇인가 다른 것을 희구하는 마음이 있었으
니, 이 즐거운 은거생활을 더없이 완전한 것으로 하기
에는 단 한 가지, 사랑하는 마농이 빠져 있음을 느낀
것이었다.

  그 동안도 티벨쥬는 나에게 불어넣은 이 계획 때문에
여러 차례 찾아왔으므로 나는 기회를 보아 아버지께 이
일을 말씀드렸다. 아버지는 자식이 어떠한 장래를 택하
든 자유에 맡길 것이요, 어떤 방식으로 처신을 하고자
원하든 간에 다만 충고로써 도와줌에 그칠 터라는 의향
이었다. 아버지는 사려 깊은 여러 충고를 주셨는데, 그
것은 내 계획을 스스로 싫어하게 되지 않도록, 또 한결
지각 있게 실행하도록 하는 것이었다. 때는 바야흐로
새로운 학년이 다가오고 있었다. 나는 티벨쥬와 의논하
여 같이 쎙 슐피스 신학교에 들어가기로 작정하였는데,
티벨쥬는 신학공부를 완성하기 위함이요, 나는 공부를
시작하기 위함이었다. 그의 유능함은 교구 사교에게 이
미 인정받은 바 있어, 티벨쥬는 출발에 앞서 사교로부
터 적지 않은 보조를 받게 되었다.

  아버지는 내가 그릇된 정열에서 완전히 깨어난 것으

로 믿고 선선히 출발을 허락해 주셨다. 우리는 파리에
도착하였다. 말트 십자장 대신에 승복차림이 되었고,
슈바리에 데 그류라는 이름도 아베(역주=신부의 통칭)
데 그류로 대치되었다. 나는 지극한 열성으로 학업에
골몰하였기 때문에 불과 몇 달 동안에 남다른 진보를
이루었다. 공부를 위해서 밤 시간도 보냈거니와 낮에도
단 한순간 허비하는 일이 없었다. 나는 빛나는 명성을
얻었으니, 사람들은 불원간 중한 직책을 맡을 것이 틀
림없다고 축복해 줄 정도였다. 게다가 청원한 일도 없
는데 내 이름은 특대원 명무에 기록되어 있었다. 하느
님에 대한 신앙은 한시도 게을리한 적이 없었으며 모든
근행에 대하여는 온갖 정성을 다하였다. 티벨쥬는 이와
같은 자신의 노력의 결과를 보고 무척 기뻐했으며, 나
의 회심에 감격한 나머지 여러 차례 눈물까지 흘리는
것이었다.

　인간의 결심이 자칫하면 변하기 쉬운 것임을 나는 이
상하게 여기지 않았다. 한 정열로 말미암아 결심이 태
어났다가 또 하나의 정열로 식어 버리기도 하니 말이
다. 그러나 나를 쌩 슐피스로 인도한 성스러운 결심이
며, 그 결심을 단행함으로써 맛본 하느님이 내리신 기
쁨을 생각하노라면 그처럼 쉽사리 결의를 움직일 수 있
었다는 것이 몸서리칠 만큼 두려워진다. 만약에 하느님
의 구원이 분명히 정열에 능히 당할 힘을 가진 것이라
면, 사람이 별안간 아무런 저항도 아무런 후회도 없이
자신의 의무에서 이탈할 수 있다는 것은 도대체 어떤

불길한 운명에서란 말이냐? 나는 정녕 애욕의 어리석음
에서 해방된 것이려니 믿고 있었다. 온갖 관능의 쾌락
에 취하느니보다는—아무리 그것이 관능으로부터 주어
진 것이라 치더라도, 성 오거스틴의 한 페이지를 읽거
나 기독자로서의 명상에 잠기는 십오 분을 차라리 택하
였을 것이라고 스스로 믿고 있었다. 그러나 불행의 한
순간은 다시금 나를 낭떠러지로 밀어넣었으니, 이 전락
(轉落)이 도저히 보상할 길 없게 된 것은, 겨우 기어나
왔던 구렁텅이에 순식간에 되떨어지자 새로운 방탕이
보다 깊은 심연으로 나를 이끌고 들어갔기 때문이다.

　파리에서 일 년 가까운 세월을 지내는 동안 나는 마
농에 관해서는 아무런 소식도 듣지 못하였다. 처음에는
참기에 사뭇 괴로운 일이었으나 티벨쥬의 변함없는 충
고와 내 스스로의 계심(戒心)으로 이겨나갈 수 있었다.
마지막 몇 달 동안은 극히 평온하게 지냈으므로, 이제
는 그 귀엽고도 요사스런 계집일랑 완전히 잊을 수 있
게 되었거니 믿고 있었다. 그러다 신학교에서 공개발표
회를 치르는 날이 닥쳐왔다. 나는 각계 명사들에게 임
석의 영광을 베풀어 줄 것을 앙청했다. 내 이름은 파리
구석구석마다 퍼지게 되고, 급기야는 그 부정한 마농의
귀에까지 들어갔다. 그러나 승명(僧名)으로 되어 있었
기 때문에 확실히 나라는 것을 알지는 못했지만, 너무
나도 비슷한 이름에 흥미를 갖게 되었는데, 그것은 그
래도 나를 잊지 못하는 호기심에서가 아니면 아마 나를
배반한 데 대한 후회에서였던 것이다.(그 어느 편의 감

정에서였는지 아직도 나는 확실히 분간할 수 없다) 하여튼 그는 몇몇 다른 여인들과 소르본 대학에 와서 내 발표를 참관했는데, 쉽사리 나를 알아본 것은 두 말할 나위도 없다.

그러나 나는 그가 참관하러 온 줄은 꿈에도 알지 못하였다. 알다시피 이곳에는 부인들을 위한 특별실이 마련되어 있어, 그들은 창살 뒤에 몸을 숨기고 있기 때문이다. 나는 영광에 싸여 박수갈채를 받고 쌩 슐피스로 돌아왔다.

저녁 여섯시 무렵이었다. 돌아온 지 얼마 있지 않아, 어떤 부인이 나를 찾아왔다는 전갈을 받았다. 지체없이 나는 면회실로 달려갔다. 아아, 이 얼마나 놀라운 출현인가! 나는 마농을 본 것이다. 틀림없는 마농— 그러나 일찍이 보지 못한 만큼 사랑스럽고 아리따운 그였다. 나이 열여덟 살, 그의 매혹은 형용할 바를 모를 정도였다. 나릿하고 감미롭고 매혹에 넘친—바로 사랑의 여신의 모습이라고나 할까. 나의 뇌리에 비친 온갖 그의 자태는 가히 마력이라 함이 옳았다.

이렇듯 그를 바라보매 나는 넋을 잃은 사람이요, 무슨 영문으로 찾아왔는지 짐작도 하지 못한 채, 눈을 내리감고 몸을 떨며 그에게서 말이 나오기를 기다릴 뿐이었다. 처음 얼마 동안은 그도 나와 같이 당황했지만, 내가 언제까지나 잠자코 있는 것을 보자 한 손을 눈에 대며 눈물을 감추는 것이었다. 그러고는 수줍은 음성으로 자기의 불실을 내가 미워함은 당연한 일이라고 말하고,

계속해서 만약 조금이라도 자기를 사랑하였다면 두 해 동안이나 단 한 번도 그의 신상에 관해서 알아보려 함도 없이 지냈다는 것은 야속한 일이라 아니 할 수 없으며, 더욱이 눈앞에 나타난 자기를 두고서 말 한 마디도 던져 주지 않고 쳐다보고만 있으니 너무나 참혹한 일이 아니냐고 하는 것이었다. 이 말을 듣고 천갈래 만갈래 흐트러졌던 내 마음을 도저히 필설로 나타낼 도리가 없다.

그는 자리에 앉았다. 나는 여전히 선 채로 약간 몸을 모로 돌리고 있었다. 감히 얼굴을 바로 바라볼 용기가 없어서였다. 몇 차례나 대답하려고 애썼으나 입밖에 낼 기력조차 없었다. 마침내 용기를 모아 애달프게 외쳤다.

"불실한 마농! 아아! 불실한! 불실한 마농!"

그는 뜨거운 눈물을 걷잡을 새 없이 흘리면서, 자기의 불실을 변명할 생각은 조금도 없다고 되풀이해서 말하는 것이었다.

"그렇다면 어쩔 셈이란 말이오?" 나는 음성을 높여 물었다.

"전 죽을 테예요……만일 당신의 사랑을 돌려 주시지 않을 때에는……당신의 사랑 없이는 살 수가 없어요."

"그렇다면 내 목숨을 가져가구려, 오오, 불실한 여인이여!" 나 또한 참을 길 없는 눈물을 쏟으면서 말을 이었다. "그대에게 바칠 단 한 가지 내 손에 남은 이 목숨을 가져가구려, 내 가슴이 단 하루도 그대 것이 아닌

날은 없었으니까."

이 말이 떨어지자마자 마농은 감격한 듯 자리를 차고
일어서서 나를 끌어안았다. 불과 같은 수많은 애무로
그는 나를 괴롭혔다. 강렬하기 한없는 사랑의 정을 나
타내기 위하여 발견되는 모든 애칭으로 나를 불렀다.
그러나 나는 아직도 우울한 빛으로 응할 따름이었다.
아아, 여태껏 잠겨 있던 아득한 세계에서, 다시금 생생
히 되살아나는 격동하는 물결 속으로 뛰어들다니 이 어
인 변화란 말이냐! 나는 무서워졌다. 아닌 밤중에 인적
없는 벌판에 홀로 선 사람과 같이 나는 부르르 몸을 떨
었다. 그럴 때에는 별안간 딴 세계에 끌려간 느낌이었
다. 오랫동안 전후좌우를 살피고 난 후에야 비로소 벗
어날 수 있는 어떤 까닭 모를 공포에 사로잡혔다.

우리는 나란히 붙어 앉았다. 나는 그의 손을 쥐었다.
"아아! 마농." 나는 서글픈 눈초리로 그를 마주 보면
서 입을 열었다. "나의 사랑에 그런 저주스런 배반으로
보답하리라곤 꿈에도 생각지 못했소. 그대는 내 마음
속에 절대의 여왕이었고, 오직 그대를 즐겁게 하며 그
대에게 복종하는 것만으로 내 가슴은 유일한 행복으로
삼았으니, 그런 나를 속이기란 천하에 쉬운 일이었을
것이오. 자, 나같이 다정하고 유순한 마음의 소유자가
또 어디 있었나 말해 보오. 아니 어림없는 일이오. 자연
은 나와 같은 심정의 주인공을 또다시 만들진 않았을
것이오. 그래, 간혹 날 버린 것을 뉘우친 일이라도 있었
는지? 오늘 내 마음을 위로해 줄 양으로 그대를 다시금

나에게 돌려 준 이 애정의 부활을 무엇으로 믿어야 좋단 말이오? 그대가 옛날보다 한결 아름다움을 나는 너무나도 역력히 보았소. 하지만 그대로 인해 겪어 온 온갖 나의 괴로움의 이름에 걸어, 자 아름다운 마농! 이제부터는 성실하게 있으려는가 어떤가를 말해 주오."

그는 얼마나 후회하고 있는가를 감동 깊은 말로써 얘기할 뿐만 아니라, 수많은 맹세와 언약으로 굳게 성실을 약속했으므로 나는 한없는 감동에 젖어들고 말았다.

"사랑하는 마농!" 나는 연애와 신학의 표현법을 죄스럽게도 뒤섞어 가며 말을 이었다. "당신은 한 사나이의 것이 되기에는 너무나도 귀중하오. 승리에 취한 사랑의 즐거움에 내 마음은 떠내려가는 것만 같구려. 쎙 슐피스에서 일컫는 자유란 한갓 망상일 따름이오. 이제 나는 그대를 위해 나의 행복도 명예도 내버리려 하오— 그렇게 될 것을 너무나도 잘 아오. 그대의 아름다운 눈동자 속에서 나의 숙명을 헤아린단 말이오. 하지만 그대의 사랑으로 위로받지 못할 손실이 그 어디 있겠소! 운명의 총애도 내 마음을 움직이기에는 부족하며 어떠한 영예도 나에게는 한 가닥 연기와 같구려. 승려 생활에 대한 나의 모든 계획은 어리석은 망상이었소. 결국 그대와 더불어 나누는 행복 이외의 모든 것은 한 푼의 값어치도 없는 허망한 것이요. 이따위 것들은 그대의 단 하나의 시선에 대해서도 능히 이겨내지 못할 테니까 말이오."

나는 그의 과실은 모두 눈감아 주겠다고 약속은 하면

서도 역시 어떻게 하여 B…의 유혹에 넘어갔는가를 알
고 싶어했다. 그의 말인즉, B…가 창 곁에 서 있는 그
를 한 번 보고는 그만 반해 버렸다는 것이었다. 그는
징세관의 직책으로 슬쩍 마농에게 수작을 걸어왔는데,
즉 마농의 반응 여하에 따라 상당한 보상을 해드리겠노
라고 편지에 써서 은근히 타일렀던 것이다. 애당초 그
리하여 유혹에 넘어간 셈인데, 처음에는 우리가 안락하
게 살 수 있을 정도의 금액을 그에게서 끌어내자는 속
셈 외에는 아무것도 없었지만, 그의 가지가지의 약속이
하도 엄청난 것이기에 어느새 눈이 어두워져 차츰차츰
마음이 흔들리게 되었다는 것이다. 그래도 급기야 헤어
지지 않으면 안 될 전날 그토록 고민을 겪은 것은 양심
의 가책에서였음을 알아 달라고 하면서, B…의 품안에
들어가 충족한 생활을 보냈음에도 자기는 행복을 누린
적이 하루도 없었는데, 그것은 나와 같은 섬세한 감정
이며 우아한 인품을 갖지 못한 B…의 탓만은 아니요,
끊임없는 쾌락 속에 몸을 두면서도 마음속 깊이 나와의
사랑의 추억이 깃들었거니와 스스로 저지른 배반에 대
한 뉘우침에 애통하고 있었기 때문이라고 말을 맺는 것
이었다. 그는 또한 티벨쥬의 얘기로 옮겨 그가 찾아왔
을 때 얼마나 당황했는가를 고백하였다.

"칼로 가슴팍을 찔렸어도 그때처럼 피가 용솟음치지
는 않았을 거예요. 한순간도 그이 앞에 견디고 있을 수
가 없어 등을 돌리고 달아났던 거예요."

계속해서 그는 내가 파리에 와 있다는 것, 변한 나의

환경, 그리고 소르본에서의 발표회 등을 어떤 경로로
알게 되었는가도 말하였다. 내가 토론하고 있는 동안
어찌나 가슴이 설레였는지 눈물이 마구 치솟아 오를 뿐
만 아니라, 신음과 아우성까지도 여러 번 터져나올 뻔
하여 참느라고 무척 괴로워했다는 것이었다. 끝으로 자
기의 산란한 자태를 숨기려고 맨 나중에 회장을 빠져
나와 오직 가슴의 파동과 욕망에 이끌리어 그 길로 곧
장 신학교로 달려왔는데, 만일 내 마음이 그를 용서해
줄 것 같지 않으면 그 자리에서 죽을 결심이었노라고
고백하였다.

　이처럼 열렬하고 이처럼 사랑스런 참회에 감동받지
않을 무정한 자가 어디 있겠는가? 이 순간 나는 마농을
위해서라면 교회의 어떤 직책이라도 희생할 것이라고
느꼈다. 앞으로 우리의 일을 어떻게 하면 좋겠느냐고
그의 의향을 묻자 그는 지체없이 신학교에서 나와 보다
안전한 곳에서 궁리해 볼 일이라고 말했다. 나는 그의
어떠한 의향에도 말없이 동의하고 있었다. 길목에서 나
를 기다리고 있겠다는 말을 남기고 그는 마차에 올라탔
다. 얼마 후 나는 문지기의 눈을 피하여 손쉽게 신학교
에서 빠져 나와 그의 마차에 올라탔다. 그 길로 우리는
고물상에 들렀고, 나는 다시금 휘장과 칼을 찼다. 대금
은 마농이 치러 주었는데, 나에게는 돈이 한 푼도 없었
기 때문이다. 그것도 그럴 것이 쌩 쉴피스에서 빠져 나
갈 계획이 틀어질까 봐 두려워서 내가 돈을 가지러 방
에 돌아가는 것까지도 마농은 만류했던 것이다. 하긴

내 재산이라고는 보잘것없었을 뿐더러 B…에게서 탄
돈으로 마농은 충분한 부자가 되어 있었으므로 그 따위
몇 푼 되지 않는 것쯤은 안중에도 없었다. 우리는 고물
상 가게에 있는 동안에도 앞으로 어떻게 처신할 것인가
에 대하여 의논했다. 그는 드 B…와 손을 끊는 희생의
값을 올릴 양으로 그와 깨끗이 청산할 결심이었다.

"그의 살림살이는 놓아 둡시다. 그 사람의 물건이니
까요. 하지만 이 년 동안 그이한테서 앗아낸 보석들과
근 육만 프랑의 돈은 정당한 권리로 가져가겠어요. 그
에게 트집잡힐 건 아무것도 없으니까요. 그러니 우리가
파리에서 참한 집 한 채를 빌려 행복하게 산들 두려울
것이 없어요."

그러나 설사 그에게는 아무런 두려움이 없다 할지라
도 나에게는 꽤 많은 것으로, 조만간 남의 눈에 띄게
될 뿐더러 앞서 겪은 일이 있는 불행에 다시금 농락당
하게 될지도 모른다고 누누이 설명하였다. 그는 파리를
떠나는 것이 유감이라고 한탄해 마지 않았다. 그를 슬
프게 하는 것이 나로서는 한없이 안타까운 일인지라,
그의 즐거움이 되는 일이라면 그 어떠한 운명인들 달게
받을 결심이었다. 그러나 우리는 분별 있는 절충점을
발견했으니, 그것은 놀러갈 때나 나들이할 때에는 쉽사
리 도심지로 나올 수 있는 파리에 가까운 교외 촌락에
집을 빌린다는 것이었다. 결국 우리들은 그리 멀지 않
은 샤이요를 택하였다. 마농은 즉시 집으로 돌아갔다.
한편 나는 그를 기다리기 위하여 튀일리 공원의 작은

문으로 향했다. 한 시간쯤 되어 그가 마차를 빌려 타고
하녀와 더불어 의류 및 모든 귀중품을 넣은 고리짝을
몇 개 싣고 달려왔다.

우리들은 이내 샤이요에 도착했다. 첫날 밤은 여관에
묵었는데, 집이 아니면 자그마한 방이나마 찾을 여유를
갖기 위해서였다. 그 이튿날로 우리는 마음에 드는 집
을 찾았다.

이로써 나의 행복은 처음엔 요지부동의 것으로 여겨
졌다. 마농은 부드럽고 다정하기 그지없었다. 어찌나
상냥한 마음으로 나의 시중을 들어 주었던지, 이때까지
의 모든 괴로움도 어느덧 잊게 되었다. 둘이 다 약간의
경험을 쌓았는지라 우리들이 가지고 있는 재산을 견고
히 할 궁리에 머리를 짜는 것이었다. 우리의 기본 재산
인 육만 프랑은 오랜 생활을 지탱해 나가기에는 아무래
도 부족한 금액이었다. 한편, 우리로 말하면 비용을 최
소한으로 줄일 수 있는 그런 성품은 아니었던 것이다.
절약이 나나 마농의 미덕일 수는 없었다. 그래서 나는
다음과 같은 안을 제시하였다.

"육만 프랑이면 넉넉히 십 년 동안은 살아 나갈 수 있
을 거요. 우리가 줄곧 샤이요에서 산다면 매년 이천 에
퀴면 충분하니까. 그곳에서 우리는 훌륭한 그러나 검소
한 생활을 해나갈 수 있겠지. 우리들의 비용이라고는
마차를 유지하는 것과 구경 정도겠지. 우리는 규칙적인
생활을 해야겠소. 당신은 오페라를 좋아하니까 일 주일
에 두어 번 가기로 하고, 노름을 위한 지출은 결코 2피

스톨이 넘지 않도록 제한하는 게 좋을 것이오. 이렇게 십 년을 지내노라면 우리 집안에 반드시 무슨 변화가 일어날 거요. 아버지는 연로하시니 돌아가실지도 모르고……그렇게 되면 나는 재산을 받게 될 것인즉, 우리들은 아무 걱정이 없게 되겠지."

만일 이 계획을 우리가 끊임없이 지켜 나갔더라면, 그것은 내 생애에 있어 가장 어리석은 짓이 되지는 않았을 것이다. 그러나 우리의 결심은 한 달을 넘기지 못했다. 마농은 쾌락에 열정적이었으며, 나는 마농에 잡혀 있는 터였다. 그때 그때마다 자꾸만 새로이 돈 쓸 일만 생겨났다. 나는 그가 돈을 물쓰듯 낭비하여도 아깝다고 생각하기는커녕, 도리어 그가 기뻐하리라 생각되는 일에는 나 스스로 앞장서는 형편이었다. 그리하여 샤이요에 사는 것마저 그에게는 짐이 되기 시작하였다. 겨울이 다가오고 있었다. 모두들 도심으로 돌아가자 시골은 적막해졌다. 그는 파리에 다시 집을 빌리자고 조르는 것이었다. 나는 찬성하지 않았으나 어떻게든 그를 만족시키기 위하여 파리에 방을 빌려서, 일 주일에 몇 번 가는 모임에서 늦게 돌아올 때에만 그곳에서 묵는 것이 좋으리라고 말했다. 그가 샤이요를 떠나고 싶다는 구실은 밤늦게 돌아오는 것이 불편하다는 것이었기 때문이다. 이리하여 우리는 도회에 하나 시골에 하나 결국 두 집을 갖게 된 셈이다. 이 변화는 우리를 몰락케 한 두 사건을 일으킴으로써 이내 우리들의 생활을 걷잡을 수 없는 파탄으로 몰아넣었다.

마농에게는 근위병으로 있는 오빠가 한 분 있었다.
불행하게도 그는 파리에서 우리와 같은 거리에 살고 있
었다. 어느 날 아침 창가에 섰다가 마농을 보자 누이임
을 알아보았던 것이다. 그는 지체없이 우리 집안으로
뛰어들었다. 원래가 거칠고 무례한 사나이였다. 마구
끔찍한 소리로 아우성치면서 방에 들어왔는데, 누이의
연애에 관하여 다소 알고 있었던지라 그에게 갖은 모욕
과 비난을 퍼붓는 것이었다. 나는 조금 전에 외출하고
집에 없었는데, 그자를 위해서나 나를 위해서나 훨씬
다행한 일이었다. 내가 그 자리에 있었더라면, 도저히
그러한 모욕을 견딜 수 없었을 것이니 말이다. 내가 집
에 돌아온 것은 이미 그가 떠나간 후였다. 마농이 슬픔
에 잠겨 있는 것을 보고 무슨 심상치 않은 일이 생겼음
에 틀림없다고 판단하였다. 그는 방금전에 겪은 소름끼
치는 모욕과 오빠의 횡포한 위협을 나에게 얘기했다.
이 말을 듣고 얼마나 강한 흥분에 사로잡혔던지, 마농
이 눈물을 흘리며 말리지 않았던들 그 길로 복수하러
뛰어나갔을 것이다. 이 일에 대하여 아직도 얘기를 계
속 하고 있을 때, 누구라는 이름도 밝히지 않고 근위병
이 다시금 우리의 방으로 들어왔다. 그라는 위인을 미
리 알고 있었다면 나는 그처럼 정중히 영접하지는 않았
을 것이다. 그러나 웃음 띤 얼굴로 우리에게 인사하고
난 뒤, 마농에게 흥분한 나머지 저지른 일에 사과하러
왔노라고 말하는 것이었다. 즉, 누이가 타락한 생활에
빠진 것으로 믿고 화가 치밀어오른 것인데, 하인의 한

사람으로부터 내가 누구라는 것을 알게 되고, 게다가
여러 가지 좋은 얘기를 들은 결과 우리들과 의좋게 지
내려는 생각을 했다는 것이다. 하인한테서 들었다는 이
소식이 야릇하기도 하고 놀랍기도 했지만 그런 대로 나
는 정중하게 그의 치하를 받아들였다. 그러는 편이 마
농을 기쁘게 해주리라고 생각했기 때문이다. 과연 그는
오빠가 화해할 마음이 된 것을 보고 즐거워하는 모양이
었고 그를 붙들어 놓고 같이 식사를 하였다. 그는 잠깐
동안에 몹시 친근해진 나머지 우리가 샤이요에 돌아간
다는 말을 듣자 굳이 동행하겠노라고 나서는 것이었다.
그러자니 마차 안에 그의 자리를 하나 마련해 주지 않
으면 안 되었다. 마침내는 하나의 점령이나 다름없이
되었는데, 우리 집에 자주 드나들며 노상 배기게 되면
서 마치 자기의 집같이 생각할 뿐만 아니라, 우리가 가
지고 있는 모든 것에 대해서도, 이를테면 주권행사를
하기 시작했으니까 말이다. 그는 나를 매부라 부르며
급기야는 형제의 정의(情誼)를 핑계삼아 제 친구들을
모두 샤이요에 불러다 놓고 우리의 비용으로 큰 잔치를
벌리곤 하였다. 우리의 돈으로 훌륭한 옷차림을 하는가
하면 제 빚까지도 우리에게 갚게 하는 것이었다. 나는
마농의 기분을 언짢게 하지 않으려고 이 모든 행패에도
눈을 감았으며, 때때로 마농에게서 적잖은 돈을 빼내는
것까지도 못 본 체하였다. 하긴 상당한 투전꾼이었기
때문에, 재수가 좋을 때는 정직하게 한 몫 갚아 준 것
도 사실이다. 그러나 우리들의 재산이란 워낙 대단한

것이 못 되었기에 이러한 절제 없는 낭비에는 도저히 오래 지탱할 수 없었다. 그래서 나는 치근치근한 그의 번거로움에서 벗어날 양으로 단판을 할까 벼르고 있었는데, 때마침 한 재난을 당하게 되어 이 수고는 모면했지만, 그 대신 헤어날 길 없는 밑바닥으로 굴러 떨어지고 말았던 것이다.

어느 날 우리는(흔히 그런 일이 있었던 것이지만) 파리에 가서 묵고 있었다. 이럴 때 샤이요에 혼자 남아 있곤 하던 식모가 이튿날 아침 달려와서 고하기를, 간밤에 우리 집에 불이 났는데 간신히 껐다는 것이었다. 세간에 혹시 큰 피해는 없었느냐고 물어 보았더니 식모는, 많은 건달들이 불을 끄러 들어오는 바람에 대혼잡을 이루어 자기로서는 아무것도 보장할 수 없다는 대답이었다. 나는 작은 문갑 속에 넣어 둔 돈이 걱정되어 곧 샤이요로 달려갔다. 헛된 수고였다. 문갑은 온데 간데 없이 사라졌다. 사람이란 구두쇠가 아니라도 돈을 아쉬워한다는 것을 이때 나는 뼈저리게 느꼈다. 이 손실로 말미암아 말할 수 없는 고통을 받은 나는 온 정신을 잃은 듯싶었다. 앞으로 직면하게 될 새로운 불행이 그 어떤 것인가를 나는 순식간에 깨달았다. 가난하다는 것 그 자체는 아무것도 아니다. 그러나 나는 마농을 잘 알고 있었다. 충족한 생활을 하는 동안 그 아무리 충실하고 열성적이라 하더라도, 일단 길을 헤매게 되는 날에는 믿을 수 없는 여자임을 너무나도 잘 알고 있지 않은가. 나를 위해 사치와 쾌락을 희생하기에는 너무나도 그러한 것들을 사랑하는 마농이다.

'그를 잃게 되리라. 오오, 가엾은 슈바리에야. 넌 사 랑하는 모든 것을 다시금 잃으려 하고 있구나!' 나는 혼 자 부르짖었다.

이 생각은 나를 어찌나 끔찍한 혼란에 몰아넣었는지 얼마 동안은 차라리 죽음으로 이 모든 불행에 종지부를 찍는 것이 좋지 않을까 고민할 정도였다. 그러나 과연 아무런 해결의 방도도 남아 있지 않은 것일까를 한 번 생각해 볼 만한 마음의 여유는 있었다. 결국 하느님은 한 가지 묘안을 주어, 나를 절망에서 구했던 것이다. 즉 마농에게 이 손실을 알리지 않는 일은 불가능한 일도 아니요, 무슨 꾀로나 요행으로 해서 그에게 부자유를 느끼지 않을 정도로 비용을 충당해 나갈 수 있을 듯 느 껴진 것이었다.

'이만 에퀴면 십 년 동안 충분히 살아갈 수 있다고 계 산했겠다.'—나는 스스로 위안하듯 중얼거렸다. '그래, 그 십 년이 지나가고 내가 바랐던 집안의 변화도 일어 나지 않았다고 가정하자. 그때 나는 어떻게 할 것인가? 그건 모를 일이로되 그때 할 일을 지금 했다기로소니 누가 방해하랴? 나만한 재산도 타고난 장기도 없이 그 저 가지고 있는 대로의 능력껏 훌륭하게 먹고 살아가는 사람이 파리에는 얼마든지 있을 것이 아닌가.' 인생의 가지가지 신분에 생각을 돌리면서 이어 혼잣말을 계속 하였다. '신의 섭리는 참 현명하게도 사물을 마련해 놓 은 것이다. 높은 지위와 돈 많은 사람들이 대부분은 바

보들이라는 것—그것은 조금이라도 세상일을 아는 사람
에겐 분명하다. 이 것이야말로 가상할 공평성이 있는
것이다. 만일 부잔데다 재능마자 겸비했다면 그들은 너
무나 행복할 것이요, 그렇지 못한 사람들은 너무나 참
혹할 것이니까. 그러기에 육체와 정신의 장기는 불행과
가난에서 빠져 나올 수단으로 가난한 사람들에게 주어
진 것이리라. 그 중 어떤 사람들은 권력자에게 쾌락을
제공함으로써 부유한 재물에 한 몫 본다. 즉, 속임수다.
또 어떤 자들은 그들의 교육에 봉사하여 교양 있는 인
물로 만들려고 노력한다. 하긴 이런 일에 성공하기란
실제로 드문 일인데, 하느님의 지혜는 그런 데 목적을
둔 것이 아니다. 그들이 노역으로부터 받는 보상, 즉 교
육받는 상대방의 비용으로 자신의 생활을 영위하는 것
이 바로 그것이다. 따라서 어떻게 그것을 취급할는지는
모를 일이로되, 권력자나 부자의 어리석음은 가난한 사
람들을 위해선 희한한 재원이 된다.'

　이렇게 생각을 하니 마음도 머리도 좀 가라앉는 느낌
이었다. 우선 나는 마농의 오빠인 레스코 씨를 찾아가
서 의논하기로 했다. 그는 파리의 일이라면 모르는 것
이 없었는데, 나는 그의 수입이 자기의 재산에서 나온
것도 아니요, 왕의 급료에서 나온 것도 아님을 기회 있
는 대로 보아 알고 있는 터였다. 나에게는 겨우 이십
피스톨의 돈이 어쩌다 요행히도 호주머니에 남아 있을
따름이었다. 나는 돈주머니를 보여 주고 나의 불행과
근심을 설명한 다음, 굶주려 죽는 편이 좋은가, 절망한

나머지 머리를 짓부셔야 옳을 것인가, 어느 편을 택하
느냐고 되물었다. 그는 머리를 짓부수는 일은 바보나
하는 짓이요, 굶주려 죽는다는 것은 재간 있는 위인들
이 그 재간을 활용하지 않으려고 할 때 흔히 당하는 어
리석은 노릇이라고 대답하였다. 그런즉 내가 무슨 일을
할 수 있는가는 내게 달린 문제요, 자기로서는 어떠한
계획에도 힘이 되어 주고 의논 상대가 되어 줄 터이니
걱정 말라는 것이었다.

"그건 너무나도 막연하지 않소, 레스코 형⋯⋯내가
당한 위기는 당장에 모면해 나갈 방책이 있어야만 해
요. 도대체 마농에게 무어라고 하면 좋단 말인가요?"

"마농 때문이라면 무얼 그렇게 걱정할 필요가 있다
고? 자네만 그럴 마음이라면 자네 불안을 일소해 버릴
만한 방법쯤은 얼마든지 있지 않나? 마농 같은 여자라
면 자네나 나나 충분히 먹여 살릴 수 있단 말이야."

이 무례한 말이 응당 받아야 할 반박을 하려 했으나
그는 그럴 겨를도 주지 않고, 만약 자기의 의견에 동의
한다면 저녁까지 천 에퀴를 만들어 보일 테니 둘이서
나누자고 하였다. 즉, 방탕에 대해서는 돈을 아끼지 않
는 한 귀족을 알고 있는데, 그 작자라면 마농 같은 계
집을 얻기 위해 천 에퀴쯤은 문제삼지도 않으리라는 것
이었다.

나는 그의 말을 막았다.

"난 형이 그런 사람인 줄은 몰랐었소. 나한테 우정을
보여 준 동기는 지금 이 따위 감정과는 딴판의 것이라

믿고 있었으니 말이오."

그러나 능청스럽게도 그가 자백하기를, 자기는 애당
초 그런 속셈이었으며, 설사 가장 사랑하는 사내를 위
해서라 할지라도 이미 정조를 판 누이인 만큼 그가 굳
이 상종하려 한 것은 그 좋지 못한 행실을 미끼로 삼을
생각에서였노라고 하였다. 그제야 나는 그에게 속고 있
었다는 것을 알았다. 그러나 이 말에 어떠한 감정을 품
었다손 치더라도, 지금은 그를 필요로 하고 있는 중이
라 억지로 웃음을 지어 보이면서, 그의 의견은 만일의
경우 최후의 수단으로 미루어 두자고 대답했다. 나는
그보다 딴 방책을 강구해 달라고 부탁했다. 그는 나의
젊음과 타고난 미모를 기화로 어디 늙은 음탕한 여자라
도 하나 낚으면 어떻겠느냐고 말했다. 나는 이 수단 또
한 비위에 거슬렸으니, 마농에 대한 불실한 행동이 될
것이기 때문이었다. 그래서 나는 지금의 막다른 골목에
가장 알맞는 손쉬운 수단으로서 도박이 어떻겠느냐고
제의해 보았다. 그는 확실히 도박이 돈벌이 수단이긴
하지만 거기엔 기술이 필요하며, 막연히 어리석은 속셈
으로 도박을 하려다간 그나마 남은 돈마저 죄다 털어
버리는 데 더없이 좋은 수단이 될 수밖에 없다고 말했
다. 그렇다고 재수를 다시 잡기 위해 익숙한 사람이나
수작부리는 그러한 협잡을 아무 패도 없이 혼자서 쓴다
는 것은 너무나도 위험한 일이라는 것이다. 그래서 결
국 셋째로 패를 한 몫 끼는 길이 있는데, 내가 아직 젊
으니만큼 도당(徒黨)으로서의 역량이 없다고 하여 거절

당할 위험성은 있으나, 그렇다손 치더라도 자기가 잘
주선해 주겠노라고 하였다. 게다가 뜻밖의 일이지만 군
색해서 필요한 경우에는 얼마만큼은 빌려 주겠다고 나
서기까지 했다. 나는 우선 이번의 손해와 지금 한 얘기
의 내용에 대해서는 일체 마농에게 알리지 말아 달라는
부탁으로 그칠 따름이었다.

그의 집을 나올 때의 나의 기분은 찾아갔을 때보다
더욱 불만스러웠다. 나의 비밀을 알린 것이 뉘우쳐지기
까지 했다. 실상 그에게 알렸다고 해서 별다른 소득이
있었던 것도 아니며, 도리어 마농에게 알리지 않겠다는
약속을 저버리지 않을까 무척 불안스럽기만 했다. 뿐만
아니라 방금 그가 실토한 바 있었으나, 내 손에서 마농
을 빼앗든지 혹은 훨씬 부자요 복많은 애인을 찾아 자
기와 손을 끊도록 꾀여 내가지고 아까 말과 같이 마농
을 이용할 속셈은 아닌지 두려워하지 않을 수 없었다.
그리하여 여러 가지로 궁리를 하였으나, 결국 고민은
짙어 가고 아침의 절망이 새로이 되살아날 뿐이었다.
하다 못해 아버지에게 편지라도 내어 다시 개심한 듯
꾸며서 돈을 얻어 볼까 하는 생각에 몇 번이나 망설였
는지 모른다. 그럴 때면 이내, 자애 깊은 아버지이지만
최초의 과실을 범했을 때 여섯 달이나 그 좁은 골방에
가두었던 사실이 회상되곤 하였으니, 쌩 슐피스에서의
탈출이 그에게 큰 타격을 준 이상 그때보다 더 엄격하
게 나를 다루리라는 것은 확실했다. 마침 생각 끝에 한
묘책이 떠올라 나를 마음놓게 했는데, 왜 좀 더 일찍이

착안하지 못했던가 하고 스스로 놀라기도 했다. 그것은
옛날과 변함없는 정열과 우정을 틀림없이 베풀어 줄 옛
친구 티벨쥬에게 호소하는 일이었다.

　그 성실함을 의심할 바 없는 사람에게 신뢰를 가지고
의논하는 것보다 영예롭고 찬탄할 만한 미덕은 없다.
이 점 아무런 위험도 느끼지 않는 것이다. 설사 그들이
언제나 간청에 응할 수 있는 것은 아니라 할지라도 적
어도 그들로부터 호의와 동정은 얻을 수 있는 법이다.
다른 사람들 앞에서는 그처럼 조심스레 굳게 닫혀진 마
음도 이들 앞에서는 마치 햇빛을 몸에 받고 부드러운
감화를 기다려 방긋 웃는 꽃잎처럼 순순히 가슴의 문을
여는 것이다.

　이렇듯 위급한 때에 티벨쥬를 생각하게 된 것은 분명
히 하느님의 가르치심이라 믿고, 그날 해가 지기 전에
어쨌든 그와 만날 조치를 취하기로 작정했다. 그 길로
곧 집으로 돌아오자 쪽지를 적어 보내 만나기에 적당한
곳을 지정해 주었다. 또한 요구하기를 나의 형편이 형
편인 만큼 침묵을 지키고 신중을 기하여 준다면 그보다
더한 일이 없겠노라고 하였다. 그와 만나게 된다는 희
망이 내게 던져 준 기쁨은 내 얼굴로부터 비애의 자취
를 말끔히 씻어 주었다. 만일 그렇지 않았던들 반드시
마농에게 눈치채이고 말았을 것이다. 나는 샤이요에서
의 우리의 불행을 마치 걱정할 필요없는 대수롭지 않은
일처럼 그에게 들려 주었다. 파리는 그가 이 세상에서
가장 즐기는 곳인지라, 화제로 약간 손해 입은 샤이요

의 집을 수리할 때까지 이곳에 머물러 있음이 어떠냐는
내 말을 듣자 별로 불쾌히 여기는 것 같지는 않았다.
한 시간 후에 티벨쥬로부터 회답이 왔는데, 지정된 장
소에 가겠노라고 씌어 있었다. 초조한 마음으로 나는
그곳으로 달려갔다. 그러나 그의 앞에 나서는 것만으로
내 자신의 방종에 대한 가책을 느낄 것이므로 어쩐지
벗 앞에 나아간다는 일이 부끄러워지는 것이었다. 그러
나 그의 두터운 우정을 믿는 마음과 마농에 대한 이해
심이 나에게 용기를 북돋아 주었다.

　파레 루와이얄 공원에서 만나자고 일러 놓았었다. 그
는 나보다 먼저 와 있었고, 나를 보자마자 달려와 나를
껴안았다. 그는 오랫동안 나를 꼭 두 팔로 부둥켜안고
있었는데, 내 얼굴이 그의 눈물로 젖는 것을 느꼈다. 나
는 그에게 다만 부끄러운 마음으로 나선 것이며, 배은
망덕을 깊이 느끼고 있다고 말하였다. 그리고 그의 존
경과 애정을 잃어 마땅한 일만 거듭해 온 지금에도 그
를 친구라고 여겨도 좋은가 어떤가를 무엇보다 먼저 밝
혀 달라고 부탁하였다. 그는 단정하기 그지없는 어조
로, 무슨 일이 있더라도 자네의 벗됨을 포기할 수 없을
뿐더러, 자네가 불행하면 불행할수록, 실례의 말이지만
과오를 범하고 방탕으로 흐르면 흐를수록 자네에 대한
애정은 더욱 강렬하게 불타오를 뿐이라고 대답하는 것
이었다. 하지만 그 애정은 귀한 벗이 타락해 가고 있음
에도 불구하고 구해 낼 길 없어 속수방관할 따름인 사
람이 느끼는 쓰라린, 고통섞인 애정이라고 그는 덧붙였

다.

　우리는 벤치 위에 걸터앉았다.

　"아아!" 나는 가슴속으로부터 우러나오는 한숨을 지으며 말했다. "정다운 티벨쥬, 자네의 동정이 내 고통에 못지않는다고 말하지만, 그렇다면 그 동정은 지나친 것일지도 모르네. 내 고통을 드러내 보이기조차도 부끄러운 것은, 터놓고 말이지, 그 원인이 떳떳하지 못하기 때문일세. 하지만 그 결과인즉 말할 수 없이 비참하여 굳이 자네와 같이 날 사랑하지 않고서라도 이에 동정을 금할 수 없을 것이네."

　그는 내가 쌩 슐피스에서 나온 뒤 어떤 일이 있었는가, 친구의 우의로서 거침없이 이야기해 달라고 말하였다. 나는 그의 청을 받아 그대로 말해 주었으니 사실을 어기거나 변명할 구실을 갖고자 잘못을 과소하게 꾸며대기는커녕, 오히려 정열이 불어넣은 모든 힘을 가지고 그 정열의 불길에 대하여 이야기해 주었다. 이 가슴속의 불길이란 운명의 저주와 같은 것으로 한 인간을 즐겨 파멸로 끌고 들어가며, 인간의 예지로써 예견할 수 없었던 것과 마찬가지로 덕(德)으로써도 막을 도리가 없는 것이라고 말하였다. 나는 나의 흥분, 불안 그리고 그와 만날 두 시간 전까지의 절망의 이모저모를 적나라하게 그의 앞에 실토하고, 만약 친구마저 야속한 운명처럼 나를 저버린다면, 다시금 그 절망의 구렁텅이로 빠져 들어갈 것이라고 하였다. 이리하여 나의 얘기는 마음씨 좋은 티벨쥬를 감동케 한 나머지, 동정으로 괴로워하는 그의 모습은 고통으로 인한 나의 괴로움과 조금도 다를 바가 없었다. 그는 언제까지나 나를 부둥켜안고는 용기를 내고 마음을 부드럽게 가지라고 일러 주는 것이었다. 그러나 내가 마농과 손을 끊어야 한다고 여전히 생각하고 있는 모양이기에 나는 단호한 어조로, 이 이별이야말로 나의 가장 큰 불행이요, 다른 모든 고통을 한데 뭉친 이상으로 더욱 견딜 수 없는 이 횡포한 수술을 받느니 차라리 막다른 빈곤(貧困)을 달게 받을 뿐더러, 가장 참혹한 죽음이라도 감히 물리치지 않을 터이라고 말하였다.

"그럼 자네의 뜻을 설명해 주게. 내 제안에 모두 반대하면 대체 나는 무슨 도움을 줄 수 있단 것인가."

탐나는 것이 그의 돈주머니라고는 차마 말할 수 없었다. 그러나 마침내 눈치챈 그는, 내 마음속을 잘 알겠노라고 하면서, 몹시 결심하기가 주저스러운 듯 한동안 말을 끊고 있었다.

"지금의 나의 망설임을……." 이윽고 그는 입을 열었다. "우정이 식어진 탓으로는 생각지 말게. 하지만 어쩌면 이렇게도 난처한 지경에 나를 몰아넣는가 말일세. 자네가 바라고 있는 한 가지 조력을 물리쳐야 할 것인가 그렇지 않으면 자네 청을 들어 줌으로써 나의 의무를 저버려야 할 것인가?—그도 그럴 것이 자네를 이대로 두는 것은 자네 타락에 가담하는 것이나 다름없을 테니 말이네. 그러나—" 하면서 잠시 생각하고 나서 "아마 자네가 부닥친 갑작스런 빈곤의 상태가 너무나도 크

기 때문에 분별을 차릴 만한 여유가 없는 것 같아 보이
네. 지혜와 진리를 즐기기 위해선 평온한 마음이 필요
하거든. 그래 얼만큼이나마 돈을 마련할 수 있는 길을
강구해 보겠네. 하지만 사랑하는 슈발리에!" 그는 나를
끌어안으면서 말하였다. "한 가지 조건을 붙여야 되겠
어. 내게 자네 거처를 알려 주어야 하고, 귀찮을는지 모
르지만 자네를 본래의 미덕으로 돌이키려는 나의 노력
일랑 받아 주게. 자네가 덕을 사랑한다는 것도, 그리고
그곳에서 자네를 멀리 하는 것이 오직 벅찬 정열의 힘
에 지나지 않는다는 것도 나는 잘 알고 있네."

　나는 충심으로 그의 모든 희망에 동의하고, 이처럼
덕 있는 벗의 충고를 살리지 못하는 운명의 악의에 대
하여 연민의 정을 가져 달라고 하였다. 그는 이어 나를
잘 아는 현금교환소로 데리고 갔는데, 그곳에서 나는
약속수형으로 백 피스톨을 선대(先貸)받았다. 그에게는
도시 현금이 없었던 것이다. 앞서 얘기했지만 그는 부
자가 아니었다. 그가 받을 보조금액은 천 에퀴였는데,
그나마 그 해부터이므로 아직 한 번도 그 돈을 손에 받
아 본 적이 없었다. 내가 선대받은 것은 이 장래의 수
입을 저당으로 넣은 것이다.

　그의 은혜가 얼마나 큰가를 나는 깨달았다. 깊은 감
명을 받은 나는 온갖 의무를 저버리게 한 숙명적인 사
랑의 맹목성을 서글퍼하였다. 얼마 동안 내 마음속에서
는 욕망을 억누르고 일어서리만큼 덕(德)이 힘을 얻었
으며, 광명에 찬 이 순간만은, 적어도 자신을 얽매는 사

랑의 속박이 수치스러웠고 원망스러웠던 것이다. 그러
나 이 싸움은 가볍게 흘러갈 뿐 오래 가지는 못하였다.
마농을 보는 것만으로 나는 하늘왕국에서 발을 헛디뎌
떨어지게 마련이니, 그의 곁으로 다시 돌아온 나는, 이
처럼 아름다운 대상에 바치는 정당한 사랑을 단 한순간
이나마 부끄러워했다는 것이 짐짓 놀라울 따름이었다.

마농은 희귀한 천품의 여성이었다. 그만큼 금전에 대
하여 담백한 여자는 결코 없을 것이다. 그러나 돈에 부
자유함을 두려워하고서는 한시도 가만히 배겨낼 수 없
었다. 그에게 없어서 안 될 것은 쾌락이요, 오락이었다.
만일 돈을 쓰지 않고서도 향락할 수 있다면 그는 한 푼
의 돈도 욕심내지 않았을 것이다. 그날 그날을 즐겁게
보낼 수만 있다면 굳이 우리들의 재물이 어디서 나오는
지 알려고도 하지 않았다. 그런즉, 지나치게 노름에 팔
리지도 않고 호화로운 낭비에 별로 현혹될 리도 없는
마농을 만족시킨다는 것은 매일 그의 취미에 알맞는 오
락을 제공하는 것만으로 극히 쉬운 일이었다. 그러나
이렇듯 쾌락에 골몰하여 산다는 것은 무엇보다도 필요
했기 때문에, 어쩌다 그런 것이 없어진 경우 그의 기분
이나 마음의 움직임에 관해서는 결코 믿을 수가 없었
다. 아무리 마농이 나를 사랑한다 할지라도, 또 자신이
즐겨 말하는 것처럼 사랑의 단맛을 맛보여 줄 사람은
오직 나뿐이라 할지라도, 어떠한 불안 앞에서는 그의
애정도 견디어 내지 못하는 것이다. 얼마간의 재산만
있으면 그는 전세계보다도 나를 택했을 것이다. 그러나

변함없는 마음과 성의밖에 내 손에 남지 않았을 경우,
나를 버리고 또 어느 새로운 B…에게로 기울어질 것은
의심할 여지가 없었다. 그러므로 나는 그가 필요할 때
에는 언제든지 응할 수 있도록, 내 자신의 비용을 최대
한으로 절약하고, 지나친 낭비에 대해서 그를 억제하느
니보다는 오히려 내게 필요한 모든 것을 금할 결심을
하였다. 그 중 마차는 무엇보다도 두통거리였다. 실상
그놈의 말과 마부를 먹여낼 만한 능력이 전혀 없었기
때문이다. 나는 이 고민을 레스코에게 하소연했고, 어
느 친구로부터 백 피스톨을 받은 일까지도 숨기지 않았
다. 그는 되풀이하기를 어디 한 번 운을 걸어 볼 생각
이 있다면 아주 기분 좋게 백 프랑을 척 내고서 자기
패들을 불러 한 턱 내보면, 자기 주선으로 질랑이 패꾼
에 끼게 함도 결코 희망 없는 일은 아니라고 하였다.
속임수를 노는 일은 혐오스러웠지만 어쩔 수 없는 필요
에 의해 나는 시키는 대로 하였다.

　레스코는 그날 밤으로 나를 친척의 한 사람이라 하여
그들에게 소개시켜 주며, 나를 가리켜 운명의 총애를
절실히 요구하고 있는 사람인 만큼 더욱 믿음직한 일꾼
이 될 가능성이 많다고 덧붙여 말했다. 그러나 한 푼
없는 비렁뱅이와는 다르다는 것을 보여 주기 위하여 그
들을 만찬에 초대할 의향을 가지고 있다고 떠들어댔다.
내 신청은 수락되었고, 나는 그들을 호화로운 향연으로
대접하였다. 그들은 나의 점잖은 풍채와 안성맞춤인 성
품에 대하여 장황하게 늘어놓았다. 그들의 말인즉, 내

얼굴에 얌전한 태가 그려져 있어 속임수를 놓아도 절대
눈치채지 못할 것이니만큼 내가 꽤 유망하다는 것이었
다. 끝으로 그들은 이와 같은 소질의 신인을 소개해 준
레스코 씨에게 치하하고, 특히 한 사람을 골라 나에게
수일간 필요한 교수를 베풀도록 마련해 주었다.

　나의 주요한 활동 무대는 트란실바니관(舘)이었는데,
한 방에는 파라옹의 탁자가 있고 회랑에는 그외 갖은
골패와 노름 설비가 차려 있었다. 이 도박장은 당시 크
라늬에 살고 있던 드 R…공작의 밑천으로 열려 있었는
데, 그의 부하 대부분이 우리들의 상대였다. 말하기 부
끄러운 노릇이나 불과 며칠 못 가서 나는 선생의 교수
를 교묘히 활용하게 되었다. 특히 그 중에도 근사한 솜
씨를 발휘한 것은 돌림패 짝을 살짝 바꿔 버리는 것과
놀짝을 감쪽같이 없애 버리는 것이었는데, 양편 긴 소
매를 이용하여 재빠른 속임수로 그 방면의 권위자들의
눈을 감쪽같이 속이며, 의젓한 어르신네들을 닥치는 대
로 넘어뜨리곤 하였다. 이 희한한 기술 덕택으로 내 주
머니는 대뜸 불어가서 불과 한두 주일 사이에 적지 않
은 돈을 수중에 모았을 뿐더러, 그외에도 클럽측에게
체면치레로 한몫 나누어 주었던 것이다. 이렇게 되고
보니 이제 마농에게 샤이요에서의 불행을 말해 준들 아
무런 걱정이 없었다. 그래서 그에게 화재의 일건을 얘
기하고, 그를 위안하기 위하여 살림 달린 집을 한채 빌
려서 우리는 풍족하고 근심 없는 듯 새살림을 차렸다.

　이러는 동안에도 티벨쥬는 자주 나를 찾아와 주는 것

을 잊지 않았고 짖궂게도 그의 설교는 계속되었다. 만
나기만 하면 내 자신의 양심과 영예와 행운에 끼치고
있는 손해를 다시금 설파하려는 것이었다. 나는 그의
충고를 우정으로 순순히 들어 주었을 뿐, 그 충고를 따
를 의도는 추호도 없었지만 그 열의가 어디에서 나오는
것인가를 잘 알고 있었기에 감사의 뜻을 표하곤 하였
다. 때로는 마농이 있는 자리에서 농담삼아 놀리기도
했는데, 흔히 여자 하나쯤은 눈감아 줄 줄 아는 사교님
네들이나 그밖의 수많은 승려들보다 극성피울 것 없이
웬만큼 해두라고도 일러주곤 했다.

"저걸 보게나." 나는 마농의 눈을 가리키면서 말했다.
"저렇게 아름다운 것 때문에 저지른 과실이라면 그 누
군들 뭐라 비난하겠는가 말이야."

그는 참고 있었다. 어지간히 참아내었다. 그러나 내
재산이 늘어가고, 한편 그에게 빌렸던 백 피스톨을 갚
을 뿐더러 새집차림으로 낭비를 거듭하는 등, 전에 더
한 향락으로 기울어짐을 보자 그는 지금까지의 태도를
완전히 고쳐 버렸다. 그는 짙어가는 나의 타락을 한탄
하여, 하느님의 벌을 반드시 받으리라고 얼려 대며 멀
지 않아 당면할 불행의 일부를 예언하는 것이었다.

"그대들의 방종한 생활에 쓰고 있는 이 돈이 정당하
게 벌어 들여온 돈은 아닐 테지. 자네는 부정한 수단으
로 손에 넣었을 거야. 어디 두고 보게, 같은 방법으로
사라지고 말 것이네. 하느님의 가장 끔찍한 벌은 다름
아니라 잠자코 그 돈을 쓰게 내버려 두는 걸세. 나의

충고는 모두 헛된 것이었군. 이대로 가면 자네에게 아
마 귀찮은 것이 될걸세. 그러니 자, 이별하겠네, 우의
(友誼)를 저버린 의지 약한 벗이여. 원컨대, 그대 죄악
의 쾌락이 그림자처럼 사라지도록……! 지금 자네를 홀
리고 있는 재물이 얼마나 허무한 것인가를 깨닫게 하기
위하여 그대의 재산이며 돈이 구할 길 없이 사라지고,
자넬랑 의지 없이 벌거숭이로 남도록…… 그때야 비로
소 나는 자네를 사랑할 수 있으며, 자네에게 힘을 빌려
줄 수 있게 되겠지. 그러나 지금은 자네와의 교제를 일
체 끊겠거니와 자네의 생활을 타기하겠네."

　이 사도와 같은 설교를 한 것은 바로 내 방에서, 가
뜩이나 마농을 앞에 두고서였다. 그는 벌떡 일어나서
밖으로 나갔다. 나는 만류하려고 했으나, 마농이 가로
채며 미친 사람이니 가게 내버려 두라고 말하는 것이었
다.

　그러나 그의 말을 듣고 나는 다소 감동을 받지 않을
수 없었다. 지금 나에게는 선으로 돌아가려는 마음의
충동을 여러 기회마다 느끼곤 했던 일이 생각나지만,
그뒤 막다른 비운의 밑바닥에서도 일부분이나마 나의
기력을 보유하게 된 것이 바로 이때 받은 감명의 추억
에서였기 때문이다. 그러나 마농의 애무는 티벨쥬와의
충돌로 말미암은 슬픔을 순식간에 씻어 버리고 말았고,
우리는 쾌락과 애욕의 나날을 계속할 따름이었다. 재산
이 불어감에 따라 애정도 깊어갔다. 미의 여신 비너스
도 재물의 여신 풀륜느도 우리 둘만큼 행복하고 사랑에

겨운 노예를 가져 보지 못했을 것이다. 하느님! 이다지
도 감미로운 쾌락을 맛볼 수 있는 이 세상을 어찌하여
고난의 세계라 이름지어야 합니까! 그러나 아아, 그 쾌
락의 덧없음이여! 만일 쾌락이 영원히 계속될 성질의
것이라면 어느 누가 다른 행복을 구하겠는가? 하지만
우리의 쾌락 역시 같은 운명을 면할 수 없는 것으로,
순식간에 사라지며 쓰디쓴 뉘우침이 뒤따르는 법이다.
나는 도박에서 적지 않은 돈을 벌었으므로 그 중 한 몫
을 따로 저축해 둘 생각을 하게 되었다. 내 하인들은
이러한 성공을 모르지는 않았는데, 특히 내 종자와 마
농의 시녀가 속속들이 알게 된 까닭은 그들 앞에서 노
상 거리낌없이 지껄였던 탓이다. 시녀는 얼굴이 예쁘장
했는데 하인과는 사랑하는 사이였다. 젊고 까다롭게 굴
지 않은 우리들을 넘보았던지 쉽사리 속여먹을 수 있다
고 생각한 모양이었다. 그들은 계교를 꾸며 실행에 옮
겼는데, 이로 말미암아 우리는 말할 수 없는 불행에 빠
져, 두 번 다시 그 곤경에서 벗어나지 못하고 만 것이
다.

　어느 날, 우리들이 레스코 씨의 만찬에 초대받아 갔
다가 돌아왔을 때에는 이미 자정이 가까울 무렵이었다.
나는 하인을 불렀고, 마농은 시녀를 불렀다. 그러나 어
느 누구도 나타나지 않았다. 둘은 즉, 그들은 여덟시 경
에 집을 나간 채 보이지 않았는데, 그때 주인의 분부라
하여 짐을 몇 개 싣고 나가더라는 것이었다. 나는 곧
진상이 예감되었으나, 방 안에 들어서자 눈에 띄는 것

은 도시 예상 밖의 일이었다. 장롱 열쇠는 비틀려 부서
지고 돈이며 옷가지는 모조리 온데 간데없었다. 이 지
경을 당하고 혼자 멍하니 서 있노라니, 마농이 새파랗
게 질린 얼굴로 달려와서 자기 방도 똑같은 난장판이라
고 하였다. 이 타격이 어찌나 참혹한 것이었던지 이성
의 비상한 노력으로 겨우 터져나오려는 울음과 아우성
을 억누르고 있을 정도였다. 마농에게까지 나와 같은
절망을 주어서는 안 되겠다는 걱정이 나로 하여금 평온
한 표정을 가지게 하였다. 나는 농담조로 말하기를 트
란실바니관에 나가서 어디 얼빠진 놈팡이에게서 이 손
해를 돌이키겠노라고 얼버무렸다. 그러나 그는 우리들
의 재난에 몹시 타격을 받은 듯, 나의 허세쯤으로 그의
실망을 완화시키기는커녕 오히려 그의 슬픔으로 나 스
스로가 괴로워할 따름이었다.

"우리는 인제 마지막이군요." 그는 눈물이 글썽하여
말하였다.

그를 애무로써 위로하려 했으나 허사였다. 나 자신도
절망과 낙담의 눈물을 흘리고 있었다. 실상 우리는 망
할 대로 망한 것으로 속옷 한 벌도 남은 것이 없었다.
나는 레스코 씨를 불렀다. 그는 지체 말고 경시총감과
파리의 대법관에게 알리라고 재촉하였다. 나는 그곳으
로 달려갔다. 그러나 이 일이야말로 나의 가장 큰 재화
를 가져왔으니, 그 수속이나 그들 두 관리에게 부탁한
수배가 허사였을 뿐만 아니라, 내가 없는 사이에 레스
코 놈이 마농을 꾀어내어 끔찍스런 계획을 꾸밀 틈을

주고 말았으니 말이다. 그는 늙은 호색가로 탕유에는
돈을 아끼지 않는 드 G…M…이란 자의 얘기를 하여
그자와 정을 통하게 되면 굉장한 이득이 있다고 갖은
감언이설로 꾀어내는 통에, 이번 불행으로 말할 수 없
이 타격을 받은 마농은 그만 낚는 대로 홀딱 넘어간 것
이었다. 이 명예로운 흥정은 내가 돌아오기 전에 성립
되었고, 실행만은 레스코가 드 G…M… 씨에게 사전
연락을 취한 후라야 하니 만큼 이튿날로 연기되었던 것
이다. 내가 돌아오니 레스코는 집에서 나를 기다리고
있었다. 그러나 마농은 제 방에 누워서 몸을 좀 쉬겠으
니 그날 밤은 혼자 내버려 달라고 하인에게 일러 보냈
다. 레스코는 몇 피스톨의 돈을 나에게 준 다음 돌아갔
다. 나는 그 돈을 받았다.

　잠자리에 들어간 것은 새벽 네시가 가까워서였는데,
그러고도 어떻게 하면 다시 재산을 일으킬 수 있을 것
인가를 궁리하던 끝에 늦게서야 잠이 들어, 아침에 눈
을 뜬 것은 열한시가 아니면 열두시경이 다 되어서였
다. 부리나케 일어나자 마농의 건강이 근심스러워 달려
갔다. 그러나 그는 온데 간데 없었으니, 들은즉 한 시간
전에 마차를 빌려 타고 데리러 온 오빠와 함께 외출했
다는 것이었다. 레스코와 더불어 나갔다는 것이 꺼림칙
하였지만 억지로 그런 의심을 억제하였다. 몇 시간을
책을 읽으면서 흘려 보냈다. 마침내는 불안을 누를 길
이 없어 집 안을 쿵쿵거리며 서성거리기 시작하였다.
그러다가 마농의 방 안에서 편지 한 장이 탁자 위에 놓

여 있는 것을 발견 하였다. 그 편지는 내게 주는 것으
로 필적도 분명 그의 것이었다. 숨막힐 듯한 전율을 느
끼면서 나는 편지를 뜯었다. 사연은 다음과 같았다.

사랑하는 나의 슈바리에, 당신은 내 마음의 우상이
요, 당신을 사랑하듯 내가 사랑할 수 있는 이는 이 세
상에 오직 당신밖에 없다는 것을 맹세라도 하겠어요.
하지만 가엾은 내 사랑이여, 우리가 다다른 지금의 곤
경에서는 충실도 한낱 어리석은 미덕이 아니겠어요? 빵
에 부자유하여도 달콤한 사랑에 잠길 수 있다고 믿으시
나요? 주림은 저에게 터무니없는 착각을 일으킬지도 몰
라요. 사랑의 탄식이라 생각하고 있어도 어느 날 그것
이 죽음의 탄식이 될지 모르니까요. 이 몸은 진정 당신
을 사랑합니다. 그것만은 믿어 주세요. 다만 얼마 동안
우리들의 재산을 만회하기 위한 저의 행동을 용서하세
요. 저의 그물에 걸려드는 자만이 화를 입을 것입니다.
사랑하는 당신을 돈 있고 행복하게 해드리기 위하여 일
하겠어요. 오빠가 당신의 마농 소식을, 그리고 제가 당
신을 떠나야만 할 운명에 얼마나 애닯아 눈물 흘렸는가
를 알려 드리려 당신을 찾아갈 거예요.

이 글을 읽고 난 후 내 마음은 무어라 형용할 수 없
는 상태에 놓여 있었으니, 지금도 그때 어떤 감정에 사
로잡혀 있었는지 알 수가 없다. 두 번 다시 경험할 수
없는 그런 특이한 상태라고나 할까. 누구나 이러한 감

정을 남에게는 설명할 수 없는 것은, 도시 아무런 생각
도 떠오르지 않기 때문이다. 또한 그들 자신에게도 뚜
렷이 해명하기 어려운 노릇인즉, 그 감정 자체가 독자
적인 것이어서 도시 기억 속의 어떠한 것과도 결합되는
일이 없으며, 흔히 맛보는 감정과는 비길 수 없는 것이
기 때문이다. 그러나 나의 감정이 어떠한 성질의 것이
었든 간에 그곳에는 고민과 질투와 굴욕이 섞여 있었던
것만은 확실하다. 하지만 사랑하는 마음이 들어 있지
않았던들 얼마나 행복했으랴!

　'그는 나를 사랑하고 있다. 그것을 믿고 싶다. 만약
날 미워한다면…….' 나는 부르짖었다. '그게 사람이겠
느냐 말이다. 그의 사랑을 요구할 권리가 내게 없다면
누가 사랑의 권리를 가질 수 있었겠는가? 모든 것을 그
앞에 희생해 버린 이제 와서, 그를 위해 해줄 수 있는
일로 무엇이 남았단 말인가? 그런데 날 버리다니! 그러
고도 그 배은망덕한 계집은 날 사랑한다고 말하기만 하
면 용서될 줄로 아는 모양이지! 그래 굶주림이 두렵다
고? 아아, 사랑의 신이여, 이 얼마나 천한 생각입니까!
나의 상냥한 사랑에 대한 이 얼마나 엉뚱한 보답입니
까! 난 굶주림 따위에 겁을 집어먹진 않았다. 그러기에
그를 위해서 재산을 포기하며 아버지 곁의 아늑한 생활
도 내던지고 몸을 바쳐 온 것이었다. 그의 사소한 호기
심이나 변덕을 만족시키려고 자신의 필요한 것마저 저
버린 것이다. 진정 날 사랑한다고? 그렇다면 이 배은망
덕한 여인아! 네가 누구의 꼬임에 넘어갔는가는 잘 알

고 있지만, 그렇다고 내게 한 마디 작별인사도 없이 가 란 법은 없지 않은가. 충심으로 사랑하는 이와 헤어질 때 어떠한 참혹한 고통을 맛보는가, 물음에 대답할 자 는 바로 이 나다. 스스로 그런 괴로움에 뛰어든다는 것 은 멀쩡한 정신으로는 할 수 없는 일이다.'

나의 이러한 한탄은 전혀 기대치 않았던 사람의 방문 으로 중단되었다. 레스코가 들어온 것이다.

"죽일 놈!" 하고 나는 손에 칼을 쥐면서 부르짖었다. "마농은 어디 있느냐? 어쨌느냐 말이다."

그는 이 험악한 기세에 겁을 집어먹었다. 그러고는 자기로서 할 수 있는 가장 큰 도움을 주려고 찾아온 이 마당에 그따위 행패를 부린다면 두 번 다시 발을 들여 놓지 않겠다고 대답하였다. 나는 문턱으로 달려가서 조 심스럽게 문을 닫았다.

"그따위 수작으로 그래……." 나는 그와 마주섰다. "날 속여먹을 셈이냐? 자네 목숨을 내놓겠느냐, 마농을 다시 만나게 해주겠느냐, 해볼 대로 해."

"허, 이거 참 대단한 기세로군! 그것 때문에 내가 달 려온 것이 아닌가. 자넨 생각지도 못할 좋은 수를 꿰차 고 온 것인데, 알면 자네도 날 고맙게 생각할걸세."

빨리 말하라고 나는 다가섰다. 그의 얘기인즉, 가난 에 대한 두려움과 특히 생활양식을 달리할 수밖에 없다 는 생각에 견디기 어려웠던 마농이 사람 좋기로 이름난 G…M…씨를 소개해 달라고 부탁하더라는 것이었다. 그러나 자기가 그 말을 끄집어낸 일도 또한 그를 데려

갈 때까지의 수작을 자기가 꾸몄다는 것도 조심스레 덮
어 두는 것이었다.

"오늘 아침에 누이를 데려 갔었지. 그래 그 어르신네
는 마농의 인물에 홀딱 반해 가지고, 마치 4,5일간 놀
러가려던 참인데, 시골 별장에 우선 같이 가자고 하지
않겠나. 그때 나는 그렇게 되면 자네에게도 좋은 수를
볼 수 있으리라는 생각이 떠올라, 마농이 이번에 끔찍
한 화를 당한 것을 그럴 듯하게 얘기해 주었지. 그리고
그자의 호탕한 기분을 어지간히 추켜올려댔더니만 천이
백 피스톨의 돈을 선사하지 않겠나. 우선은 그쯤으로
웬만하지만 장차는 누이에게 여러 가지로 비용이 들 것
인데, 게다가 양친이 돌아가신 뒤 우리들 손에 맡겨진
사내동생을 데리고 있으니만큼 혹시 누이가 마음에 드
셨다면 그가 제 몸같이 귀여워하는 가엾은 동생의 일로
걱정하지 않도록 해주시라고 말했지. 이 말을 들은 그
자는 필경 감동을 받고야 말았다네. 그래 자네와 마농
을 위해서─그 가엾은 고아가 다름아닌 자네니 말일세
─참한 집 한 채를 빌려 주겠다고 약속까지 했지. 게다
가 자네 둘을 위해서 곧 살림도 차려 주고 매달 사백
리블이나 되는 돈을 보내겠다고 언약했으니, 이것만으
로 연말에 삼천팔백 리블이 되지 않겠나 말이야. 시골
로 떠나기 전에 그자는 관리인더러 집을 한 채 보아 두
어, 돌아와서 곧 들 수 있도록 조치하라는 분부를 내리
고 갔었다네. 그러니 그때가 되어야만 마농을 만날 수
있지. 누이는 자기를 대신해서 천 번이라도 입맞추고

어느 때보다도 더 자네를 사랑하고 있다고 안심시켜 달
라는 부탁이었네."

나는 이 기묘한 운명의 장난에 갖가지 생각을 하면서
자리에 주저앉았다. 갈갈이 흩어지는 상념과 통히 귀결
지을 수 없는 동요 속에 어지럽기만 했던 나는, 레스코
가 무어라고 자꾸 건네는 질문에는 대답도 없이 그저
잠자코 있을 뿐이었다. 명예며 도덕이 나로 하여금 다
시금 회오의 날카로운 고통을 느끼게 하는 것은 바로
이럴 때였다. 한숨지으며 나는 아비앙으로, 아버지가
계시는 고향집으로, 쌩 슐피스로, 그리하여 천진 속에
자라난 모든 추억의 장소로 눈을 돌리는 것이었다. 그
러나 이 얼마나 광막한 공간이 나와 이 행복한 세계를
가로막고 있는 것일까! 이제는 한갓 머나먼 저편의 것
으로 바라볼 따름이니, 아직도 회오와 동경을 품게 하
지만 새삼스레 그를 위한 노력을 바치기에는 너무나도
아득한 그림자와도 같았다.

무슨 인과로 나는 이처럼이나 깊은 죄과에 떨어졌을
까?—나는 혼자 중얼거렸다. 사랑이란 맑은 정열일 텐
데, 어찌하여 내게 있어서는 빈곤과 방종의 원인으로
변해 버렸단 말인가? 도대체 누가 마농과 평온하게, 떳
떳하게 살려는 나를 훼방놓았느냐? 그의 사랑에서 무엇
을 얻기 전에 왜 나는 결혼하지 않았던가? 그처럼 내게
다정스러웠던 아버지는 사리를 밝혀 지정으로 간청한다
면 내 소원을 안 들어 주셨을 리 없었으리라. 아아! 아
버지는 자식의 떳떳한 배우자로 귀여운 딸처럼 그를 사

랑해 주셨으련만! 그렇게 되었던들 나는 마농의 사랑과
아버지의 자애와 교양 있는 분들의 존경과 부유한 재물
과 미덕이 가져오는 평화를 누리면서 얼마나 행복했으
랴. 아아, 불길한 역운(逆運)이여! 이처럼 더러운 인간
이 되라고 나에게 권하다니―그래, 그따위 패들과 어울
려―하지만 이렇게 꾸민 자가 마농이라면, 그리고 그렇
게 하지 않는 한 마농을 잃어버리게 된다면 그래도 생
각할 여지가 있을까?

　"레스코." 마치 슬픈 생각을 멀리 하기 위해서인 것처
럼 나는 외쳤다. "날 도와줄 셈이었다면 감사하겠네. 그
러나 좀더 떳떳한 수단을 취했어야 되지 않았겠나? 그
러나저러나 이제는 지나간 일이야. 그러니 자네의 솜씨
를 이용해서 그 계획을 실행에 옮길 뿐이네."

　레스코는 내가 몹시 노한 끝에 오랫동안 잠자코 있어
서 불안스런 빛이었으나, 은근히 걱정했던 바와는 전연
다른 결정을 내린 것을 보자 아주 기뻐하는 것이었다.

　"암, 그렇고말고." 그는 얼떨결에 대답하였다. "내가
자넬 위해서 한 일은 대단한 수골세. 차차 알 것이겠네
만, 자네가 생각도 못했던 이득을 얻을 것이네."

　우리는 드 G…M…씨가, 생각하던 것보다 키도 크고
나이도 좀더 많이 먹은 나를 보고서 마농의 동생이란
것에 의심을 품을는지 모를 일이므로 미리 술책을 쓸
것에 대해서 의논하였다. 결국 생각하던 끝에 한 가지
묘책을 발견했는데, 그것은 그자 앞에서 아주 순박한
촌뜨기 모양을 연출하되, 곧 성직자가 될 계획으로 매

일같이 학교에 나간다는 것을 믿게 하는 것이었다. 또
한 처음으로 그자를 내가 만나게 되는 날에는 초라한
차림을 하는 것이 좋다는 것도 의논하였다. 사나흘이
지나 그 자는 돌아왔다. 그는 관리인으로 하여금 준비
케 한 집으로 몸소 마농을 안내하였다. 마농은 자기가
돌아옴을 레스코에게 알렸고, 그것이 다시 나에게 전달
되어 우리 둘은 그에게로 찾아갔다. 늙은 정부는 벌써
돌아간 뒤였다.

나는 그의 마음을 거슬리지 않으려고 스스로 체념하
였으나, 그를 다시 보자 가슴속의 불만을 억제할 도리
가 없었다. 내 얼굴에는 슬픔과 맥을 잃은 표정이 새겨
있었다. 그와 다시 만나는 기쁨도 그의 불신을 한탄하
는 서글픔을 잊게는 못하였다. 이와는 반대로 마농은
다시 만나는 즐거움에 어쩔 줄 모르면서, 내가 쌀쌀하
다고 원망하는 것이었다. 그러나 나는 깊은 한숨과 함
께 그의 부정과 부실을 입밖에 내지 않을 수 없었다.
애초에는 나의 단순함을 놀리곤 했었지만 언제까지나
슬픈 표정으로 그를 바라보며, 나의 기분이나 욕심과는
동떨어진 변화에 괴로워하기만 하는 나의 모습을 보자
그는 혼자서 자기 방으로 빠져 나가는 것이었다. 나도
곧 뒤를 쫓아 들어갔다. 본즉 그는 몸을 내던지고 울고
있었다. 나는 우는 까닭을 물어 보았다.

"잘 알고 계시지 않아요. 날 보고도 처량하고 침울한
얼굴만 하시니 대체 나더러 어떻게 살란 말이에요? 여
기 온 지 한 시간도 더 되었는데 키스 한 번 해주시지

도 않고 당신은 터키 임금처럼 점잖게 뽐만 내려 하지
않아요."

"내 말 좀 들어 봐요, 마농." 그에게 입맞추면서 나는
대답하였다. "숨길 수 없는 말이지만 나는 못견디게 괴
로워하고 있소. 그렇다고 이제 와서, 당신이 그날 밤 잠
자리를 달리 하고 나서 위안의 말 한 마디 없이 날 버
리고 간 그 참혹한 일을 여기서 새삼스레 책망하진 않
겠소. 당신과 더불어 있는 지금의 이 행복만으로 모든
것을 다 잊어버릴 수 있으니 말이오. 하지만……." 나는
자꾸만 눈물을 흘리면서 말을 이었다. "이 집에서 내게
원하고 있는 욕되고 서글픈 생활을 어찌 한숨과 눈물
없이 받아들일 수 있단 말이오? 가문이니 명예니 하는
따위는 젖혀 놓겠소. 이다지도 열렬한 내 사랑에 비하
면 문젯거리도 안 되는 것들이오. 그렇지만 바로 이 사
랑이 불실하고도 무정한 애인에게 이렇듯 심한 보답을
받고서야, 아니 이렇듯 무참한 배반을 당하고서야 어찌
한 마디 탄성도 없이 배겨낼 수 있겠소?"

그는 내 말을 가로막았다.

"이거 보세요, 나의 슈바리에! 그런 책망으로 날 괴
롭힌들 무슨 소용이 있겠어요. 당신의 입에서 나오는
책망에 내 가슴은 에이는 것만 같아요. 무슨 이유로 괴
로워하시는지는 잘 알고 있어요. 저는 단순하게도 우리
들의 재산을 도로 찾기 위해 꾸며낸 나의 계획에 당신
도 승낙하실 줄만 믿고 있었지요. 그래서 아무 말 없이
실행에 옮기기 시작한 것은, 다만 어진 당신의 성미를

언짢게 안 해드리기 위해서였을 뿐예요. 하지만 당신이 싫으시다니 그만두겠어요."

그러나 그는 덧붙여 말하기를, 오늘만은 좀 관대히 참아 달라는 것이었다. 벌써 그 늙은 작자에게서 이백 피스톨을 받았지만, 그날 밤 아름다운 진주 목걸이며 여러 가지 보석과 함께 약속한 바 있는 연록(年祿)의 절반을 가져다 줄 예정이라는 것이었다.

"그의 선물을 받을 때까지만 용서해 주세요. 맹세하지만, 그이는 나를 제 것이라 뽐낼 처지도 못 돼요. 파리에 돌아온 후라야 한다고 미뤄 왔으니까요. 하긴 내 손에 수없이 입맞춘 것은 사실이에요. 그것만으로 돈을 치러 마땅하지요. 더욱이 그의 재산이나 나이를 생각하면야 오천 프랑이나 육천 프랑쯤 치른다고 많으란 법은 없어요."

오천 프랑을 수중에 넣는다는 희망보다 그의 결심이 나에겐 훨씬 만족스러웠다. 내 마음이 아직도 명예심이라는 것을 온통 잃어버리지 않았다는 것을 나는 스스로 깨달았던 것인데, 이런 모욕에서 모면할 수 있게 돼서 사뭇 흐뭇한 느낌이었기 때문이다. 하지만 나라는 인간은 순식간의 기쁨과 오랜 고통을 맛보기 위해 태어난 것이었다. 운명의 신이 나를 어떤 파멸로부터 구출하는 것은 오직 또 하나의 다른 파멸로 떨어뜨리기 위한 것이었다. 한없는 애무로써 마음을 돌이켜 준 데 대하여 얼마나 기뻐하고 있는가를 마농에게 표시하고서, 나는 우리들의 처사에 만전을 기하기 위하여는 레스코에게도

이 일을 알려야 될 것이라고 말하였다. 그는 처음에는
투덜투덜하더니 하여간 일금 사오천 프랑의 현금이 손
에 들어온다는 데 만족하여 쾌히 우리들의 안에 찬성하
였다. 그리하여 우리들은 두 가지 이유로 드 G…M…
씨와 만찬을 같이하기로 작정하였다. 첫째로는 내가 마
농의 동생인 학생으로 그럴 듯한 연극을 꾸며 보자는
재미요, 둘째로는 이 늙은 태자로 하여금 아낌없이 돈
까지 미리 치렀다는 것을 미끼로 마농에게 너무 치근치
근 달려들지 못하도록 훼방놀기 위해서였다. 그리하여
그 늙은이가 사랑의 하룻밤을 보낼 셈으로 침실로 올라
갈 때에 나와 레스코는 물러나올 터이고, 한편 마농은
침실로 그를 따라 들어가는 대신 집을 빠져나와 나와
함께 밤을 지내러 온다는 약속이었다. 레스코는 실수
없이 마차를 대문 밖에 대기시킬 역할을 맡았다.

　만찬 시간이 되자 드 G…M…씨는 잠시 후에 나타났
다. 레스코는 누이와 함께 방 안에 있었다. 늙은이는 도
착하자 첫 인사로 그의 정부에게 목걸이 한 개와 여러
개의 팔찌와 적어도 천 에퀴는 되어 보이는 진주 귀걸
이 등을 바치는 것이었다. 연이어 번쩍번쩍하는 금화로
연록 절반에 해당하는 일금 이천사백 리블의 돈을 치렀
다. 이 선물을 하면서 그는 고풍한 궁정 취미의 우아스
런 말로 풍미를 돋우곤 하였다. 마농은 어쩔 수 없이
몇 번의 키스를 허락하였다. 이것이 말하자면, 그의 돈
을 받음으로써 허락하지 않을 수 없는 의무였다. 나는
들어오라는 레스코의 신호를 기다리면서 문 밖에서 귀

를 기울이고 서 있었다. 마농이 돈과 보석을 손에 쥐어 들자, 그는 내 손을 마주잡고 드 G…M…씨 앞으로 인도하면서 인사하라고 하였다. 나는 땅에 닿도록 공손히 머리를 수그리기를 두서너 번 되풀이하였다.

"용서하십시오, 나리." 하고 레스코가 말하였다. "아직 철부지 어린애가 되어서요. 보시다시피 파리 기풍과는 인연이 없는 놈이지요. 하지만 길들어지기만 하면 인사 예절도 좀 밝아지겠지요. 애, 넌……." 하고 날 돌아보면서 말을 이었다. "이제 자주 이곳에서 나리를 뵙게 될 텐데, 이처럼 훌륭한 어른을 본받도록 하란 말이야."

늙은 애인은 나를 건너다보고 자못 만족스러운 표정이었다. 두어 번 가볍게 내 볼을 두드리면서 잘생긴 청년이긴 한데, 파리에서 젊은 것들은 곧잘 방종의 길로 떨어지기 십상이니 자신의 보호 아래 조심하라고 하는 것이었다. 레스코는 그를 안심시키기 위해 말하기를, 나는 원래가 착한 성미여서 사제가 되겠다고 입버릇처럼 외고 있으며, 즐거움이래야 작은 성물(聖物)을 만드는 것뿐이라고 하였다.

"마농과 여간 닮지 않았는걸." 하고 늙은이는 한 손으로 내 턱을 치켜올리면서 말을 이었다.

나는 얼빠진 어조로 대답하였다.

"나리, 그것은 저희 둘의 살이 꼭 얽혀 있기 때문이지요. 그래서 저는 누이 마농을 반 신처럼 사랑하고 있었요."

"저 말을 들었는가?" 그는 레스코에게 말을 건넸다.

"꽤 재치가 있는걸. 저런 애가 좀더 세상 사람과 사귀지 못한다는 건 유감이야."

"천만에요, 나리. 전 시골 교회에서 많은 사람들을 보아 왔습니다. 아마 파리에서도 저만 못한 바보를 반드시 보게 될 테지요."

"허 이거 보게, 시골아이치고는 굉장하군그래."

우리들이 주고받은 얘기는 식사가 끝날 때까지 모두가 이런 따위의 것들이었다. 잘 웃는 마농은 몇 차례나 웃음을 터뜨릴 뻔하여 하마터면 일을 망칠 뻔도 했다. 한참 식사를 하는 도중 나는 기회를 타서 이 늙은이가 지금 어떠한 경우에 처해 있으며, 이제 곧 어떤 흉악한 일이 덮치려고 하는가를 넌지시 얘기해 들려 주었다. 레스코와 마농은 내가 얘기하는 동안, 특히 그 늙은이의 모습을 노골적으로 그려 보였을 때는 안절부절 못하고 당황하였다. 그러나 자존심이 강한 늙은이는 좀체로 자기 일이라곤 눈치채지 못하였을 뿐만 아니라, 얘기가 끝날 무렵에 가서 어찌나 멋지게 말끝을 맺었던지 그는 누구보다도 먼저 재미나는 얘기라고 하는 것이었다. 이제 보면 알겠지만, 이렇듯 익살스런 장면에까지 얘기를 끌어간 데에는 전혀 이유 없는 것은 아니었다. 마침내 잠잘 시간이 되자 그는 사랑에 대한 초조한 마음을 털어 놓기 시작하였다. 레스코와 나는 자리를 물러났다. 그러자 늙은이는 침실로 안내되었는데, 마농은 무슨 볼일을 핑계삼아 빠져나와 대문 앞에서 우리와 어울렸다. 서너 집 아래편에서 우리를 기다리고 있던 마차는 우리

를 마중하러 가까이 다가왔다. 삽시간에 일행은 길목에
서 사라졌다.

비록 나 자신의 눈에도 이 행위가 사기임에 틀림없었
지만, 그렇다고 가책을 받아야 할 가장 부정한 것은 아
니었다. 도박에서 가로챈 돈이 더 거리낄 일이라면 일
이었다. 하여간 우리들은 그 어느 쪽에서도 대단한 이
득을 얻은 것은 아니었는데, 하느님은 두 가지 부정 가
운데 보다 가벼운 것을 가장 엄격하게 처벌하도록 하신
것이다. 드 G…M…씨가 속은 것을 깨닫는 데는 오랜
시간이 필요치 않았다. 우리를 찾아내기 위한 조치를
그날 밤으로 당장 취했는지는 나로서는 알 수 없는 일
이지만, 어쨌든 유력한 자인 만큼 취한 조치가 성공하
지 않을 리 없는데다, 한편 우리들은 경솔하게도 파리
의 지역이 넓은 것과 서로 사는 구역이 떨어져 있는 점
에 마음을 놓아 버렸던 것이다. 그는 우리들의 거처와
현재의 생활 방편을 알아냈을 뿐만 아니라, 내가 누구
며 파리에서 어떤 생활을 영위했으며, 심지어 마농과
드 B…와의 옛날 관계와 마농이 B…를 속인 경위에
이르기까지—결국 우리들 신상의 불미한 대목을 샅샅이
알고 만 것이었다. 그리하여 그는 우리들을 잡아서, 죄
인이라기보다는 무도한 방탕아로서 단단히 욕 뵈어 줄
각오를 하였다.

우리들이 아직도 잠자리에 누워 있을 때였다. 한 경
감이 대여섯 사람의 부하를 거느리고 침실로 들이닥쳤
다. 우선 우리들의—라기보다는 드 G…M…씨의 돈을

압수하더니 우리들을 흔들어 일으키고는 대문으로 끌고
갔다. 그곳에는 두 대의 마차가 기다리고 있었는데, 그
중 한 대에 가엾은 마농이 다짜고짜 끌려 올라갔으며,
나는 다른 한 대에 실려 쎙 라자르 형무소로 압송되었
다. 그때의 나의 절망적인 심경은 이러한 운명의 역경
을 겪은 일이 없는 사람으로서는 상상할 수도 없을 것
이다. 형리들은 냉혹하게도 내가 마농에게 입맞춤은 물
론 말 한 마디도 건네지 못하게 하였다. 나는 오랫동안
그가 어떻게 되었는지 알 도리가 없었다. 하지만 차라
리 알지 못한 것이 나로서는 다행한 일이었으니, 그 끔
찍한 일을 알았던들 정신을 잃었거나 어쩌면 생명을 끊
었을지도 모를 일이었다.
   이리하여 결국 나의 가엾은 애인은 내 눈앞에서 끌려
갔고, 이름조차 입밖에 내기 싫은 어느 음침한 곳으로
보내졌다. 세상 사람들이 나와 같은 눈이며 마음을 가
졌다면 세계 으뜸가는 왕좌에 모셔 올렸을지도 모를 아
름답기 그지없는 여인에게 이 얼마나 참혹한 운명인가!
하기야 그곳에서 그다지 심한 학대를 받은 것은 아니었
지만 좁은 감방에 혼자 갇혀, 구역질나는 음식의 대가
로 매일 일정한 노동을 하지 않으면 안 되었던 것이다.
내가 이 소식을 안 것은 훨씬 훗날의 일로, 나 또한 고
되고 지루한 노역을 몇 달째 겪고 난 뒤였다. 나를 끌
고 간 경관들은 어디로 데려가라는 명을 받았는지 알려
주지 않았으므로 결국은 쎙 라자르 감옥의 문전에 이르
러서야 내 운명을 알게 된 것이었다. 그 순간으로 말하

면 앞으로 당할 운명보다는 차라리 죽고만 싶은 생각이
었다. 이 감옥에 대해서는 끔찍한 얘기만 들어 왔었기
에 말이다. 더군다나 안에 들어가려 할 때 다시금 경관
들이 혹시 무기나 저항할 연장이라도 가지고 있는 것은
아닐까 하여, 내 호주머니를 뒤지는 통에 나의 공포심
은 한결 더해졌던 것이다. 곧 원장이 나타났다. 그는 내
도착을 미리 전달받은 모양이었다. 그는 몹시 다정스럽
게 인사하였다.

"신부님!" 나는 그에게 말하였다. "제발 모욕적인 일
은 말아 주세요. 조금이라도 욕을 보인다면 깨끗이 죽
어 버릴 텝니다."

"원, 천만에, 당신만 잘 해주면야 서로 만족스러울 게
아니오."

그는 이층 방으로 올라오라고 하였고, 나는 순순히
따랐다. 경관들은 문 앞까지 따라왔는데, 원장이 나와
함께 방에 들어서면서 물러가라는 눈짓을 하였다.

"이제 당신의 조수가 되었군요! 절 어떻게 할 작정이
지요?"

그는 내가 사리를 가리는 것을 만족하게 여기노라고
하며, 자기의 의무는 나에게 미덕과 종교에 대한 관심
을 불러일으키는 것이요 나의 의무는 그의 가르침과 충
고를 따르는 것인데, 조금이라도 자기의 성의에 응할
용의만 가져 둔다면 나의 고독 가운데 오직 기쁨만을
느끼리라고 말하였다.

"아! 기쁨이라구요? 신부님, 저에게 그 기쁨을 맛보

게 하는 것은 이 세상에 오직 하나밖에 없다는 것을 모르시겠지요."

"알고 있어요. 하지만 당신의 그 마음에 변화가 오기를 바라는 것이지요."

그의 대답을 듣고 보니, 나의 사랑의 곡절은 물론이요, 나의 이름까지도 알고 있지 않는가 생각되었다. 나는 그에게 털어 놓고 얘기해 주기를 부탁하였다. 원장은 죄다 들어 잘 알고 있다고 사실대로 말하였다.

모든 것을 알고 있다는 사실은 어떠한 형벌보다도 나에게는 고통스러웠다. 나는 온갖 절망의 몸부림을 치면서 하염없이 흐느껴 울었다. 모든 친지들의 웃음거리가 되고 가문의 수치가 될 것을 생각하니 도시 이 치욕을 감당할 길이 없었다. 이렇듯 나는 여드레 동안을 더없이 깊은 낙담 속에 살아왔으니, 분별을 잃은 채 오직 자신의 창피만을 생각한 것이었다. 마농의 생각마저 나의 고통에 아무런 힘이 되지 않았다. 그것은 다만 이 새로운 고통이 전에 있었던 감정으로 떠오를 뿐, 내 마음을 차지하는 노도와 같은 감정은 한결같이 치욕이요, 낭패 그것이었다.

사람의 마음에서 일어나는 이와 같은 특수한 움직임을 겪어 본 사람은 드물 것이다. 일반 사람들은 대개가 대여섯 가지 감정만을 알 뿐, 그 범위 안에서 삶을 영위하며 감정의 모든 동요는 그 안으로 환원되고 만다. 그들에게서 사랑과 원한, 즐거움과 고통, 희망과 두려움을 덜어 버린다면 그들은 아무것도 느끼지 못하게 될

것이다. 그러나 보다 고귀한 성격의 사람들은 헤아릴
수 없이 많은 형태로 마음의 동요를 느끼게 되는데, 그
들에게는 오관(五官) 이상의 것이 구비되어 있어 자연
의 범상한 한계를 넘는 감각이나 관념을 받아들일 수
있는 것같이 보인다. 그리하여 자신을 속인(俗人)들보
다 높은 자리에 두고 있는 이 위대함을 느끼고 있으니
만큼 이보다 더 선망할 것이 없는 것이다. 그들에 있어,
경멸이나 조소가 도저히 견딜 수 없는 것이요, 수치심
이 그들의 가장 격렬한 감정의 하나가 되는 것은 여기
에 까닭이 있는 것이다.

　나는 쌩 라자르에서 이 슬픈 특권을 가지고 있었다.
나의 슬픔이 몹시 지나친 것을 보자 원장은 그 결과가
두려웠던지라 극진한 친절과 관대로써 나를 대하는 것
이었다. 그는 하루에도 두세 번씩 나를 찾아오곤 하였
다. 때로는 나를 데리고 나와 정원을 거닐기도 했는데,
그의 열성은 감명 깊은 충고와 교훈으로 표현되곤 하였
다. 나는 얌전하게 귀를 기울였거니와 감사의 빛까지
나타내었다. 그는 이것을 보고 나의 개심에 기대를 가
진 듯했다.

　"이토록 온순하고 사랑스런 천품을 지닌 자네가⋯⋯."
하고 어느 날 그는 이렇게 말하였다. "어찌하여 유탕(遊
蕩)의 죄로 고발되었는지 이해하기 곤란하오. 나로서는
놀라운 일이 두 가지 있는데, 그 중 하나는 이처럼 좋
은 성품을 가지고 어떻게 극단적인 방탕에 빠질 수 있
었나 하는 일과, 또 하나는―보다 더 놀라운 일인데―

몇 해 동안이나 방종의 습성 가운데 살아온 당신이 어
쩌면 이렇게도 즐겨 내 충고와 교훈을 귀담아들을 수
있나 하는 일이오. 만약 이것이 회개에서 오는 것이라
면 당신이야말로 신의 자비의 표본일 것이요. 그렇지
않고 그것이 타고난 착한 성품에서라면 자네는 뛰어난
성격의 소유자인만큼, 우리가 정직하고 규칙 바른 생활
로 인도하기 위해 굳이 언제까지나 여기에 붙들어 놓을
필요는 없을 것 같소."

  원장이 나를 이렇게 인정해 줌은 퍽 기쁜 일이었다.
나는 더욱 그를 만족시킬 만한 행동으로 신뢰를 높일
것을 결심했는데, 그것이야말로 나의 감옥생활을 단축
시킬 가장 확실한 수단이라고 생각되었기 때문이다. 나
는 원장에게 책을 빌려 달라고 하였다. 원장은 읽고 싶
은 책의 선택을 내게 맡겼는데, 진지한 저서만을 몇 권
고르는 것을 보자 자못 놀라는 것이었다. 그리하여 나
는 비할 바 없는 열심으로 공부에만 골몰하는 체 꾸몄
으며, 동시에 기회가 있을 때마다 그가 바라고 있는 변
화의 표시를 보여 주었다.

  하지만 그것은 어디까지나 가면의 연극에 불과했다.
말하기 부끄러운 일이나 솔직이 고백하여 나는 쎙 라자
르에서 위선자의 연극을 꾸미고 있었던 것이다. 홀로
있을 때면, 공부하는 대신 다만 내 운명의 야속함을 한
탄할 따름이었다. 감옥을 저주하고 나를 그곳에 구속케
한 횡포를 증오했다. 치욕이 자아낸 마음의 침울이 조
금 풀리는가 하면 나는 벌써 사랑의 고민으로 허덕였

다. 마농과의 이별, 그가 어떤 처지에 있는지 알지 못하
는 불안, 영원히 다시 만나지 못할지도 모를 두려움, 이
러한 것들이 나의 슬픈 공상의 유일한 주제였다. 나는
G…M…의 품안에 들어 있는 그를 그려 보기도 했는
데, 애초엔 그렇게밖에 믿어지지 않았으니 말이다. 나
에 대한 것과 다름없는 처벌을 했으리라고는 꿈에도 생
각지 않고, 나를 멀리한 것은 오직 마음놓고 마농을 독
점하기 위한 것이려니 믿었던 것이다. 이렇듯 나는 지
루하기 그지없는 나날을 보냈다. 희망이라고는 오직 위
선행위의 성공에 매달려 있었다. 원장의 얼굴이며 말
끝을 가만히 엿보면서 어떠한 생각을 내게 가지고 있는
가를 살피거나, 마치 나의 운명의 지배자에 대한 듯 어
떻게 해서든지 그의 마음에 들게끔 연구하는 것이었다.
원장이 호의를 가지고 나를 사랑하고 있다는 것은 쉽사
리 알 수 있었다. 나를 위해 힘이 되어 줄 생각임은 의
심할 여지도 없었다.

　어느 날 나는 대담하게도 석방할 권한이 그에게 있느
냐고 물어 보았다. 그는 대답하기를 전적으로 자기가
주장할 수는 없으나 자기의 진술에 따라 G…M…도 석
방에 동의해 줄 것이라고 하였다. 애당초 나를 가둔 것
은 G…M…씨의 의뢰에 의한 것이기 때문이다.

　"죄송한 말씀이오나……." 나는 조용히 말을 이었다.
"이제 저도 두 달 동안 감옥살이를 해왔는데, 이것으로
충분한 속죄가 되었다고 그분이 생각하실까요? 그렇게
믿어도 좋을까요?"

만일 원이라면 그분에게 말해 보겠다고 그는 약속하였고, 나는 꼭 좀 수고하여 달라고 신신당부하였다. 이틀 후에 원장은 나를 불러 알리기를, G…M…이 나의 착실한 행동을 듣고 몹시 감동한 나머지 나를 자유의 몸으로 돌려 줄 눈치를 보였을 뿐만 아니라, 나를 더욱 개인적으로 사귀고 싶은 열망에서 불원 감옥으로 찾아와 보겠다는 것이었다. 그를 대면하게 되는 것이 결코 유쾌한 일은 아니었으나 어쨌든 자유로운 몸이 될 수 있는 지름길이라고 생각하였다.

아니나다를까, 그는 쎙 라자르로 나를 찾아왔다. 저번 마농의 집에서보다는 훨씬 위엄 있는 모습으로, 바보 풍신도 아니었다. 그는 나의 옳지 못한 품행에 대하여 사려 깊은 몇 마디를 던졌다. 또한 자기 자신의 방탕을 변명삼으려는 듯, 인간은 약한 것인지라 어떤 종류의 쾌락을 추구함도 가하지만 협잡과 수치스런 기만은 벌받아 마땅하다고 덧붙여 말하였다. 나는 한결같이 온순한 태도로 귀를 기울이고 있었는데 이 태도에 그는 만족스러운 기색이었다. 그는 또 레스코나 마농과 나와의 형제 관계를 비꼬아 말하였고, 다시 작은 성물(聖物)에 관한 얘기를 끄집어내어, 그처럼 경건한 일에 기쁨을 느끼는 나인만큼 쎙 라자르에서 상당한 수의 성물을 만들었을 것이라고 익살을 부렸지만 나는 조금도 화를 내지는 않았다. 그런데 어쩌다 잘못 지껄인다는 것이 마농도 감화원에서 몹시 아름다운 성물을 만들었을 것이라고 털어놓았다. 그것은 그에게나 나에게나 불행한 결과를 가져왔다. 감화원이란 이름을 듣자 나는 온몸이 오싹해지는 것을 느꼈으나 가까스로 몸을 가다듬고 자세한 얘기를 들려 달라고 간청하였다.

"그럼, 얘기해 주지. 두 달 전부터 마농은 감화원에서 덕을 배우고 있는데, 아마 자네가 받은 쎙 라자르의 감화에 못지않는 큰 소득을 얻었으리라고 믿네."

이 소름끼치는 소식을 듣고 극도로 흥분한 나는 설사 종신 감옥살이를 하고, 아니 눈앞에 죽음을 바라본다 할지라도 그 노여움을 억제하지는 못했을 것이다. 나는 그에게 와락 달려들었다. 격렬한 홧김으로 전 체력의 절반을 상실할 정도였다. 그래도 그자를 땅에 넘어뜨리고 목덜미를 움켜쥘 힘은 충분히 남아 있었다. 목을 바짝 졸라대고 있으려니까, 그자가 넘어지는 소리와 쥐어누른 손가락 사이로 간신히 지른 비명을 듣고 원장과 몇 사람의 수도사들이 내 방으로 달려왔다. 사람들은 그를 내 손에서 떼어놓았다. 나 자신도 기진맥진하여 숨을 헐떡거렸다.

"오오, 하느님!" 나는 수없이 한숨을 내뿜으면서 울부짖었다. "의로우신 하느님! 이런 치욕을 당하고도 저는 살아야만 합니까?"

나는 나를 찔러죽인 것이나 다름없는 그 무지한 늙은이에게 다시금 달려들려고 하였으나, 사람들은 나를 제지시켰다. 그때의 나의 절망, 나의 절규, 나의 낙루(落淚)는 실로 상상을 넘어서는 것이었다. 내가 한 짓이 심히 놀라웠던지라, 영문을 모르는 사람들은 공포와 또

한 경악에서 다만 서로의 얼굴을 쳐다볼 따름이었다. 이러는 동안 가발과 넥타이를 바로잡은 G…M…씨는 욕을 당한 분함에 못 이겨, 원장에게 나를 지금보다 훨씬 가혹하게 감금하며, 쎙 라자르 특유의 갖은 형벌로 벌하라고 명하였다.

"아니올시다." 원장은 그에게 말했다. "우리가 그러한 수단을 사용하는 것은 슈바리에 씨와 같은 가문의 사람에 대해서가 아닙니다. 그처럼 온순하고 또한 착한 사람이 아무런 정당한 이유 없이 그런 행패를 부렸으리라고는 도저히 믿어지지 않는군요."

이 대답에 그만 G…M…씨는 당황하고 말았다. 그는 밖으로 나가면서 원장이고 나고 자기에게 반항하는 자는 모조리 굴복시키겠노라고 호통하는 것이었다.

수도사들에게 그를 배웅하라고 명한 다음 원장은 나와 단둘이 마주앉았다. 곧 그는 무엇 때문에 그런 횡포를 부렸는지 말하라고 재촉하였다.

"오오, 신부님……." 나는 어린애처럼 눈물을 흘리면서 대답하였다. "이 세상의 가장 끔찍한 잔인을 생각해 보세요. 온갖 야만 중에서도 가장 야만스러운 짓을 상상해 보세요. 그것이 바로 그 몰염치한 G…M…이 비겁하게도 저지른 일입니다. 아아……놈은 저의 심장에 칼을 꽂았어요. 이제 다시는 아물지 않을 거예요. 죄다 말씀드리겠어요." 나는 흐느끼면서 말을 이었다. "신부님은 친절한 분이시니 저에게 동정을 하시겠지요."

그리하여 나는 마농에 대한 오랜, 억누를 수 없는 사

랑의 정열, 하인에게 날치기당하기 전까지의 풍족한 살림살이, 그후 G…M…씨가 나의 애인에게 손을 뻗친 일과 흥정의 결말과 그것이 실패로 돌아간 줄거리 등을 간단하게 얘기하였다. 하긴 우리에게 유리하도록 얘기를 꾸민 것은 두말할 것도 없다.

"보십시오, G…M…씨가 저의 개심을 바라는 그 열성이 어디서 유래하는가 이제야 아시겠지요. 그가 권세를 이용하여 나를 이곳에 감금한 것은 오직 복수를 하기 위해섭니다. 그것은 용서해 준다 하더라도, 신부님, 그것이 전부가 아니에요. 제가 제 몸이나 다름없이 사랑하는 이를 잔인하게도 잡아서 감화원에 가두었다니 이 얼마나 수치스러운 일인가요. 그놈은 오늘 무례하게도 제 입으로 선언하지 않았겠어요. 감화원이라뇨! 신부님! 오오, 하느님! 사랑하는 저의 애인이, 소중한 저의 여왕이 온 여성 중에도 가장 수치스러운 여자로 감화원에 감금되다니! 이 괴로움과 치욕을 견디어 살아갈 힘을 대체 어디서 찾아야 합니까?"

철저한 원장은 지나친 괴로움에 신음하는 나를 보고 위안하며 달래려고 하였다. 그는 여태껏 자기가 들어온 것은 지금 내 얘기와는 딴판이라고 말하였다. 오직 내가 방종한 생활에 젖어 있었다고만 안 그는 드 G…M…씨가 우리 가문과의 각별한 사이에서 이 일에 참견하게 되었으려니 추측하고 있었는데, 그자도 또한 그런 식으로 얘기하더라는 것이었다. 이제 나한테 들은 바에 의하면 여간 사정이 어긋난 것이 아니니, 경시총감에게 사실대로 진술한다면 나의 석방에 많은 도움이 될 것 같다고 말하였다. 그는 이어 묻기를, 가족이 나의 감금을 전혀 모르고 있다면 왜 알리려 하지 않느냐고 하였다. 나는 아버지께 근심을 끼쳐 드리고 싶지 않을 뿐더러 그렇게 함으로 스스로의 수치가 될 것을 두려워했기 때문이라고 대답하였다. 마침내 그는 이 길로 경시총감을 찾아가겠노라고 약속하고 덧붙여 말했다.

"하긴 드 G…M…씨가 몹시 언짢은 기분으로 여기에서 나갔는데, 저쪽에서 사태를 악화시키기 전에 일을 밝혀야만 되겠네. 더 이상 지체했다간 일이 잘못될 수도 있을 테니까 말이야."

신부가 돌아오기를 고대하는 동안 나는 판결의 시각을 기다리는 불행한 죄수처럼 온갖 생각에 가슴을 설레이고 있었다. 감화원에 갇혀 있는 마농을 생각하면 이루 참을 길 없는 괴로움에 가슴이 찢어지는 것 같았다. 그곳에 갇혀 있다는 치욕은 두말할 것도 없고, 도대체 어떤 취급을 받고 있는지 알 수 없는 노릇이었다. 전에 이 감화원에 대하여 들은 바 있는 몇 가지 얘기가 생각날 때면 나의 노여움은 미칠 듯 되살아나는 것이었다. 나는 그 어떤 대가를 치르거나 혹은 그 어떤 수단을 취하더라도 반드시 그를 구해 낼 각오를 하였기 때문에, 다른 탈출 방법이 없었다면 쌩 라자르에 불을 놓았을는지도 모를 일이었다. 그리하여 경시총감이 계속 나의 기대에 반하여 이곳에 가두어 두는 경우 어떤 수단을 취할 것인가를 궁리하였다. 나는 온갖 지혜를 짜내고

온갖 가능성을 검토해 봤다. 그러나 확실한 탈출을 보
장할 만한 아무런 방법도 떠오르지 않았을 뿐더러 서투
른 짓을 하려다가 도리어 더 엄중히 감금당할 것이 두
려워졌다. 또한 나는 무슨 구원이라도 바랄 수 있을지
도 모를 몇몇 벗들의 이름을 찾아보았다. 그러나 어떤
방법으로 그들에게 내 처지를 알릴 수 있겠는가? 그러
던 중 마침내 나는 희한한 묘책을 착안하였는데, 이것
같으면 성공할 듯싶었다. 그리하여 원장 신부의 노력이
허사로 돌아가면 부득이 이 방법을 쓰지 않을 수 없으
므로 원장이 돌아올 때까지 더 잘 연구해 두기로 하였
고 얼마 후에 그가 돌아왔다. 그의 얼굴에는 좋은 소식
에 따르는 기쁨의 기색은 조금도 보이지 않았다.

"경시총감께 여쭤 봤는데, 벌써 때가 늦더군요. 드 G
…M…씨가 여길 나가는 길로 총감께 달려가서 당신 일
을 마구 불리하게 일러바친 모양으로 당신을 더 엄중
감시하라는 새 명령을 내게 내리려 하고 있지 않았겠어
요. 그렇지만 당신 일의 진상을 세세히 들려 주었더니
기분이 꽤 풀어지더군요. 그래 드 G…M…씨의 나이
치레도 못한 호색풍을 약간 비웃으면서 그의 구미를 맞
추기 위해선 한 반 년쯤 당신을 여기 가두어야겠다는
것이오. 더욱이 여기 머물러 있는 것이 당신을 위해서
도움되는 일이니까 더 잘된 일이라는 거예요. 당신을
정중히 대하라는 분부까지 내렸는데, 그 점은 불평 없
이 해드리리다."

마음씨 좋은 원장이 장황한 설명을 늘어놓는 동안에

나는 이모저모 신중한 생각에 잠길 수가 있었다. 초조
하게 탈출하려고 들면 모든 계획이 수포로 돌아갈 우려
가 있음을 깨달았다. 그래서 이와는 반대로, 여기 머물
러야만 한다 하더라도 원장님의 각별한 돌보아 주심을
받는 것은 제게는 포근한 위안이 아닐 수 없다고 말하
였다. 그러고는 천연하게 남에게는 대견한 일이 못 되
겠지만 내 마음의 안정에는 큰 도움이 될 한 가지 청원
을 들어 달라고 부탁하였다. 그것은 나의 벗으로 쎙 슐
피스에 있는 한 성직자에게 내가 여기 있음을 알려, 이
따금 그의 방문을 받는 것을 허락해 달라는 것이었는
데, 이 청원은 두말 없이 수락되었다. 나의 벗이란 다름
아닌 티벨쥬였다. 그에게 탈출에 필요한 도움을 얻자는
것이 아니라, 다만 스스로도 알지 못하는 사이에 간접
적인 도구로 이용해 보자는 심산이었다. 내 계획을 요
약해 보면 대강 다음과 같았다. 레스코에게 편지를 띄
워, 옛날 우리 패들과 합작해서 나를 구출해 달라는 것
이었다. 우선 최초의 난점은 그에게 내 편지를 전달하
는 문제인데, 이것이 티벨쥬의 역할이었다. 그러나 레
스코가 내 정부의 오빠라는 사실을 알고 있으니만큼,
그에게 편지를 전달하는 수고를 꺼리지나 않을까 걱정
스러웠다. 그리하여 내 계획인즉, 전부터 알고 있는 신
사에게 편지를 쓰되, 그 안에 레스코에게 보내는 편지
를 동봉하여 그 사람으로 하여금 전달하도록 하는 것이
었다. 또 탈출 계획을 타합하기 위해서는 어쨌든 레스
코와 만나야 할 것이므로 쎙 라자르로 찾아오되 형의

이름을 빌려 이번 일을 자세히 알기 위해 파리까지 왔
노라고 하여 면회를 청하도록 지시했다. 가장 유효하고
확실성 있는 탈출의 방법에 관해서는 하여간 둘이 만나
서 타협하기로 하였다. 원장 신부는 티벨쥬에게 내가
만나고 싶어한다는 것을 알렸고 이 충실한 친구는 나의
이번 사건을 모르니만큼 온통 내 발자취를 잃어버리고
있지는 않았다. 그는 내가 쎙 라자르에 있다는 것을 알
고 있었거니와, 나로 하여금 본심으로 돌아오게 할 것
으로 생각되는 이 치욕에 별다른 유감을 품지 않은 모
양이었다. 그는 곧 내 감방으로 달려왔다.

우리의 대화는 우정에 넘쳐 흘렀고 그는 내 심경을
듣고 싶어했다. 나는 탈주 계획만을 제외하고서 내 가
슴속을 남김없이 털어놓았다.

"여보게, 자네 앞에서 마음에도 없는 표정을 짓고 싶
지는 않네. 만일 자네가 여기 있는 날 보고, 욕망에서
벗어난 절재 있고 어진 친구를, 하느님의 징벌에 눈뜬
지난날의 탕자를, 다시 말하자면, 사랑과 마농의 마술
에서 해탈한 마음을 발견했다고 생각한다면, 그것은 지
나치게 날 높이 평가한 셈이란 말일세. 넉 달 전에 헤
어졌을 때와 다름없는 날세. 변함없이 사랑에 홀려 있
고, 그러므로 여전히 불행한 나, 그러나 어쩔 수 없이
그 사랑 가운데 행복을 찾지 않고는 한시도 못 배기는
날세."

그는 이 말에 대답하기를, 그런 고백은 용서할 수 없
는 것으로, 하긴 이 세상에 덕의 참다운 행복보다 악의

그릇된 행복을 즐겨 추구하는 죄인들이 많지만, 그들은
오직 행복의 환영에 매달렸을 뿐, 결국엔 외관에 기만
당한 것인데, 나로 말하여 보면 애착하는 대상으로 말
미암아 줄곧 죄벌과 불행으로 인도될 따름인 것을 충분
히 인식하면서도, 스스로 나아가 죄와 불행 속으로 줄
달음치려 하고 있으니, 그것은 관념과 행동의 모순이
요, 나의 이성에 대한 모욕이 아니냐고 따지는 것이었
다.

"티벨쥬!" 하고 나는 말을 이었다. "그대의 무기에 대
항할 것이 없으니 쉽사리 승리를 거두는군그래. 이번엔
내 이론을 들려 줄 차례겠지. 그래 자네가 말하는 덕의
행복이라는 것이 고통이나 동요나 불안을 모른다고 주
장할 수 있을까? 감옥이나 십자가나 폭군의 형벌이나
고문을 자네는 대체 무슨 이름으로 부를 것인가? 신비
론자들이 그렇듯이 육체를 괴롭히는 것이 영혼에 대한
행복이라고 말할 셈인가! 감히 그렇다고는 말을 못하겠
지? 그런 참을 수 없는 역설을 말이야. 그처럼 높이 받
드는 자네의 행복도 한없는 고통이 섞여 있는걸세. 아
니, 더 알맞는 표현을 빌리자면 불행이라는 실로 짠 옷
감과 같은 것으로, 그것을 통과하고서야 비로소 행복에
도달한다는 말이네. 그렇다면 희망하는바 행복한 결말
에 인도할 수 있다는 이유로, 상상력이 이 불행 가운데
기쁨을 발견하는 것이라면, 어찌하여 자네는, 이와 조
금도 다를 것이 없는 경우를 내 행동에 있어서는 모순
이니 분별이 없느니 말하는 것인가? 나는 마농을 사랑

하고 있네. 수많은 고통이 가로놓여 있지만, 그 고비를
넘어 드디어 그이 곁에서 행복하고 평화롭게 살 것을
지향하고 있는걸세. 내가 걷고 있는 길은 불행하지만,
목적지에 도달하리라는 희망은 항상 즐거움을 주며, 한
순간 그와 더불어 있을 수 있다면 그것을 위한 어떠한
고통인들 충분히 보답된 것으로 생각하겠네. 그러니만
큼 자네의 견지에서나 나의 견지에서나 만사가 매한가
지란 말일세. 혹시 무슨 차이점이 있다면, 차라리 그것
은 내 편에 유리할 뿐이지. 그럴 것이, 내가 바라는 행
복은 가까이 있지만 자네 것은 멀리 있는 것이 아닌가.
게다가 내 것은 마치 고통과 같은 것, 다시 말하면 육
체적으로 느낄 수 있는 반면, 자네 편은 그 성질을 영
원히 알 수 없는 것으로 오직 신앙으로나 느낄 따름이
니 말일세."

티벨쥬는 이 논리에 그만 소름이 끼치는 모양이었다.
그는 두어 걸음 물러서더니, 가장 엄숙한 태도로, 지금
한 얘기는 양식(良識)에 어긋날 뿐 아니라, 불신과 반
종교의 저주받을 궤변이라 단정하고, 덧붙여 이렇게 말
하였다.

"왜냐하면, 자네의 그런 따위의 고통의 결말을 종교
에 의하여 제시되는 그것과 비교하는 것 자체가 방종하
기 그지없고 괴상망측한 생각이니까 말이네."

"털어놓고 하는 얘기네만, 그것이 옳지 않다는 건 나
도 인정하이." 나는 그의 말을 받았다. "하지만 조심해
듣게, 내가 이론을 토하고 있는 것은 그따위 비교를 위

한 것이 아닐세. 나의 불행한 사랑에의 애착 속에 자네
가 이른바 모순이라고 지적한 것을 변명해 보려는 생각
뿐이었어. 그리고 과연 모순이 거기 있는 것이라면 자
네 역시 나 이상으로 벗어날 수 없다는 것을 충분히 증
명했다고 믿고 있네. 내가 두 가지 사실을 같은 비중에
서 논의한 것은 오직 이러한 의미에서이며, 그런 점에
서라면 아직도 옳다고 주장하겠네. 자네는 덕으로 말미
암은 결과가 사랑의 그것보다 월등 높은 것이라고 대답
할지도 몰라. 실상 이에 반대할 자가 어디 있겠는가?
하지만 문제는 거기에 있는 것이 아닐세. 양편 다같이
받는 바, 괴로움을 능히 참고 견디게 하는 힘이 문제가
아닌가 말이야. 사실에 따라 판단해 보세. 세상에는 엄
격한 미덕에서 벗어나는 자가 얼마나 많으며, 반면 사
랑을 피하려는 자는 얼마나 적은가? 그래도 자네는 선
의 실행에 고통이 따르기는 하나 그것이 필연적인, 피
할 수 없는 것은 아니라고 주장할 셈인가? 지금은 폭군
도 십자가도 존재치 않으며 평온하고 아늑한 삶을 영위
하는 고결한 사람들이 얼마든지 있노라고 말할 셈인가?
그렇다면 난 대답하겠네. 사랑에도 평화롭고 행복한 사
랑이 있으며, 한 가지 나에게 극히 유리한 차이점을 덧
붙여 말한다면, 사랑은 흔히 사람을 속이는 일은 있지
만 적어도 만족과 기쁨은 약속하는 것이라고. 이와 반
대로 종교에 있어서는 처량하고 참혹한 고행을 바라볼
뿐이 아닌가?"
 나는 그의 열정이 바야흐로 비통으로 변하려는 기색

을 보고 말을 계속하였다. "그렇게 놀라지 말게. 내 결론은 오직 이것뿐일세. 즉, 남의 사랑을 단념시키려고 공연히 사랑의 기쁨을 빈정거리거나 미덕의 실행 가운데 보다 많은 행복을 약속하는 것처럼 졸렬한 방법은 없다는 것이지. 우리가 지음을 받은 형태로 보아 우리의 행복이 쾌락 안에 있다는 것은 명백한 사실이야. 나는 달리 생각할 수가 없어. 그리고 모든 쾌락 가운데서 사랑의 쾌락이야말로 가장 즐거운 것임을 깨닫기 위해서는 굳이 생각해 볼 필요조차도 없네. 그래 그보다 더 희한한 쾌락을 약속할 때면 그것이 거짓말임을 알아차리며, 그러기에 가장 확실한 보장까지도 의심하게 마련이라네. 나를 미덕으로 인도코자 원하는 설교자가 있다면, 미덕이 필요불가결의 것이라고 주장하기만 하면 되지, 그것이 엄격하고 고통스러운 것임을 속일 필요는 없어. 그리하여 사랑의 기쁨이 덧없는 것이요, 금단의 즐거움이라는 것, 그 뒤에는 영원한 고통이 따를 것임을 떳떳이 논증하면 되지. 사랑의 기쁨이 보다 감미롭고 즐거우면 즐거울수록, 그처럼 커다란 희생에 보답하여 주는 하느님은 더욱 빛날 것이라고 말하는 편이 훨씬 내게 깊은 감명을 줄 거란 말이야. 하지만 우리가 가지고 있는바 이 가슴으로는 사랑의 환희야말로 이 세상의 가장 완전한 행복이라는 것을 고백할 일이 아닌가."

이 끝마디 결론은 티벨쥬의 언짢은 기분을 풀어 주었다. 그는 내 생각 속에 얼마간 도리에 닿는 점이 있음

을 인정하였다. 단 한 가지 이의가 있노라고 덧붙이기
를, 어찌하여 나 자신의 삶의 원칙으로 돌아서지 않으
며, 그처럼이나 내가 깊은 이해를 하고 있는 신의 보상
을 우러러보는 마음에서 사랑을 희생하지 않느냐는 것
이었다.

"오오, 사랑하는 벗이여!" 나는 그에게 대답하였다.
"그 점이야말로 나의 약점이요, 불행인 것을 나는 잘 알
고 있네. 아아! 참으로 비통한 일은, 이성의 판단대로
행동함이 나의 의무이건만 이를 실행할 힘이 없다는 것
일세! 마농의 매력을 잊기 위해 어떻게 하면 좋단 말인
가?"

"실례라면 용서하게. 하지만 여기 사교의 무리가 또
한 사람 있군그래."

"나는 나 자신도 모르겠네. 또 무엇이 되어야 마땅한
지도 통히 분별을 못하겠네. 하지만 그들 사교도가 말
하는 것이 진리라는 점만은 똑똑히 알고 있지."

이 대화는 어쨌든 나에 대한 그의 연민을 되살리는
데 도움이 되었다. 그는 내가 방종으로 기울어지는 것
이 악의에서가 아니요, 의지의 약함에서인 것을 깨달았
던 것이다. 이로 말미암아 그후 그의 우정은 구출의 손
을 펴주게끔 되었는데, 이 도움이 없었던들 나는 틀림
없이 고통 끝에 목숨을 거두었을 것이다. 그러나 쌩 라
자르에서의 탈출 계획에 관해서는 일언반구도 언급하지
않았고 다만 편지를 전해 달라고만 부탁하였다. 편지는
그가 오기 전에 이미 준비되어 있었는데, 편지를 쓰지

않으면 안 될 이유를 설명할 구실은 얼마든지 있었다. 그는 충실하게도 실수 없이 편지를 전달해 주었으므로, 레스코는 그날로 자기에게 보내 온 사연을 받았다.

그는 다음 날 나를 찾아와, 형을 빙자하여 무난히 통과하였다. 방 안으로 들어서는 그를 보고 나의 기쁨은 이루 형용할 수 없었다. 나는 조심스레 문을 닫았다.

"한시도 지체할 일이 아니네." 나는 입을 열었다. "그래 마농의 소식 먼저 들려주게. 그리고 이 쇠사슬을 풀고 나갈 좋은 방안도 말이야."

그는 내가 투옥되기 전날부터 한 번도 누이를 만나본 일이 없다고 말하였다. 그래서 수소문이며 수배를 통해 겨우 누이와 나의 신상을 알고 있을 따름이요, 감화원에 두서너 차례 찾아가 보았으나 면회가 허락되지 않았다는 것이었다.

"고약한 G…M… 같은 이로군……." 나는 울부짖었다. "두고 봐라, 단단히 앙갚음할 테니!"

"자네의 탈출에 관한 얘기지만……." 하고 레스코는 말을 이었다. "자네가 생각하는 것처럼 그렇게 쉬운 일은 아닐걸세. 사실은, 어제 동무와 셋이서 밤새도록 이곳 구조를 샅샅이 살펴보았는데, 이 창문은 자네 말마따나 건물들에 에워싸인 안뜰을 내려다보고 있으니 창문으로 해서 구출한다는 것은 지극히 어려운 일임을 알았네. 뿐만 아니라 자네 방은 4층이니까 여기까지는 밧줄도 사닥다리도 갖다 댈 수가 없단 말이야. 그러니 외부에서 구출할 수단은 전무(全無) 상텔세. 무슨 공작을 꾸며내려면 아무래도 건물 안에서 연구해야겠네."

"아니야. 나도 죄다 살펴보았어. 특히 원장의 호의로 감시가 좀 완화된 후로는 말이야. 하긴 이젠 내 방문에는 자물쇠도 채워지지 않고, 수도사들의 골마루를 산보해도 괜찮게 되어 있긴 하네마는, 계단이란 모든 계단은 두터운 덧문으로 막혀 있는데다 밤낮 조심스레 닫혀 있기 때문에 아무리 궁리해 본들 결코 달아나지는 못할걸세. 가만 있게." 하고 그때 불현듯 떠오르는 묘한 생각을 가다듬어 본 다음 다시 말을 이었다. "권총을 한 자루 갖다 줄 수 없겠나."

"그야 쉬운 일이지." 레스코는 대답하였다. "그런데 누굴 죽일 작정인가?"

나는 사람을 죽일 생각은 조금도 없으니 탄환을 잴 필요조차도 없다고 하여 그를 안심시켰다.

"내일 가져다 주게. 그리고 밤 열한시에 이 집 대문 앞에 친구 두셋을 데리고 와서 실수 없이 날 기다려 주게. 틀림없이 그곳에서 만나게 될 테니."

그는 이 계획을 좀더 자세히 알려 달라고 졸랐지만 나는 끝내 밝히지 않았다. 다만 지금 머릿 속에 그리고 있는 계획은 성공해 본 뒤가 아니면 도저히 수긍할 수 없는 그런 계획이라고만 말해 두었다. 그리고 내일의 면회를 용이하게 하기 위해 그만 돌아가라고 하였다. 그는 다음 날도 전날이나 다름없이 수월하게 면회를 허락받았다. 그는 어지간히 의젓한 모습을 차리고 왔으므로 그를 지체 있는 인물로 인정하지 않는 이는 하나도 없었던 것이다.

자유를 위한 연장을 손에 쥔 순간, 나는 나의 계획의 성공 여부에 대하여 전혀 의심을 품지 않았다. 그 계획으로 말하자면 괴상하고도 대담스러운 것이었는데, 내게 용기를 주고 있는 동기가 동기인만큼 나에게 도시 불가능한 일이라곤 전혀 없었던 것이다. 감방에서의 출입과 골마루에서의 산보의 자유가 허락되면서부터 나는 유심히 살펴왔는데, 문지기가 저녁이 되어 모든 대문 열쇠를 원장에게 가져간 뒤에는 온 건물 안에 깊은 정막이 흐르곤 하는데, 결국 모두 제 방으로 물러갔음을 알리는 것이었다. 한편 나는 골마루를 통해서 아무런 방해없이 원장 방으로 갈 수 있었다. 그리하여, 내 결심인즉, 그한테서 열쇠를 빼앗아—만일 순순히 내주지 않으면 권총으로 위협이라도 해서—그 길로 밖으로 나가자는 것이었다. 나는 때가 이르기를 초조하게 기다렸다. 문지기는 여느 때나 다름없이, 아홉시가 조금 지날 무렵에 왔다. 나는 다시 한 시간을 보냈는데, 수도사와 하인들이 모두 잠자리에 들어간 것을 확인하기 위해서였다. 마침내, 권총과 불을 댕긴 양초를 들고 감방에서 빠져나왔다. 그리고 소리없이 신부를 깨우기 위하여 조용히 방문을 두드렸다. 원장은 두번째 소리에 눈을 뜬 듯, 아마 몸이라도 편찮은 수도사가 무슨 원조를 구하러 온 것으로 생각했음인지, 일어나서 문을 열러 나왔다. 그러나 조심성에서 누구며 무슨 용무냐고, 문 저 쪽에서 다짐하는 것이었다. 나는 어쩔 수 없이 이름을 밝

혔는데, 기분이 언짢은 체하기 위하여 모기 소리만한
가냘픈 소리를 내었다.

"아! 당신이군, 이 사람아." 하고 그는 문을 열면서
말했다. "한데 이렇게 늦게 찾아오다니 대체 무슨 일이
오."

방 안에 들어서자 나는 문 반대편 구석으로 그를 끌
고가서, 더 이상 쎙 라자르에 묵을 수 없다는 것과, 남
의 눈에 띄지 않게 도주하기에는 밤이 가장 적합할 텐
데 당신의 온정에 기대하고 청하는 바이니, 원컨대 문
을 열어 주시든지, 그렇지 않으면 내가 열 수 있도록
열쇠를 빌려 달라고 말했다.

이 말에 그는 넋을 잃은 모양이었다. 말없이 한동안
물끄러미 나를 쳐다볼 따름이었다. 그러나 나로서는 이
렇게 머뭇거릴 때가 아니었으므로, 다시 말을 이어 여
태까지의 모든 호의에 대하여는 깊은 감명을 받고 있으
나 자유는 어떤 보배보다도 귀중한 것이요, 더욱이 부
당하게 자유를 빼앗긴 나에 있어서는 더한 것이니, 오
늘밤에는 어떤 희생을 무릅쓰고서라도 그것을 회복하려
는 결심이라고 하였다. 그리고 혹시 그가 사람을 부르
려고 소리를 질러서는 안 되겠기에 미리 방지하기 위하
여 저고리 밑에 감추어 둔 권총을 조금 보여 주었다.

"권총이군!" 그가 말하였다. "이 사람아, 이게 무슨 짓
인가! 자네를 아껴 준 내게 대한 보답으로 그래, 내 목
숨을 빼앗으려 드는 건가?"

"원, 천만에요. 제가 그런 끔찍한 일을 저질러야만 할

만큼 원장님이 우둔하시려구요. 어쨌든 저는 자유로이 되고 싶어요. 굳게 결심한 일이니만큼 만일 원장님의 과실로 계획이 실패한다면 그야말로 원장님의 탓이지요."

"하지만 여보게……." 그는 공포에 질린 파리한 얼굴로 중얼거렸다. "내가 자네에게 무슨 짓을 했다는 말인가? 무엇 때문에 내 목숨을 빼앗겠다는 건가."

"아닙니다." 나는 답답해져서 말을 막았다. "목숨이 아까우시다면 죽이지는 않겠어요. 문을 열어 주세요. 저는 신부님의 가장 좋은 친구입니다."

나는 그의 탁자 위에 있는 열쇠를 보았다. 열쇠를 집어들고 나는 원장에게 될 수 있는 대로 소리를 내지 말고 따라오도록 청하였다. 그는 마지못해 따라왔다. 앞으로 나아가면 갈수록, 그리고 문을 한 개씩 열 적마다 그는 한숨을 쉬며 이렇게 말하는 것이었다.

"아, 자네가, 아, 이렇게 될 줄이야 누가 알았겠나!"

"쉬! 소리를 내지 마시라니까요." 나로서는 그럴때 마다 이렇게 되풀이할 따름이었다.

마침내 우리들은 어떤 울까지 이르렀는데 그것은 한길에 통하는 대문 바로 앞에 있는 것이었다. 나는 벌써 자유의 몸이 된 양으로 한 손에는 촛불을, 또 한 손에는 권총을 쥔 채 신부 뒤에 서 있었다. 그런데 문을 열려고 애쓰고 있는 동안 자그마한 옆방에서 자고 있던 한 하인이 빗장 빼는 소리를 듣고 방문으로부터 머리를 쑥 내밀었다. 착한 신부는 이자 같으면 나를 사로잡을

수 있으리라고 생각했음인지 소견머리없게도 거들어 달
라고 명령하는 것이었다. 그자는 힘센 놈이라 지체없이
와락 나에게 달려들었다. 나도 용서가 없었다. 곧 한 방
놈의 가슴에 쏘아 붙였다.

"자, 이것은 신부님의 탓이오." 하고 의기양양해 안내
자에게 말하였다. "하지만 이것으로 중단될 수는 없는
일이오." 마지막 문 앞으로 원장을 내밀면서 나는 말을
이었다.

그는 감히 거절하지 못하고, 나는 흔연히 밖으로 뛰
어나왔다. 서너 걸음 걸어가려니, 약속대로 레스코가
친구들과 함께 기다리고 있었다.

우리는 그곳을 떠났다. 레스코는, "권총 소리가 난 것
같은데?" 하고 물었다.

"자네 잘못이야." 하고 나는 그에게 대답하였다. "왜
탄환을 재었던가?"

이렇게 말은 하면서도 나는 용의주도한 그의 수고에
대하여 감사하였다. 그렇지 않았던들 영원히 쌩 라자르
에 갇히는 몸이 되었을 테니 말이다. 우리는 어떤 음식
점으로 들어가 밤을 새웠는데, 그곳에서 나는 석 달 동
안이나 굶주렸던 창자를 채울 수 있었다. 그러나 한가
로이 주저앉아 있을 수는 없었다. 나는 마농을 생각하
며 괴로운 마음을 어찌할 수 없었던 것이다.

"그를 구출해 내지 않으면 안 되겠어." 나는 세 친구
에게 말하였다. "내가 탈출해 나온 것은 오직·이 목적을
위한 것이니까. 어쨌든 자네들의 좋은 꾀만 바라겠네.

난, 목숨이라도 바칠 작정이니까."

원래 꾀도 많고 조심스러운 레스코는 아무쪼록 신중히 행동하여야 된다고 타이르면서, 쌩 라자르에서의 탈출과 나오면서 저지른 실수는 틀림없이 말썽을 일으켰을 터이므로 경시총감은 나를 수색케 할 텐데, 워낙 세력 있는 그인지라, 만일 쌩 라자르 이상의 고역을 피하고자 원한다면 수색의 손길이 늦추어지기를 기다려 이삼 일간은 자취를 감추고 일체 바깥 출입을 삼가는 편이 좋다고 말했다. 그의 충고는 현명했으나, 그것을 따르기 위해서는 이에 못지않게 현명해야만 했다. 그러나 이렇듯 서서히 신중을 기하라는 그의 충고는 나의 정열에 어울리는 것이 아니었다. 그래서 다음 날 하루는 잠이나 자고 지내겠다는 약속으로 간신히 타협을 하였고, 다음 날 나는 그의 방에 갇혀 저녁때까지 꼼짝 않고 머물러 있었다.

그 동안에도 마농을 구출해 낼 계획과 방법을 여러 가지로 궁리하였다. 그의 감옥이 내가 갇혔던 곳보다 한결 경계가 엄중하다는 것을 나는 잘 알고 있었다. 무슨 폭력이나 주먹다짐으로는 어림없고, 책략이야말로 필요한 것이었다. 그러나 발명의 여신이라 할지라도 어디서부터 손을 대야 할지 몰랐을 것이다. 아무래도 서광이 비치지 않았는지라, 우선 감화원의 내부조직을 어느 정도 안 다음에 좀더 잘 생각해 보기로 하였다.

밤이 되어 다시금 자유의 몸이 되자 레스코에게 곧 동행을 청하였다. 우리는 감화원의 문지기 한 사람을 잡고 말을 붙여 본즉, 그는 제법 똑똑한 것같이 보였다.
나는 외국인인 듯 거동을 해보이면서 감화원과 그곳을
다스리는 훌륭한 질서에 대하여 감탄할 만한 풍문을 들
은 일이 있어 찾아왔노라고 말하였다. 그러고는 세부
(細部)에 이르기까지 질문을 하였는데, 그러는 중 마침
내 관리 이사(理事)들의 얘기가 나왔으므로 그들의 이
름이며 권한에 대하여 물어 보았다. 이 최후의 점에 관
한 문지기의 대답을 들은 순간 나의 머리에는 불현듯
하나의 생각이 떠올랐다. 틀림없는 묘안이었으므로 지
체없이 실행에 옮기기로 하였다. 나는 이 사람한테는
자제들이 있는가 물었다. 딴은 이 점이야말로 내 계획
의 긴요한 대목이었기 때문이다. 문지기의 대답인즉,
확실한 것은 알 수는 없으나, 중요한 이사 중의 한 사
람인 드 G…씨에게는 장가들 나이의 아드님이 있어, 몇
번인가 부친과 더불어 감화원에 온 일이 있다는 것이었
다. 이것만으로도 나에게는 충분했다. 여기서 곧 이야
기를 그치고 집으로 돌아오면서, 나는 레스코에게 복안
을 설명하였다.
　"생각건대 드 G…씨의 아들은 부자요, 가문도 좋으
니만큼 그 나이 또래의 젊은이들이 대부분 그렇듯이 쾌
락에 대한 취미를 가지고 있을걸세. 설마 여성에 대하
여 적의를 품거나, 연애에 힘을 빌려 주기를 거절하리
만큼 어리석지는 않을 테지. 그가 마농의 자유를 위해
동정을 품도록 할 작정이네. 만일 교양 있고 인정 있는
사람이라면 의협심을 내서 우리를 도와주겠지. 설사 이

런 동기에서가 아닐지라도, 아름다운 여인을 위해서는 마음에 들려는 희망에서만이라도 분발할 거란 말이야. 나는 내일이라도 만나보겠네. 이 계획을 하니 아주 마음이 개운해진 게 꼭 성사될 것만 같은 예감이네."

레스코 자신도, 내 생각이 그럴 듯하니 어쩌면 성공할 가망이 있다고 하며 동의하였다. 그날 밤은 여느 때보다 우울한 마음이 가셔졌다.

아침이 되어 나는 가난한 그때의 처지로 할 수 있는 한 말쑥한 옷차림을 하고서 삯마차를 불러 드 T…씨 저택을 찾아갔다. 그는 낯선 사람의 방문을 받고 놀라는 모양이었다. 나는 그의 용모와 인사성을 보고서 이만하면 됐다고 앞일을 낙관하였다. 그리하여 숨김없이 자초지종을 털어놓았거니와, 나의 사랑의 정열과 애인의 초범한 점을 세상에 다시없는 것같이 일러 주었다. 그는 아직 마농을 본 일은 없어도, 늙은 드 G…M…의 정부로서의 마농의 풍문은 들어 알고 있노라고 하였다. 그렇다면 이번 사건과 나와의 관련을 모를 리 만무하다고 짐작한 나는, 내 말을 믿어 달라고 하면서, 더욱 그의 동정을 사기 위하여 마농과 내게 일어난 일체를 세부에 걸쳐 고백하였다.

"이런 사정인즉, 저의 목숨도 사랑의 운명도 당신의 손에 쥐어져 있습니다. 저의 목숨이나 사랑은 다같이 귀중한 것입니다. 제가 이처럼 숨김없이 죄다 말씀드리는 것은, 당신의 관대함을 잘 알고 있기 때문이요, 또한 우리들이 같은 연배로서 혹 정서적으로 상통한 점이 있지나 않을까 하는 희망에서올시다."

　그는 이렇듯 흉금을 털어놓는 솔직한 태도에 감동한
모양이었다. 그의 대답은 분별과 인정 있는 사람의 것
으로, 누구나가 할 수 있는 말이 아니요, 자칫하면 오해
받기도 쉬운 말이었다. 그는 나의 방문을 자기 생애의
가장 복된 일로, 그리고 나의 우정을 가장 기쁜 수확의
하나로 삼겠노라고 하면서, 이에 합당할 만큼 전심 노
력하여 나를 위해 힘써 보겠다고 말하였다. 그는 자기
의 세력이 변변치 않은 것이요, 믿을 만한 것이 못 된
다고 하여, 마농을 내 손으로 도로 찾아 주겠다고는 약
속하지 않았지만, 그와 만나게 해줄 것이며, 나의 품안
에 마농을 돌려주기 위하여 있는 힘을 다해 보겠다는
것이었다. 그러나 나로서는 모든 희망을 들어 주겠다는
확언보다는 자신이 없다는 태도가 훨씬 만족스러웠다.
정도에 알맞는 그의 제안 가운데 표리 없는 솔직함을
발견하고 무엇보다도 기뻤으니 말이다. 요컨대 그의 주
선에 모든 희망을 건 것이나 다름없었다. 마농을 만나
보게 해주겠다는 약속만으로도, 나는 그를 위한 일이라
면 무엇이든지 할 용의를 가질 정도였다. 나는 이 심정
의 일단을 그에게 표명하였는데, 이로써 나도 사악한
인간이 아님을 표시한 것이었다. 우리는 서로 다정하게
껴안았으며, 의좋은 동무가 되었다. 마음씨 착하고 인
정 많고 너그러운 한 인간이 자기와 닮은 상대를 사랑
하려는 단순한 심정에서 우러나왔을 뿐 별다른 이유랄
것은 없었다. 그의 호의는 그것으로 그치지 않았다. 여

러 가지 나의 모험과 쌩 라자르에서 방금 나왔다는 말
로 미루어 돈에 부자유할 것이라 짐작했음인지, 돈 주
머니를 내놓고 기어이 받아 달라는 것이었다. 나는 굳
이 사양하고 이렇게 말하였다.

"그것은 과분한 일입니다. 이처럼 친절과 우의로써
나의 사랑하는 마농을 다시 만나게 해 주시겠다니, 평
생 그 은혜는 잊지 못할 것입니다. 만약 그 귀여운 여
인을 완전히 내 손에 다시 찾아 주신다면 그야말로 당
신을 위해서 나의 피를 죄다 흘린다 하더라도 부족함을
느낄 것입니다."

우리들은 다시 만날 시일과 장소를 정하고 헤어졌다.
그는 친절하게도 그날 오후에 다시 만나자고 했다. 나
는 어느 다방에서 그를 기다렸다가 네시경에 만나 함께
감화원으로 향하였다. 가운데 뜰을 가로질러 갈 때 나
의 무릎은 부르르 떨고 있었다.

'오오, 사랑의 힘이여!' 나는 부르짖었다. '이제야 그
토록 눈물과 불안을 자아낸 내 마음의 우상을 다시 만
나볼 수 있겠구나! 신이여, 그의 곁에 이르를 때까지
저의 목숨을 보호하소서. 그런 다음이라면 제 운명도
제 목숨도 뜻대로 하사이다. 그외에 무슨 은총을 바라
겠습니까.'

드 T…씨가 몇 사람의 문지기에게 말을 건네자 그들
은 앞을 다투어 그의 마음에 들려고 갖은 애를 쓰는 것
이었다. 그가 마농의 감방이 어느 채에 있는가를 물어
보자, 문지기는 끔찍하게도 커다란 열쇠를 들고 우리들

을 안내하였다. 이 열쇠가 바로 그 감방의 열쇠였다. 우
리들을 인도한 하인은 곧 마농을 담당한 간수였기에,
나는 이곳에서 마농이 어떻게 지내고 있는가를 물어 보
았다. 그는 대답하기를, 천사처럼 상냥한 여인이요, 자
기한테도 언짢은 말 한 마디 던진 적이 없었는데, 여기
온 직후 여섯 주일 동안은 줄곧 눈물을 흘리고 있을 따
름이었으나, 요즈음은 불행을 견디려는 듯 아침부터 저
녁까지 독서 시간 외에는 바느질에 몰두하고 있다는 것
이었다. 다시 나는 합당한 대우를 받고 있는지를 물어
보았는데, 필요한 일에는 결코 부자유하지 않으니 안심
하라는 대답이었다.

우리들은 그의 문 앞으로 가까이 갔다. 나의 가슴은
심히 두근거렸다. 나는 드 T…씨에게 말하였다.

"먼저 들어가셔서 제가 찾아온 것을 미리 말씀해 주
세요. 별안간 나를 보고 놀라서는 안 될 테니까요……"

문이 열렸다. 골마루에 서 있는 내 귀로 그들의 대화
는 들려왔다. 드 T…씨는, 조금이라도 위안해 드리려
고 찾아왔는데 자기는 나의 우인이요, 우리들의 행복에
깊은 관심을 가지고 있노라고 말하였다. 마농은 무척
가슴이 설레이는 듯, 내가 지금 어떻게 되었는지 말해
줄 수 없겠느냐고 묻는 것이었다. 그러자 그는, 소원하
시는 대로 다정하고 충실한 애인을 당신 곁으로 데리고
오겠다고 대답하였다.

"언제요?"

"오늘이라도……그런 행복한 순간을 연기할 수는 없

지요. 원이시라면 당장에라도 나타나게 하리다."

마농도 내가 문 밖에 서 있음을 눈치챈 모양이었다. 내가 들어가려니 그가 구르듯이 달려왔다. 우리는 넘치는 애정으로 뼈가 으스러져라 껴안았으니, 석 달이 넘는 이별이 불같이 사랑하는 애인들에게 가져다 주는 세찬 애정의 표현이었다. 우리의 한숨, 마디마디 끊어지는 탄성, 안타까이 서로 주고받는 사랑의 속삭임—이 장면이 드 T…씨를 감동시킨 모양이었다.

"참 부럽습니다." 그는 우리들을 자리에 앉히면서 입을 열었다. "이렇듯 아름답고 이렇듯 정열적인 애인보다 더 영화로운 꿈을 나는 그릴 수 없습니다."

"그러기에 저는 이 여인에게서 사랑받는 행복을 누리기 위해서 세계의 그 어느 왕국인들 버려 아까울 것이 없었던 겁니다."

그처럼 바라고 바랐던 상봉이라 우리들의 대화는 한없이 달콤하기만 하였다. 가엾은 마농은 그가 당한 기구한 운명을 얘기했거니와, 나는 나대로의 지나간 일을 호소하였다. 마농의 처지나, 그곳에서 갓 뛰쳐나온 나의 처지를 얘기하면서 우리는 슬픈 눈물을 흘렸다. 드 T…씨는 이와 같은 불행으로부터 우리들을 구출하기 위하여 온갖 노력을 아끼지 않겠노라는 새로운 약속으로 위로해 주었다. 그리고 앞으로의 면회를 쉽게 하기 위하여 오늘은 너무 길지 않는 편이 좋다고 충고하는 것이었다. 그러나 이 충고를 받아들이도록 하는 것은 무척 힘든 일이었으니, 특히 마농은 나를 돌려 보낼 결

심을 하지 못하는 모양이었다. 그는 몇 번이나 나를 의
자에 되앉히고, 옷자락과 소매를 붙들고 하며 나를 만
류하였다.

"아아! 이런 데다 나를 혼자 두고 가시다니! 다시 만
날 수 있으리라고 누가 다짐해 주겠어요?"

드 T…씨는 앞으로 나를 자주 데리고 오겠노라 약속
하였다.

"이젠 이곳을 감화원이라 부를 것이 아니라, 베르사
유 궁전이라 해야겠습니다. 만인의 가슴을 지배하는 왕
이 살고 계시니까요."

돌아오는 길에 나는 마농을 담당하고 있는 간수에게
약간의 돈을 쥐어 주며 잘 돌봐 달라고 부탁했다. 이
청년은 동료들에 비하면 그리 천한 편도 아니요, 몰인
정하지도 않았다. 그는 또한 우리의 상봉장면도 목격하
였으니, 이 사랑에 넘친 정경에 자못 깊은 감동을 받았
는지라 그에게 선사한 금화 루이 한 닢은 완전히 그의
마음을 샀던 모양이다. 뜰로 나오려는데 그가 나를 구
석진 곳으로 데리고 가서 이렇게 말하였다.

"나리, 만약 여기를 떨어져도 나리께서 저를 써주시
거나, 혹은 상당한 보수를 주신다면 그 부인을 자유롭
게 하는 것쯤은 문제가 아니지요."

나는 이 제안에 귀가 솔깃해졌다. 한 푼도 없는 몸이
면서 그가 바라는 것 이상으로 약속하였다. 이런 사나
이 하나쯤 보수를 주는 것은 언제든지 문제없다고 자신
했던 것이다.

"여보게, 내 말을 믿어 주게. 자넬 위해선 무엇이든지 해주겠네. 그뿐인가, 이젠 자네도 톡톡히 한 몫 잡은 것이나 다름없지."

나는 도대체 어떤 방법을 쓸 셈이냐고 물어 보았다.

"별것 아닙니다. 밤에 그분의 방문을 열고, 통용문까지 모셔 가는 것뿐이니까요. 나리께서 기다리고 계시다가 받으시면 그만이에요."

그러나 복도나 뜰을 지나칠 때 남의 눈에 띌 우려가 있지 않느냐고 물었다. 그는 위험이 전연 없는 것은 아니지만, 약간의 모험은 피할 수 없는 것이라고 대답하였다. 그자가 그만한 배짱을 가지고 있는 것을 보고 마음 든든했지만, 나는 드 T…씨를 불러 이 계획을 말하고, 이에 따를지도 모를 한 가지 위험한 점을 설명하였다. 그는 나 이상으로 위태로워 하였다. 하기야 이런 방법으로 탈출이 가능한 것이긴 하지만, 하고 동의하면서, "그러나 만약에 발각되어, 탈주 도중에 붙잡히기라도 하면, 그땐 볼장 다 본 셈이지요. 한편 요행히 성공한다 하더라도 당신네들은 이내 파리에서 자취를 감추어야 하지 않겠어요—추적의 눈을 피할 도리는 없으니까요. 그분과 당신 둘이니만큼 수색의 손길은 곱으로 될 겁니다. 남자 하나라면 피신하는 것도 쉽지만, 아름다운 여인을 데리고서는 남의 눈에 띄지 않을 수 없지요."

이 말이 그 아무리 옳은 것이라 할지라도, 이처럼 빨리 마농을 자유의 몸으로 할 수 있으리라는 희망을 이

겨내지는 못하였다. 이 심경을 드 T…씨에게 말하고,
사랑으로 말미암은 무분별과 맹목성을 관대히 보아 달
라고 당부하였다. 그리고 딴은 나의 계획으로라도 옛날
과 같이 파리를 떠나 어느 근교의 촌락에 자리잡을 생
각이었다고 덧붙였다. 결국 우리들은 그 간수와 의논하
여 이튿날 곧 그 계획을 실행에 옮기기로 하였고, 또한
될 수 있는 한 일을 확실하게 하기 위하여 탈출의 편의
를 도모하고자 남자옷을 들여보내기로 하였다. 그것은
적지 않게 힘든 일이었는데 나는 대뜸 묘안을 생각해
냈다. 즉, 드 T…씨로 하여금 엷은 조끼를 두 벌 입고
와 달라고만 하고, 그 나머지 일은 모두 내가 맡았다.
  이튿날 아침 우리는 다시 감화원으로 찾아갔다. 나는
마농에게 입힐 속옷과 양말 같은 것들을 껴입고 있었는
데, 저고리 위에 외투를 걸쳐 입었으므로 불룩한 호주
머니도 전혀 눈에 띄지 않았다. 우리들은 잠시 그의 감
방에 머물렀다가 돌아왔다. 드 T…씨는 조끼 한 벌을
남겼고, 나는 외투만 있으면 외출에 무방하므로 저고리
를 주었다. 이러고 보니 마농의 복장에는 부족함이 없
었는데, 단 한 가지, 운수 나쁘게도 반바지를 잊었던 것
이다. 우리의 처지가 그토록 심각한 것만 아니었던들,
필요한 부분을 빠뜨린 그의 의복차림은 우리들로 하여
금 웃음통을 터뜨리게 했을 것이다. 이 대수롭지 않은
실수로 해서 우리들의 계획이 수포로 돌아가지나 않을
까 하여 무척 낙심하였다. 그러나 드디어 결심을 하여
내가 바지 없이 나가기로 하고 마농에게 벗어 주었다.

다행히 나의 외투는 긴 데다가 그것을 바늘로 질러 붙여서 결국 무사히 통과하게 되었다.

해질 무렵까지의 시간이 나에게는 못 견디게 긴 것으로만 생각되었다. 마침내 어두워지자, 우리들은 마차를 몰아 감화원 대문 조금 아래편에 대기하였다. 오래지 않아서 마농은 안내하는 하인을 따라 자태를 나타냈다. 마차 문을 열어 놓았으므로 그들은 대뜸 올라탔다. 나는 사랑하는 여인을 품안에 꺼안았다. 그녀는 나뭇잎같이 바르르 떨고 있었다. 마부는 어디로 가느냐고 물었다.

"지구 끝까지라도 달려 주오. 다시는 마농과 떨어지지 않을 곳으로 말이오."

억제할 수 없는 이 흥분은 자칫하면 심술궂은 재화를 초래할 뻔했다. 마부는 내 말을 곰곰이 생각해 보았음인지, 그후 갈 곳의 거리 이름을 대자, 자기도 나쁜 일에 한 몫 끼어드는 것이 아닌가 두렵다고 대답하면서, 마농이라는 이름의 고운 청년은 감화원에서 훔쳐낸 여자에 틀림없다는 둥, 내 사랑을 위해 자기 신세를 망쳐버릴 생각은 없다는 둥, 버티는 것이었다. 이 마부녀석의 수작은 마차값을 단단히 받아내려는 욕심에서임이 분명하였다. 그러나 워낙 감화원에서 가까운 곳이라 부드럽게 흥정하는 수밖에 없었다.

"왜 이러는 거야. 루이 금화 한 닢 벌이가 싫은가?"

이렇게 약정이 된 다음에는 마부는 감화원에 불을 지르는 일에라도 한 몫 낄 기세였다. 우리들은 레스코가

사는 집까지 이르렀다. 밤도 깊었으므로 드 T…씨는
다음 날 다시 만나기를 약속하고 도중에서 헤어졌던 것
이다. 간수만이 우리들과 남게 되었다.

나는 마농을 두 팔로 으스러질 듯 껴안고 있었으므로
마차 안에서는 자리 하나로도 흡족할 정도였다. 그는
기쁜 나머지 눈물짓고 있었으며, 나는 그의 눈물로 뺨
이 젖는 것을 느꼈다. 레스코의 집에 이르러 마차를 내
리려 할 무렵, 또다시 나는 마부와 말다툼을 하게 되었
는데, 그 결과는 불길한 재화를 가져오고 말았다. 나는
금화 일 루이를 주겠다는 약속을 새삼스러이 후회하였
으니 그것이 워낙 많은 액수라는 것만이 아니요, 그때
의 나로서는 지불할 만한 능력이 없다는 보다 큰 이유
때문이었다. 나는 레스코를 불렀다. 그는 방에서 내려
와 문을 열어 주었다. 나는 그의 귀에 입을 갖다대고
나의 곤궁을 말하였다. 그는 성미가 급한데다 삯마차꾼
과 거래해 본 일이 통히 없었던 터라, 무슨 농담을 하
느냐고 내게 따지는 것이었다.

"루이 금화 한 닢이라니! 그따위 녀석한텐 매운 단장
맛을 보여 줘야 해!" 이러다가는 우리 일을 망치게 된다
고 그를 만류하였으나 헛일이었다. 그는 마부를 후려갈
길 양으로 내 단장을 빼앗아 들었다. 마차꾼은 전에 근
위병이나 소총병사에게 단단히 욕본 일이 여러 번 있었
음인지, 겁을 집어먹고 달아나면서, 나를 속여먹다니
이제 두고보라고 고래고래 악을 쓰는 것이었다. 거기
멈추라고 되풀이해 외쳤으나 허사였다. 이렇게 보내고

나니 견딜 수 없이 불안스럽기만 했다. 경찰에 고발하
리라는 것은 이제 의심할 여지도 없었다.

"자네 때문에 큰일났는걸. 자네 집은 안전한 곳이 못
되니 우리들은 곧 떠나야겠네."

나는 마농의 팔목을 붙잡고 걸어나가 이 위험스런 길
목에서 황급히 빠져나왔다. 그러나 세상사를 다스리는
하느님의 섭리란 참 희한한 것이기도 하다. 걸어나온
지 오륙 분이 되었을까말까다. 얼굴조차 분간할 수 없
는 한 사나이가 나타나더니 레스코를 찾았다. 아마도
그의 집 주변을 헤맨 것이 분명한 것으로, 그자는 흉악
한 계획을 품고 있었거니와 그것을 실행에 옮긴 것이었
다.

"네 놈이 레스코지" 그는 권총을 쏘면서 말하였다.
"오늘 저녁엔 천사들하고나 저녁상을 받겠지."

그자는 이내 어디론지 사라졌다. 레스코는 땅에 쓰러
진 채 몸 하나 까닥하지 않았다. 죽은 자에게 도움이란
무용한 것이요, 또한 이내 나타날 야경꾼에게 붙잡힐
우려도 있었으므로 나는 마농에게 몸을 피하자고 재촉
하였다. 나는 마농과 하인을 데리고 첫째번 작은 골목
으로 빠졌다. 마농은 겁에 질려 정신을 잃었는지라, 그
를 부축하기에 나는 몹시도 고생하였다. 때마침 길 저
편에 삯마차 한 대가 보이기에 우리는 달려가서 대뜸
올라탔다. 그러나 어디로 갈 것이냐는 마차꾼의 질문에
나는 무어라 대답할 바를 몰라 당황하고 말았으니, 이
제 안전한 피난처도 구원을 바랄 수 있는 믿을 만한 친

구도 나에게는 없었기 때문이다. 게다가 호주머니에 남
은 돈이라곤 반 피스톨뿐으로 돈도 떨어진 신세였다.
마농은 공포와 피로에 지칠 대로 지쳐 내 곁에서 반 기
절상태였다. 한편 내 머리는 레스코의 살해사건으로 꽉
차 있었으며, 아직도 야경꾼에 대한 두려움에서 헤어나
지 못하고 있었다. 어떻게 할 것인가? 그때 요행히도
샤이요의 주막집이 머리에 떠올랐는데, 전에 그 촌락에
살러갔을 때 며칠 동안 묵은 일이 있는 곳이었다. 그
곳에서는 안전을 도모할 수 있을 뿐만 아니라, 당분간
방값의 재촉을 받지 않고 살 수 있지나 않을까 은근히
바랐던 것이다.

"샤이요로 갑시다." 나는 마부에게 말하였다.

그러나 마부는 이런 밤중에 일 피스톨 이하로는 그곳
까지 갈 수 없다고 거절하는 것이었다. 다시금 옥신각
신하다가 마침내 육 프랑으로 삯값이 결정되었다. 내
호주머니에 남아 있는 전재산이 그것이었다.

달리는 마차 안에서 마농을 위로하였으나 사실 내 마
음속은 절망으로 가득했다. 만약 이 품안에 그처럼 삶
에 집착시키는 유일한 보배가 없었던들 벌써 천 번이라
도 자살했을지 모를 일이다. 오직 나를 격려하여 준 것
은 이 생각뿐이었다.

'적어도 나에게는 마농이 있다. 그는 날 사랑하며, 또
한 나의 것이다. 티벨쥬가 뭐라 한들 안 될 말이지—이
것은 행복의 환영은 아닌 것이다. 온 우주가 멸한다 해
도 내게 무슨 상관이 있으랴. 왜냐고? 이제 나는 그이

이외의 아무것에도 애착이 없으니 말이다.'

이 감정은 거짓이 아니었다. 그러나 이 세상 재물을 그토록 경멸하고 있는 동안에 나는 한층 더 떳떳하게 그외의 모든 것을 경시하기 위해서는 약간은 그러한 것도 필요하다고 느끼는 것이었다. 사랑은 영화보다 강하며 재물과 부귀보다 강한 것이다. 하지만 그러한 것들의 도움을 받지 않으면 안 된다. 그러니 상냥한 애인으로서 이로 말미암아 본의 아닌 비열한 근성으로 타락하는 자신을 발견할 때 이보다 더 절망적인 일이 또 어디 있겠는가.

우리가 샤이요에 닿은 것은 열한시경이었다. 주막에서는 단골 손님으로 환대를 받았다. 그들은 남복차림의 마농을 보고도 별로 놀라지 않았는데 파리나 그 근교에서는 여자들이 갖가지 색다른 옷차림을 하는 것을 늘 보아 왔기 때문이다. 나는 마치 가장 풍족했던 때와 같이 훌륭하게 마농을 대접하도록 분부하였다. 그는 내가 돈에 궁색하다는 것을 모르고 있었는데, 다음 날로 파리에 되돌아가 이 곤궁을 헤어날 방도를 마련해 볼 생각이었으므로 그가 아무것도 눈치채지 못하도록 조심하고 있었던 것이다.

저녁식사를 하는 그는 파리하고 수척해 보였다. 감화원에서는 조금도 그런 줄 몰랐던 것은 그 방이 어둠침침한 탓이었을 것이다. 나는 오빠의 죽음을 눈앞에 본 두려움이 아직도 가시지 않은 탓이냐고 그에게 물어 보았다. 그는 물론 이 사건으로 깊은 타격을 받기는 하였으나, 안색이 좋지 못한 것은 석 달 동안이나 나와 헤어져 있었던 탓이라고 대답하였다.

"그렇다면 날 정말 사랑하는 거요?" 나는 되물었다.

"이루 표현할 수 없을 만큼요."

"이젠 다시 나를 떠나지 않겠지?"

"그럼요, 두 번 다시는!" 하고 그는 대답하였다. 그러고는 더없는 애무와 약속으로 맹세를 되풀이함에, 결코 그 약속을 잊는 일이란 없을 것만 같이 생각되었다.

나는 그가 성실하다는 것을 늘 믿어 왔었다. 그런데 그렇게까지 자기 스스로를 속일 까닭이 어디에 있겠는가 말이다. 하지만 사실인즉 불실한 여인이요, 아니 그보다도 도시 걷잡을 수 없다 함이 옳은 것으로, 호사로운 생활을 하는 여인을 눈앞에 보고 스스로 가난에 쪼들림을 발견할 때면 그는 자기도 모르게 마음이 흔들리는 것이었다. 당시 나는 그 점을 증명하여 주는 결정적인 증거를 확인할 직전에 있었는데, 나와 같은 가문과 환경에서 태어난 사람으로는 일찍이 경험한 바 없는 야릇한 사건이 야기된 것이었다.

마농의 그와 같은 기질을 잘 알고 있기에 나는 이튿날 부랴부랴 파리로 달려갔다. 그의 오빠의 죽음과 또 우리 둘의 속옷이며 겉옷을 당장 준비해야 했으므로 별다른 구실을 마련할 필요는 없었다. 나는 여관집을 나오면서 마농과 주인에게 삯마차를 빌릴 작정이라고 말하였지만 그것은 한갓 허세에 지나지 않았다. 수중에 돈 한 푼 없는 몸이라 걸어갈 수밖에 없는 처지였던 것이다. 그리하여 바삐쿠르 라 레느까지 걸어갔는데, 거기서 잠시 쉴 셈이었다. 파리에 들어가서 할 일의 준비라든가 계획을 세우기 위해서 잠시 동안 조용히 혼자 있어야만 했던 것이다.

나는 풀 위에 앉았다. 그러고는 허다한 궁리와 생각 속에 헤매이던 끝에 차츰차츰 세 가지 중요한 대목에 이르렀다.

우선 첫째로, 헤아릴 수 없으리만큼 많은 궁색한 일에 대처하기 위해서 당장 어떤 원조가 필요하였다. 다음에는 적어도 미래에 희망을 열어 줄 수 있는 무슨 길을 찾아내야 할 것이며, 끝으로 이에 못지않게 중대한 일은, 마농과 나의 안전을 위해 여러 가지 정보를 얻고 이의 대책을 강구해야 할 일이었다. 이 세 가지 중요한 항목을 이모저모 다각적으로 연구해 본 결과, 우선은 뒤의 두 항목은 고려에 넣지 않는 편이 좋겠다고 판단하였다. 샤이요의 방은 숨어 있기에 알맞겠거니와, 장차의 일들은 우선 눈앞의 일을 해결한 다음에 생각하여도 늦지 않으리라 싶었다.

그런즉 당면 문제는 내 호주머니를 채우는 일이었다. 일전에 드 T…씨는 친절하게도 제 돈을 쓰라고 호의를 베푼 일이 있었지만, 이제 와서 새삼스러이 부탁하기란 죽기보다 싫은 일이었다. 제 궁상을 남에게 떠벌리고 동정을 바라다니, 누가 그런 일을 감히 할 수 있단 말이냐! 감히 그런 짓을 한다면 그는 상스러운 마음으로 수치도 모르는 비열한이든지, 그렇지 않으면 그러한 부끄러움은 개의치도 않는 더없이 도량 넓은 교도이어야 한다. 그러나 나는 비열한도 아니요 교도도 아닌 터에, 설사 생명을 잃는 한이 있더라도 이와 같은 치욕만은 참지 못할 것이다.

'티벨쥬'—나는 중얼거렸다—'친절한 티벨쥬는 내게 줄 수 있는 도움을 못 주겠다고 거절할까? 아니, 내 곤궁을 알면 동정할 것이다. 하지만 지긋지긋한 설교로 날 괴롭힐 것이 아니냐. 비난이며, 훈계며, 위협을 각오하지 않으면 안 된다. 그처럼 비싼 값에 도움을 받을 바에야, 고민과 후회를 가져올 그 끔찍한 흥정에 몸을 처하느니보다 차라리 목숨 한 조각을 주는 것이 나을 게다. 그렇다!—이렇듯 나는 생각을 계속하였다—이제는 모든 희망을 단념해야겠구나. 다른 도리가 없거니와, 이 둘 중 어느 편도 취할 수 없으니까 말이다. 그 둘 중 어느 편의 굴욕도 택하느니 내 피의 절반을 달게 흘릴진대, 양편을 택한다면 피를 죄다 흘려야 하는 셈이다. 그래 내 피를 온통—하고 한동안 생각에 잠긴 나는 다시 말을 이었다—그렇다, 비굴한 동정을 구하느니 차라리 생명을 내던지겠다. 하지만 지금 내 목숨 따위가 문제랴! 오직 마농의 생명과 생활이 문제요, 그의 사랑과 충실이 문제인 것이다. 도대체 그와 비길 수 있는 것이 무엇이란 말이냐? 오늘까지 그런 것은 결코 없었다. 그는 나에 있어 영예요, 행복이요, 재산이다. 물론 이 세상에는 내 목숨을 버리면서까지 얻으려는 것도 있고 피하려는 것도 있지만, 내 목숨보다 어떤 것을 더

중히 여긴다고 해서 마농과 같은 정도로 존중한다는 이
유는 못 되는 것이다.'

여기까지 생각이 미치게 되자 결심은 진작 굳어졌다.
나는 우선 티벨쥬를 찾고, 그 길로 드 T…씨를 찾기로
마음먹고 다시 길을 떠났다.

파리에 들어서자 치를 돈도 없으면서 마차를 불렀다.
찾아가는 사람의 도움을 기대하였기 때문이다. 나는 룩
상부르까지 타고 가, 거기서 티벨쥬에게 기다리고 있다
는 사연을 써서 사람을 보냈다. 그는 지체없이 달려왔
다. 나는 단도직입적으로 딱한 곤경을 고백했다. 그는
전에 내가 돌려 준 바 있는 백 피스톨이면 족하냐고 말
하고 나서, 단 한마디도 싫은 소리를 하지 않고 돈을
가지러 가는 것이었다. 그는 허심탄회한 태도였거니와,
오직 사랑과 진정한 우정이 있어 가능한, 남에게 베푸
는 즐거움을 지니고 있었다.

이러고 보니 나의 요구가 채워진 것은 조금도 의심할
바가 아니었지만, 이처럼 쉽사리, 즉 나의 무례함에 노
하지도 않고 순순히 들어 준 것은 참으로 놀라운 일이
었다. 그러나 그의 꾸지람을 받지 않으리라는 생각은
오산이었으니, 그의 돈을 세어 받고 떠나려 할 때, 그는
같이 걷지 않겠느냐고 하는 것이었다. 마농에 관해서는
조금도 얘기하지 않았기 때문에 그는 마농이 자유의 몸
이 된 것을 모르고 있었다. 그의 설교는 나의 쌩 라자
르에서의 탈주와, 또 내가 그곳에서 받은 좋은 교훈을
살리지 않고 다시 방종의 길로 나서지나 않을까 하는

우려에 대해서였다. 그는 내가 탈출하던 이튿날 쌩 라
자르로 나를 찾아갔었는데, 어떻게 그곳을 탈출했는가
를 듣고는, 이루 표현할 수 없으리만큼 아연실색했다는
것이다. 그래서 이 문제에 관해 원장과 얘기했는데, 그
선량한 신부님은 아직도 공포에서 벗어나지 못하고 있
으면서도, 경시총감에게는 내 탈출을 비밀로 했을 뿐더
러 문지기의 죽음의 소식이 외부에 누설되지 않도록 처
치하였으니 그 점만은 조금도 염려할 필요가 없다고 하
였다. 그러나 조금이라도 분별심이 있다면 하늘이 돌보
아 주신 이 다행한 기회를 살려야 할 것이요, 그러기
위해서는 우선 나의 부친께 글월을 올려 용서를 바라야
하며, 만약에 나의 충고를 좇을 양이면 파리를 떠나 가
족의 품안으로 돌아가야 마땅하다고 말하는 것이었다.
    나는 그의 말을 끝까지 들었다. 그의 얘기 가운데에
는 여러 가지 만족스러운 점이 있었던 것이다. 첫째, 쌩
라자르 사건으로 조금도 근심할 필요가 없어졌으니 기
쁘기 짝이 없는 일이었다. 이제 파리의 길은 다시금 자
유의 땅이 된 것이다. 둘째로는, 티벨쥬가 마농의 탈출
이며, 내 곁으로 돌아와 있다는 사실을 영영 모르고 있
다는 점이 몹시도 다행스러웠다. 그뿐만 아니라 그는
마농에 관한 얘기를 도리어 피하려는 것같이도 보였는
데, 내가 마농에 대해 그처럼 태연스러운 것을 보아 이
젠 문제삼지 않게 되었으려니 짐작한 모양이었다. 나는
집으로 돌아갈 수는 없을망정, 그의 충고대로 아버지에
게 편지를 띄워, 다시 내 본분으로 되돌아가 아버지의

뜻을 받들 터이라고 알릴 셈이었다. 내 복안인즉, 아카
데미에 들어가서 공부한다는 것을 빙자하여 송금을 좀
받을 희망이었다. 다시 승려생활로 들어가겠다고 한들
신용을 받을 가망이 없었기 때문이다. 그렇다고 전연
마음도 없는 일을 그에게 약속한 것은 아니었다. 도리
어 그 계획이 나의 사랑과 양립할 수 있는 한은, 무엇
인가 착실하고 분별 있는 일에 열중할 수 있다는 것이
기쁘기도 하였다. 애인과 더불어 살면서 한편으론 공부
를 할 생각이었다. 이 두 가지는 충분히 양립할 수 있
는 일이었다. 이런 생각에 턱없이 만족한 나는 티벨쥬
에게 그날로 편지를 쓰겠노라 약속하였고, 그와 헤어지
자 나는 우체국으로 들어가, 다시없이 다정하고 유순한
편지를 썼는데, 되읽어 본즉 이만하면 아버지의 마음에
들리라고 자처할 만한 것이었다.

　티벨쥬와 헤어지고 난 다음으로 삯마차를 탈 만한 돈
쯤은 있었지만, 떳떳이 활보할 수 있다는 기쁨에 드 T
… 저택에까지 일부러 걸어갔다. 이제는 걱정할 필요가
없다고 친구가 보증하여 준 자유를 이렇듯 누려 봄이
즐거운 일이었다. 그러나 불현듯 머릿 속에 떠오르는
것이 있었으니, 그의 보증은 한갓 쌩 라자르 사건에 관
한 것뿐이요, 아직도 감화원의 사건이 남아 있거니와
또한 적어도 목격자로서의 연루를 가지고 있는 레스코
의 죽음도 문젯거리였다. 이렇게 생각하자 갑자기 온
몸이 오싹해져서, 맨 처음 길목으로 부리나케 몸을 감
추고는 마차를 불렀다. 나는 곧장 드 T…씨 댁으로 달

려갔는데, 이 두려움을 얘기한즉, 그는 깔깔거리고 웃
는 것이었다. 아닌게 아니라, 그의 말을 듣고 감화원이
나 레스코의 사건도 도시 근심할 바 아니라는 것을 알
았을 때에는 나 자신도 이제까지 두려워한 것이 우스꽝
스러웠던 것이다. 그의 말인즉, 마농의 탈출에 내가 관
련된 것으로 혐의를 받지나 않을까 하는 근심에서, 다
음 날 아침 감화원에 찾아가서 아무것도 모르는 체하고
마농에게 면회를 신청하였더니, 자기나 나를 의심하기
는커녕 무슨 신기한 화젯거리나 되는 것처럼 법석을 떨
면서 그 사건을 알리며 하는 얘기가, 마농과 같이 예쁜
여인이 어떻게 일개 간수 따위와 도주할 마음이 났는지
기괴한 일이 아닐 수 없다고 떠들더라는 것이었다. 그
리하여 그는 그것은 조금도 놀랄 일이 아니요, 자유를
위해서는 못할 일이 있을까 보냐고 새침하게 대답해 두
었다는 것이다. 다시 그는 계속해서 말하기를, 나와 그
리고 나의 귀여운 애인을 만나보려고 그 길로 레스코의
집에 들러 보았더니, 마차공인 집주인은 나도 마농도
본 일이 없다고 하면서, 우리들이 레스코를 만나러 올
예정이었다면 지금 보이지 않다고 해서 조금도 이상한
일이 아닌데, 거의 같은 시각에 레스코가 죽은 일을 우
리도 알고 있을 것이 아니냐고 말하더라는 것이다. 게
다가 주인은 이번 죽음의 원인이며 상황에 대해서 알고
있는 바를 선선히 설명해 주었다는 것이다.

  그 내용인즉, 죽기 두 시간쯤 전에 레스코의 친구인
어느 근위병 한 사람이 찾아와서 노름을 하자고 하였

다. 그런데 레스코는 삽시간에 따버려, 불과 한 시간에
그자는 백 에퀴, 즉 호주머니에 있는 돈을 모조리 털려
버렸다. 한 푼 남기지 않고 털린 이 운수 나쁜 사나이
는 잃은 돈 절반만 돌려 달라고 부탁하였는데, 이 일로
해서 무슨 시비가 벌어진 듯 두 사람은 노기충천해 가
지고 말다툼을 시작했다. 마침내 밖에 나가서 결투하자
는 말에 레스코가 상대도 하지 않자, 그자는 대갈통을
부셔 줄 거라고 욕을 하면서 돌아갔던 것이다. 아니나
다를까 그날 밤으로 실행에 옮긴 것이다. 드 T…씨는
우리들을 몹시 걱정했노라 말하고, 친절하게도 앞으로
필요하다면 힘이 되어 주겠다고 말하였다. 나는 주저없
이 우리의 피난처를 알려 주었다. 그는 우리와 만찬을
같이 했으면 싶으니 이를 허락하라고 하였다.

　이제 할 일이라고는 마농에게 입힐 속옷과 옷을 사는
것뿐이었으므로, 만약 두서너 집 가게에 들러가도 무방
하다면 우리들은 곧 떠날 수 있노라고 말하였다. 내가
가게에 들러 가자고 한 말을 너그러운 자기의 마음을
기대해서 한 것으로 생각했음인지, 또는 단순히 아름다
운 마음의 꾸밈없는 정에서 우러나왔음인지 모르지만,
어쨌든 그는 곧 떠나기로 작정하고 그의 단골가게로 나
를 데려가서, 내가 예정하였던 것보다 훨씬 값비싼 물
건을 택하게 하였거니와, 내가 돈을 치르려 한즉, 점원
에게 한 푼도 받아서는 안 된다고 분부하는 것이었다.
이 친절함은 몹시도 품위 있는 태도였기에 나는 조금도
수치스러움을 느낌이 없이 호의를 받을 수 있었다. 우

리는 함께 샤이요로 향하였다. 도착할 때에는 떠날 때
보다 훨씬 평온한 기분이었다.

　슈발리에 데 그류는 이미 한 시간이 넘도록 애기를
계속하였기에 때문에, 나는 여기서 잠시 쉬고 저녁이나
같이 하자고 권하였습니다. 이 말로 그는 우리들이 즐
겨 그의 애기를 들은 것을 알았을 것입니다. 그는 뒤이
을 애기는 한결 흥미로울 것이라고 다짐하였습니다. 저
녁을 마치자 그는 다음과 같이 애기의 끝을 이었습니
다.

제 2 부

내 얼굴을 대하고 또 드 T…씨의 친절을 받고나자 마농의 마음속에 깃들였던 수심도 씻은 듯이 가셨다.

"여보, 지나간 끔찍스런 일들은 잊어버립시다." 나는 집에 돌아오자 마농에게 말하였다. "그리고 어느 때보다도 훨씬 행복한 생활을 다시 시작해요. 결국 사랑은 훌륭한 스승이었소. 운명이 그 어떤 괴로움을 준들, 사랑이 주는 즐거움에는 비할 것이 못 되나 보오."

우리들의 만찬은 바로 환희의 정경 그것이었다. 나는 사랑하는 마농과 백 피스톨의 재산으로 더없이 자랑스럽고 만족스러웠으니, 보배 무더기를 쌓아 둔 파리 제일의 부자도 부러울 것이 없었다. 인간의 재물이란, 그것으로 욕구를 만족시키는 수단으로 평가되는 것이다. 이제 나에게는 더 채워야 할 욕망이라고는 하나도 없었으며, 미래를 내다본들 별 까다로움이 있을 것 같지도 않았던 것이다. 내가 파리에서 남부럽지 않은 생활을 할 만한 재산을 받는 데 대하여 아버지께서 별 이의를 내세우지 않으리라 믿었는데, 나이 스무 살이 되었으므로 응당 어머니 재산 중의 내 몫을 주장할 권리를 갖게 되었던 탓이다. 내가 지니고 있는 지금의 총 재산이 백 피스톨밖에 안 된다는 것을 나는 마농에게 숨기려 들지 않았다. 이만한 금액이면 더 큰 재산이 굴러들어올 때까지 잠자코 기다려도 넉넉한 것이었으니, 당연한 나의 권리로서나, 하다못해 도박의 재간으로서라도 그 행운을 놓칠 리는 없을 것이라고 생각되었다.

이렇듯 그 후 몇 주일 동안은 오직 현재의 환경을 즐기는 일 외에는 아무것도 염두에 두지 않았다. 명예에 관한 체면도 있었거니와 경찰에 대한 두려움도 없지 않았던 터라, 차마 T…관의 옛 도박 친구들과 다시 거래를 할 수는 없어, 하루하루 밀어 오던 끝에, 그 패들만큼은 성품이 고약하지 않은 다른 두셋 모임에 나가서 노름을 하게끔 되었다. 다행히 운수가 붙어 속임수를 써야만 할 그 꺼림칙한 굴욕은 면했다. 나는 오후의 몇 시간을 파리에서 보내고 저녁에는 샤이요에 돌아오곤 했는데, 그럴 때마다 대개 드 T…씨와 동행이었다. 우리들에 대한 그의 우정은 나날이 깊어 갔다. 마농도 또한 심심풀이를 하는 방법을 갖게 되었다. 봄을 찾아 이곳으로 옮겨 온 몇몇 이웃 젊은 여인들과 사귀게 되었던 것이다. 소풍이며 여자다운 노름이 번갈아 그들의 일과를 이루었다. 미리 금액을 정해 놓은 골패놀이는 마차삯으로 충당되곤 하였다. 그들은 부론뉴 숲에 바람을 쐬러 나가기도 했는데, 밤에 내가 돌아와 발견하는 마농은 여느 때보다 한결 아름답고, 만족스럽고 정열적이었다. 그런데 여기 한 가닥 암운이 감돌았으니, 그것은 나의 행복의 전당을 위협할 듯 보였던 것이다. 하지

만 불길한 암운은 씻은 듯이 사라졌거니와, 마농의 장
난을 좋아하는 심술은 희극적인 결말까지 꾸몄던 것으
로, 그때의 그의 애정이나 산뜻한 재치를 회상하면 지
금도 흐뭇한 느낌에 사로잡히곤 한다.

　우리들이 데리고 있는 단 한 사람의 하인이 어느 날
나를 한 구석으로 데리고 가서, 몹시도 거북한 듯한 태
도로 말하기를, 나에게 들려 줄 무슨 중대한 비밀이 있
다는 것이었다. 나는 꺼릴 것 없으니 마음놓고 말하라
고 재촉하였다. 한참 머뭇머뭇하더니, 어느 외국의 귀
족이 마농 아가씨에게 요즈음 열을 올리고 있는 모양이
라고 말하였다. 그 순간, 나의 피는 온 혈관 속에서 뒤
끓었다.

　"그래, 마농 쪽에서도 그렇단 말인가?" 나는 의심을
풀고자 자제심을 잃고 당돌하게 물었다.

　이 격한 기세에 그는 겁을 집어먹었다. 그는 불안스
런 어조로, 아직 거기까지는 알지 못하였다고 대답하면
서, 사실인즉 며칠째 관찰하여 보니 그 외국인이 꾸준
히 부론뉴 숲에 나타나서는 마차에서 내려 산보길로 들
어가서 아가씨를 보거나 딱 마주칠 기회를 엿보고 있는
기색이었으므로, 자기는 그 귀족의 하인들과 우선 사귀
어 그들 주인의 이름이라도 알아볼 생각이 나더라는 것
이었다. 그래 알아본즉, 그 귀족은 이탈리아의 공자(公
子)로서, 하인들도 주인이 무슨 사랑놀음에 팔린 듯하
다고 쑥덕거리곤 하였는데, 때마침 공자가 숲에서 나와
그에게 가까이 오더니 이름까지 물어 보는 통에 그 이

상의 일은 들을 수가 없었다는 것이다. 이어 그는 몸을
떨면서 덧붙여 말하기를, 그자는 마치 자기가 아씨의
하인인 것을 알아차리고 있는 듯, 세상에서 가장 아름
다운 여인을 섬기고 있으니 자네는 행복한 사람이라고
하더라는 것이었다.

　나는 초조한 마음으로 이 얘기의 계속을 기다렸다.
그는 두려운 듯 슬슬 발뺌을 하며 끝을 맺었는데, 내가
자제심을 잃고 흥분한 탓이었을 것이다. 나는 숨김없이
더 말하라고 재촉하였으나 헛일이었다. 그는 그 이상은
아무것도 모르며, 이제 들려 드린 일은 바로 전날의 일
로서 그후 공자의 하인들은 만나보지 못하였노라고 단
언하였다. 그리하여 나는 그를 안심시키기 위해서 말로
치하했을 뿐만 아니라 응당한 보상까지도 주었는데, 마
농을 의심하는 눈치는 조금도 보이지 않으면서, 앞으로
도 그 외국인의 수작을 잘 감시하라고 부드러운 말씨로
분부하였다.

　그러나 사실은 그처럼 두려워하는 그의 태도에 나는
가슴 아픈 의혹을 품게 되었던 것이다. 그 두려움은 진
상의 일부를 숨기게 했을지도 모를 일이었다. 그러나
한동안 곰곰이 생각해 본 나는 불안으로부터 차츰 평온
을 회복하게 되었는데, 그렇듯 경솔한 태도를 나타낸
것이 뉘우쳐지기까지 하였다. 마농이 남의 사모의 대상
이 되는 것까지 나무랄 수야 없는 일이었다. 그에게 반
하고 있는 것을 모르고 있음직한 일이기 때문이다. 만
약 이처럼 곧잘 질투에 마음 태우곤 한다면 앞으로 어

떻게 살아갈 것이겠는가?

다음 날 나는 파리에 돌아갔다. 한바탕 크게 놀아서 재빨리 한 재산 모아야겠다는 생각 외에는 아무런 목적도 없었으니, 조금이라도 근심스러운 점만 나타나면 샤이요를 뜰 수 있도록 하기 위함이었다. 그날 밤은 내 마음의 평온을 어지럽힐 아무런 해로운 소식도 들리지 않았다. 그 외국인은 또다시 부론뉴 숲에 나타나서, 지난 일을 핑계삼아 내 하인에게 다가오더니 그의 사랑을 털어 놓았는데, 그의 말로 미루어 보아 아직 마농과는 별 교섭이 없는 모양이라고 하였다. 그자는 하인에게 별별 이야기를 다 물어 보더니, 마침내 매수할 양으로 엄청난 보수를 약속하면서, 미리 준비해 온 편지를 꺼내어 몇 닢의 루이 금화를 쥐어 주고는 편지 전달을 부탁하는 것이었으나 하인은 거절하였다는 것이다.

그후 이틀 동안도 별일없이 지나갔다. 그러나 사흘째는 파란이 심했다. 밤늦게 집으로 돌아온 나는, 마농이 산보 도중에 이웃 친구들과 한동안 떨어지더니 약간의 거리를 두고 뒤따르던 그 외국인에게 가까이 오라고 눈짓하고 편지 한 통을 건네 주었는데, 그자는 미칠 듯 기뻐 날뛰며 그것을 받더라는 것이었다. 마농이 재빨리 그 자리를 떴기 때문에, 그 사나이는 편지 겉봉에 사랑에 겨운 듯 입을 대는 것만으로 기쁨을 표시할 여유밖에는 없었다는 것이다. 그러나 마농은 온종일 더없이 즐거운 듯 보였거니와 집으로 돌아온 뒤에도 이 기분이 남아 있었다고 하였다. 하인의 이 한마디 한마디에 짐짓 나는 몸을 떨었다.

"그게 확실한 얘긴가?" 나는 처량하게 하인에게 물었다. "잘못 본 것이나 아니냐?"

그는 하늘의 이름을 들어 어김없노라고 맹세하였다. 만약 내가 돌아오는 기척에 마농이 기다림에 초조한 표정으로 마중나와 늦게 돌아옴을 원망하지 않았던들 내 가슴의 괴로움은 그 어떤 결과를 가져왔을지 모를 일이다. 그는 나의 대답을 기다릴 겨를도 없이 애무로써 나를 에워싸는 것이었는데, 둘만이 되자, 요사이 늦게 집에 돌아오는 버릇을 사정없이 나무라는 것이었다. 잠자코 있노라니 그는 마구 지껄이며, 이삼 주일 동안 단 하루도 온전하게 자기와 같이 있어 준 일이 없었거니와 이렇게 오래 집을 비어서는 못 견디겠으니 가끔 하루쯤 같이 지내 주면 어떠냐고 말하면서, 바로 내일부터라도 아침부터 저녁까지 곁에 있어 달라는 것이었다.

"있어 줄 테니, 걱정 말아." 나는 자못 거칠게 대답하였다.

그는 나의 수심에 별 관심을 보이지 않고 이상스러우리만큼 활기찬 기쁨으로 그날 일어난 일을 갖가지 흥미로운 형용을 써가며 얘기하였다. '참 야릇한 여인이기도 하다!' 나는 마음속으로 중얼거렸다. '이 일이 도대체 어떻게 될 것이란 말이냐?' 그러자 불현듯 처음 이별하던 때의 일이 머리속에 떠올랐다. 그러나 그의 기쁨과 사랑의 표현에는 거짓으로만 돌릴 수 없는 진정이 깃들여 있는 것만 같았다.

　저녁식사를 하는 동안 휩쓸어 오는 슬픔을 끝내 숨길
수는 없었지만, 그것을 그날 노름에서 입은 손실에 전
가하는 일이란 그리 어려운 것이 아니었다. 이튿날 샤
이요를 떠나지 말아 달라는 마농의 당부는 나로서는 몹
시 다행한 일이었다. 우선 앞으로의 대책을 강구할 시
간적 여유를 얻을 수 있기 때문이다. 게다가 그의 곁에
있게 될 것이니만큼 다음 날의 일은 염려할 바가 아니
었다. 나는 발견한 위험한 사실을 터뜨릴 만한 필요는
느끼지 않았지만, 모레쯤은 공자 따위들과 말썽을 부리
지 않아도 좋을 파리 한 모퉁이에 거처를 옮길 결심이
었다. 이렇게 계획을 세우고 나니 그날 밤은 한결 평온
하게 지낼 수 있었던 것인데, 그렇다고 다시금 새로운
배신을 당할지도 모를 마음의 괴로움에서 벗어난 것은
아니었다.

　잠을 깨니, 마농은 집 안에서 하루를 보낸다고 해서
소홀한 차림으로 있을 것이 아니라고 말하면서 내 머리
카락을 손수 다듬어 주겠다고 나서는 것이었다. 내 머
리카락은 무척 아름다웠는데, 그는 곧잘 그것을 다듬는
것을 낙으로 삼곤 하였다. 그러나 이번에는, 그전 어느
때보다 한결 정성을 들이는 것이었다. 그의 청을 거역
할 수가 없어 경대 앞에 앉은 나는 머리 모양을 별 양
으로 갖은 재주를 부리는 그의 수다스러움을 참고 있어
야만 했다. 이 일을 계속하면서 그는 여러 차례나 내
얼굴을 자기 쪽으로 돌리게 하고는, 두 손을 어깨 위에
얹고서, 신기하다는 듯 한없이 바라보곤 하였다. 그런

다음에는 만족의 표시로 한두 번 입을 맞추고, 다시 본
위치에 돌아앉게 하여 일을 계속하였다. 이런 아기자기
한 장난은 점심때까지 그치지 않았다. 마농의 즐거워하
는 태도는 몹시도 자연스러웠거니와 그의 쾌활함에는
도시 꾸밈이란 보이지 않는 터이라, 나는 이처럼 자연
스런 외모 뒤에 앙큼한 배신이 숨어 있으리라고는 도저
히 믿어지지 않아, 차라리 속시원히 마음속을 털어 가
슴을 짓누르는 고민의 짐을 덜까도 여러 번 생각했다.
그러나 그럴 때마다, 아니 마농 쪽에서 먼저 실토할 것
이라고 자신하면서 그때의 달콤한 승리에 미리 취하곤
하였다.

우리들은 거실로 돌아왔다. 그는 내 머리를 다시 가
다듬기 시작하였는데, 나는 그의 마음에 들고자 하라는
대로 다소곳이 내맡기고 있었다. 바로 그때 모 공작이
마농을 만나보고 싶어한다고 알려 왔다. 이 이름을 듣
자 나는 발끈 노하였다.

"그래, 무어라고?" 나는 그를 떼밀면서 외쳤다. "누구
라고? 어디 공작이냐?"

그는 내 질문에는 통히 대답도 없이, "들어오시라고
해요." 하고 하인에게 쌀쌀한 표정으로 분부하였다. 그
러고는 나를 돌아보며,

"여보세요, 전 진정 당신을 사랑해요." 하고 내 몸을
통째로 녹여낼 듯한 목소리로 말을 이었다. "하지만 잠
깐만 꾹 참아 주세요. 잠깐만, 정말 잠깐만이요. 그래
주신다면 천 곱이라도 더 사랑하고, 목숨이 있는 한 은

혜로 삼겠어요."

분함과 놀람에 나의 혀는 굳어 버렸다. 그는 아직도
청을 되풀이하기에, 나는 그것을 뿌리칠 모욕의 말을
찾았다. 그러나 응접실의 문이 열리는 소리가 들리자,
그는 내 어깨 위에 물결치는 머리카락을 한 손으로 덥
석 움켜잡고, 또 한 손으로는 화장 거울을 집어들더니,
이 모양 그대로 온갖 힘을 다하여 방문 앞까지 끌고 가
는 것이었다. 그리고는 무릎으로 문을 차 열었는데, 그
소리에 놀라 응접실 한복판에 움츠려 선 외국인의 눈앞
에 벌어진 이 광경은 분명 놀라움을 주었을 것이다. 그
는 몸치장은 대단했지만 어지간히 추한 얼굴이었다. 이
장면을 목격하자 당황을 감추지 못하면서도 그는 깍듯
이 인사를 하였다. 마농은 그에게 말할 여유도 허락지
않았다. 그는 손에 든 거울을 내밀었다.

"이것 보세요." 마농은 입을 열었다. "자신의 얼굴을
잘 보신 다음 잘 판단하세요. 선생님은 저에게 사랑을
구하셨지만 여기 내가 사랑하는 이, 목숨을 다하도록
사랑하기로 맹세한 분이 여기 있습니다. 선생님 자신께
서 비교해 보시지요. 만약 나의 사랑을 위하여 능히 그
와 맞설 수 있다고 생각하신다면 도시 어떠한 근거에서
인지 말씀해 주세요. 저 같은 비천한 여자의 눈에는 이
탈리아의 그 어느 공작도 내가 쥐고 있는 머리카락 한
가닥만의 가치도 없음을 똑똑이 말씀드려 두겠어요."

미리 연구해 둔 것임에 틀림없는 터무니없는 연설을
늘어놓는 동안, 나는 그 자리를 벗어나려고 갖은 애를

썼으나 아무 소용도 없었다. 또한 이 지체 높은 분이
가엾은 생각이 들어, 내 인사성만으로라도 그 비례(非
禮)에 대한 사과를 하려고 마음먹었던 것이다. 그러나
금세 제 체면으로 돌아선 그의 대답이 자못 쌍스러웠던
지라, 그럴 마음도 사라지고 말았다.

"아가씨……." 그자는 억지 웃음을 꾸미면서 말하였
다. "이제 참 눈이 떴습니다. 생각했던 것보다는 유한마
담 쪽에 가까운 분이셨군요."

그는 마농을 거들떠보지도 않고 이내 물러서면서 한
결 낮은 음성으로, 프랑스 여자라고 이탈리아 여자보다
더 나을 것이 없군, 하고 중얼거렸다. 이렇게 되고 본
즉, 이 기회에 여자에 대한 보다 고상한 생각을 그로
하여금 갖도록 할 생각이 없어져 버렸다.

마농은 쥐었던 머리카락을 놓고 의자에 털썩 주저앉
더니 방이 떠나가라고 웃음을 터뜨렸다. 솔직히 사랑하
기 때문에 그처럼 상대자를 희생에 올렸거니 생각함에
마음속 깊이 감동을 금할 수가 없었다. 그러나 장난치
고는 지나친 일이었기에 몇 마디 꾸짖지 않을 수 없었
다. 그의 얘기를 들어본즉, 그 자는 며칠째 부론뉴 숲에
서 귀찮게 굴면서 아니꼬운 태도로 그의 애타는 뜻을
나타내 보이더니, 마침내 친구들과 더불어 빌려 탄 마
차의 마부를 통해 편지 한 통을 전하여 왔는데, 그 안
에 이름이며 갖가지 벼슬들을 늘어놓고는 당당하게 사
랑을 구하여 왔다는 것이다. 그리하여 그는 저 산너머
이탈리아에서의 빛나는 재물이며 영원한 사랑을 약속하

였던 것인데, 마농은 이 일을 내게 알리고자 했으나, 이
것으로 재미나는 연극을 꾸밀 수 있으리라는 생각이 떠
오르자 그 계획에 그만 마음이 쏠려 어쩔 수 없었다는
것이다. 그리하여, 뜻있는 답장을 이탈리아 공자에게
보내어 집에 찾아와도 좋다는 의향을 전하고, 또한 나
를 아무런 눈치도 못채게 하고 이 연극에 한 몫 거들게
했다는 것이다. 나는 다른 사람을 통해 알고 있었던 사
실에 대해서는 한 마디도 말하지 않았다. 사랑에 이긴
도취감이 모든 것을 용서케 하였던 것이다.

　나는 하느님이 나의 생애에 있어 행운의 결정에 다다
른 성싶을 때를 골라 가장 참혹한 형벌로 나를 내리치
신다는 것을 깨달았다. 드 T…씨의 우정과 마농의 애
정을 한 몸에 받은 나는 더없이 행복하였던 터라, 어떤
새로운 불행을 다할지 모른다고 경고한들 믿지 않았을
것이다. 그러나 나 몰래 끔찍한 불행이 마련되고 있었
으니, 급기야 그 불행은 파시에서 나를 만나던 때의 참
혹한 지경으로 파멸시켰거니와, 차츰차츰 이루 말할 수
없는 파국에까지 이끌어 간 것인데, 아마 내 이야기가
믿어지지 않을 정도일 것이다.

　어느 날 드 T…씨와 더불어 만찬을 하고 있으려니
여관집 앞에 와닿는 마차 소리가 들려왔다. 호기심에
이끌려, 대체 이 시각에 누가 온 것인지, 우리는 물어
보았다. 알아본즉 그것은 젊은 G…M…으로, 잔인스
러운 우리들의 원수— 나와 마농을 각각 쌩 라자르와
감화원에 감금시켰던 늙은 탕자의 자식이었던 것이다.

그의 이름을 듣자 나는 노기에 얼굴을 붉혔다.

"내게 저자를 보내 준 것은 하늘의 뜻이야." 나는 드 T…씨에게 말하였다. "비열한 애비의 죄로 벌을 받도록 말이야." 기어이 칼로 복수를 할 테야."

그자를 알고 있을 뿐만 아니라 가장 가까운 친구 중의 한 사람이기도 한, 드 T…씨는 나로 하여금 그에 대한 생각을 달리하도록 무척 애쓰는 것이었다. 나를 만류하며 말하기를, 그는 대단히 선한 청년이요, 애비의 행실에 한몫 거들 그런 따위의 위인은 아니니 잠시 만나보기만 하더라도 그에 대한 존경의 마음을 품게 될 것이며, 또한 그의 존경을 얻고자 원할 것이라고 하였다. 그러고는 그를 치하하는 가지가지 말을 늘어놓은 다음 우리와 자리를 함께 하여 있는 그대로 만찬을 나누자고 청할 터이니, 용서하여 달라는 부탁이었다. 마농의 거처를 원수의 자식에게 알리는 것은 위험스런 노릇이라고 내가 반대한즉, 드 T…씨는, 만약 그가 우리들을 알게 될 때에는 어느 누구보다도 열성적으로 보호하여 줄 것이라고, 명예를 걸어 보증하였다.

이런 다짐이 있은 다음에야 이 이상 아무런 이의를 내세울 까닭이 없었다. 그러나 드 T…씨는 우리가 누구라는 것을 알린 뒤에야 그를 데리고 왔다. 방 안에 들어서는 그의 태도는 과연 우리들의 호감을 살 만하였다. 그는 내 손에 입을 갖다대고 같이 자리에 앉았다. 마농과 나와 그리고 우리들의 모든 것에 치하를 보냈으며, 우리의 체면을 살리느라 식사도 많이 하였다. 식탁

을 걷어치우자 대화는 한결 진지해졌다. 우리에 대한
아버지의 지나친 행동을 언급하면서 그는 눈을 들지 못
하였다. 그러고는 더없이 겸손한 사과를 하였다.

"이만 얘기를 줄이겠습니다. 그처럼 수치스러운 느낌
을 주는 일일랑 다시는 생각하기도 싫으니까요."

처음부터도 그의 사과는 진정에서 우러나는 것이었지
만, 그후에는 한결 진주한 빛을 띠게 되었으니, 이렇듯
얘기를 주고받는 가운데 채 반 시간도 못 되어, 그가
마농의 매혹에 동요되어 가는 것을 나는 발견하였다.
그의 시선이며 태도는 차츰차츰 흥분을 띠기 시작했다.
물론 말로써 그런 뜻을 나타내 보인 것은 아니지만 풍
부한 사랑의 경험을 쌓은 나인지라, 질투심에서가 아니
라 사랑의 움직임쯤은 능히 분간할 수 있었던 것이다.
이렇듯 그는 밤 몇 시간을 우리와 더불어 놀았는데, 헤
어지면서 우리와 알게 되어 퍽 기쁘다고 말하고, 앞으
로 무슨 도움이 될 수 있도록 찾아 오겠으니 이를 허락
하라고 하였다. 그는 이튿날 아침 드 T…씨와 같은 마
차로 떠났다.

방금 말한 바와 같이 나는 조금도 질투심을 느끼지는
않았다. 여느 때보다도 한결 마농의 사랑의 맹세를 믿
고 있는 터였기에 말이다. 내 마음을 온통 사로잡은 이
귀여운 여인에 대해서 나는 존경과 사랑이 아닌 그 어
떤 감정도 품지 않았던 것이다. 그가 젊은 G…M…를
홀렸다고 해서 탓하기는커녕, 그의 매력의 놀라운 힘에
오히려 즐거웠다. 온 세상 사람이 아름답게 보는 여자

에게 사랑받는 스스로가 자랑스럽기만 했다. 그러니 어떤 의혹을 그에게 얘기하는 것 자체도 온당한 일로는 생각되지 않았다. 그후 며칠 동안 우리는 마농의 옷손질과, 또 남의 눈을 두려워할 필요없이 연극 구경을 갈 수 있을까 하는 의논에 몰두하였다. 드 T…씨는 그 주일 안으로 다시 찾아왔다. 우리들은 그 문제에 관해 그에게 의논하였다. 마농을 즐겁게 하기 위해서는 찬동함이 마땅하다는 것을 그는 잘 알고 있었다.

우리들은 그날 밤 당장 연극 구경을 가기로 결정하였다. 그러나 이 결정은 실행에 옮길 수가 없었으니, 그는 나를 한구석에 데리고 가서 이렇게 수군거리는 것이었다.

"저번 자네와 헤어진 후로 나는 말할 수 없는 딱한 일에 부닥쳤네. 오늘 이렇게 찾아온 것도 따는 그 문제 때문일세. G…M…이 자네 애인을 사모하고 있다네. 나한테 고백을 하더군. 하긴 나는 그의 가까운 친구요, 무슨 일이건 그를 도와줄 용의를 가지고 있기는 하지만, 그렇다고 자네를 그만 못한 친구로는 생각하지 않네. 나는 그의 의도가 옳지 못하다고 믿었기 때문에 비난했었지. 만약 그가 마농의 사랑을 차지하기 위하여 누구나가 쓰는 방법을 취하려 했다면 나는 비밀을 지켰을지도 모르네만, 그는 마농의 기분을 잘 알고 있단 말이야. 어디선지는 모르지만, 마농이 호사와 쾌락을 무척 좋아한다는 것을 들어 알고 있나 본데, 이미 상당한 재산을 갖추고 있는지라 우선 큼직한 선물과 일만 리블의 연금을 제공함으로써 그를 꾀어 볼 셈이라고 큰 소리 치더군. 만일 그렇지만 않았던들, 그를 배반하기란 무척 가슴아픈 일이었을지 모르지만, 정의는 자네에 대한 우정에 편을 든 것일세. 더욱이 나는 그를 이곳으로 인도함으로써 그의 정열의 경솔한 원인이 된 것인만큼 나로 말미암은 불행의 결과를 미연에 방지할 책임이 있는 셈일세."

나는 드 T…씨의 이와 같은 알뜰한 염려에 감사를 표하고, 그의 신뢰에 대한 보답으로, 과연 마농의 성격은 G…M…이 생각하는 바 그대로이며 도시 빈곤이란 참지 못한다고 고백하였다.

"그러나 단지 재산이 많고 적고가 문제라면 그것으로 날 버리고 딴 자를 택할 그런 여자로는 믿지 않겠네. 그런데 나는 그가 궁색함을 느끼지 않도록 할 수 있을 뿐만 아니라, 내 재산은 날로 늘어가리라고 생각하네. 두려운 것은 단 한 가질세." 나는 덧붙여 말하였다. "G…M…이 우리들의 거처를 알고 있는 것을 이용해서 무슨 흉악한 계략을 꾸미지나 않을까 하는 걸세."

드 T…씨는 그 점만은 염려할 것 없다고 다짐하며 말하기를, G…M…은 사랑을 위해 허튼 수작을 할지는 모르되 그런 비열한 짓은 하지 않는다는 것이었다. 만약에 비굴하게도 그따위 짓을 한다면, 자기야말로 앞장서서 그를 벌할 것이요, 자기로 말미암아 야기된 불행을 보상하겠노라고 말하였다.

"그렇게까지 생각해 주니 고마우이. 하지만 불행이

일어난 다음에야 대책이란 믿을 수 없는 것이지. 그러
니 가장 약은 수는 우리가 앞질러서 샤이요를 떠나 딴
곳으로 옮기는 것일세."

"그렇긴 해. 그러나 뜻한 바와 같이 시급하게는 되지
않을걸세. G…M…은 정오에 이리로 오기로 되어 있으
니 말이네. 어제 그렇게 말하더군. 이렇게 아침 일찍 찾
아온 것도 따는 그의 의도를 전달하기 위해서일세. 어
느 때 찾아올지도 모를 일이야."

너무나도 절박한 일이라, 나는 좀더 사태를 신중하게
검토하지 않으면 안 되었다. 이제는 G…M…의 방문을
막을 도리가 없을 뿐더러 그가 자기의 심정을 마농에게
고백하는 것도 막을 수 없을 것 같았으므로, 나는 자진
하여 이 새로운 라이벌의 의도를 미리 알려 두기로 마
음먹었다. 마농에게 제의할 내용을 내가 미리 알고 있
다는 것을 마농이 안다면, 더욱이 그 고백을 내 앞에서
받는다면 마농도 그것을 뿌리칠 만한 힘은 있으리라 생
각했던 것이다. 이 생각을 드 T…씨에게 알렸더니, 그
는 몹시 위험스런 일이라고 대답하였다.

"그것은 나도 인정하네." 나는 말하였다. "그러나 한
애인의 마음에 자신을 가질 수 있다고 믿어도 좋을 이
유가 있다면, 나는 마농의 애정에서 낱낱이 그러한 이
유를 기대할 수 있지. 오직 그의 마음을 현혹시킬 수
있는 것이라곤 호화로운 재화밖에는 없는데, 이미 말한
바와 같이 이해타산에는 쥐뿔만큼도 뜻이 없는 여자니
까. 안락한 생활을 좋아하지만 동시에 나를 사랑하고

있네. 그러니 지금의 형편에서 나를 버리고 자기를 감화원에 집어넣은 자의 아들에게 기울어지리라고는 아예 믿을 수 없다는 말일세."

요컨대 나는 나의 계획을 고집한 끝에, 마농과 더불어 구석진 곳으로 물러나와 방금 들은 얘기를 숨김없이 일러 주었다. 그는 자기를 그처럼 믿어 준 데 대하여 감사하고, G…M…이 다시는 그런 마음을 내지 않게끔 보기좋게 그의 제의를 받아넘기겠노라고 약속하였다.

"아니, 그를 심하게 대하였다가 노염을 사서는 재미없겠소. 우리를 해칠 수도 있으니까. 하지만 당신 같은 익살꾼은……." 하고 나는 웃으면서 말을 이었다. "불쾌하고 성가신 애인을 적당히 처리하겠지."

잠시 고개를 기웃거려 생각하고 있더니 그는, "참 좋은 꾀가 떠올랐어요." 하고 외쳤다. "아주 희한한 생각이에요. G…M…으로 말하면 가장 잔인한 우리들의 원수의 아들이 아니에요. 그러니까 그 애비에 대한 복수를 해야만 돼요. 아들한테가 아니라 그 돈에 말예요. 고분히 그의 말을 들은 체하고 선물일랑 다 받아 줜 다음에 놀려 줄까 해요."

"생각은 재미있지만, 여보, 그런 짓을 하다가 곧장 감화원으로 실려 간 것이 아니요."

나는 이 계획의 위험성을 역설하였지만 끝내 허사였다. 그는 우리들이 택하는 방법 여하가 문제일 뿐이라고 말하면서 나의 온갖 반대를 물리쳤다. 사랑하는 애인이 하는 짓이라면 그 어떤 실없는 일에도 눈감고 뛰

어들지 않을 자가 어디 있겠는가? 만일 있다면 만나게
하라. 그때에는 이처럼 쉽게 애인의 말을 따른 게 잘못
이었음을 인정할 터이다. 결국 G…M…을 속아넘기기
로 결정되었는데, 기묘한 운명의 인과라고나 할까, 도
리어 내가 그에게 속임을 당하는 결과가 되고 말았던
것이다.

　그의 마차가 나타난 것은 열한시경이었다. 그는 우리
들과 점심을 같이하려고 온 주제넘은 짓을 용서하라고
깍듯이 인사하였다. 그리고 드 T…씨를 보고도 놀라는
기색이 없었으니, 전날 여기 오겠다는 약속이 있었던
것으로, G…M…과 같은 마차로 오는 것을 피하느라고
드 T… 씨가 무슨 핑계를 부렸을 따름이었다. 제각기
마음속에는 속임수를 품고 있었으나, 우리들은 겉으로
는 신뢰와 우정에 넘친 얼굴로 식탁에 자리잡았다. G
…M…은 쉽사리 자기의 연정을 고백할 기회를 얻었다.
그에게 방해가 되어서는 안 되겠으므로, 나는 몇 분 동
안 일부러 자리를 비웠던 것이다. 자리에 되돌아온 나
는, 그자의 얼굴에서 심한 대우를 받고 낙심한 듯한 빛
은 조금도 볼 수 없었다. 오히려 그지없이 유쾌히 날뛰
고 있었다. 나 또한 유쾌한 체했다. 그는 속으로 나의
숫됨을 웃었을 것이며 나는 나대로 그쪽을 비웃었다.
오후도 줄곧 우리들은 즐겁게 가면놀이를 하듯 지냈다.
그가 돌아가기 전에 나는 다시 한 번 마농과 단둘이 소
곤거릴 수 있는 기회를 만들어 주었으니, 말하자면 맛
있는 음식과 함께 나의 호의에도 한껏 기뻐해 달라는

셈이었다.

그가 드 T…씨와 마차에 올라타자마자, 마농은 두 팔을 벌리고 내게 달려오더니 끌어안으면서 웃음을 터뜨렸다. 그러고는 G…M…이 한 말과 제의를 그대로 되풀이해 보이는 것이었다. 그것을 요약하면 그는 마농을 사랑하고 있다는 것, 부친이 돌아가신 후 유산으로 받을 몫을 셈에 넣지 않고서도 이미 사만 리블을 자유로이 할 수 있는 처지니만큼 둘이서 공유하고 싶다는 것, 즉 마농은 그의 마음과 재산의 주인이 될 것인데, 우선 그의 제안의 보증으로, 마차 한 대와 가구 달린 저택과 하녀 한 사람과 하인 세 사람, 그리고 요리사를 제공할 용의가 있다는 것 등이었다.

"애비와는 다른 후한 마음씨를 쓰는 자식이로군. 자, 솔직하게 얘기해 보오." 하고 나는 덧붙였다. "그래 이런 제안에 당신도 제법 솔깃해진 것은 아닐까?"

"내가요?" 하고 그는 자기에 생각에다 라신의 싯귀를 두 줄 짜넣으면서 읊기를,

아아, 이 내 몸에! 두 마음 지녔다고
의심하려오.
아아, 이내 몸! 역겨운 얼굴일랑
어이 견디리
이 가슴에 감화원의 악몽 되살리는 얼굴을.

"아니, 그렇지 않소." 나는 이 익살을 되받아,

어이 뜻하였으리, 나의 님이여, 악몽의 감화원
그대 가슴 깊게도 뚫은 사랑의 화살이었음을.

"하여간 가구 달린 집에다가 마차 한 대와 하인 세 사
람이라니, 어지간히 유혹적인 화살인걸. 사랑의 신도
그처럼 강한 화살은 별로 가지고 있지 않을 테니 말이
요."

그러자 그는, 영원히 자기의 마음은 나의 것이요, 나
이외의 누구에게서도 사랑의 화살은 받지 않을 거라고
내 말에 반대하는 것이었다.

"그 사람의 약속은 복수의 자극이 되면 되었지 사랑
의 화살일 수는 없어요."

나는 집이나 마차를 받을 셈이냐고 물어 보았다. 오
직 돈이 탐나기에 그것도 바라지 않을 수 없다는 대답
이었다. 어느 한 쪽만을 달라고 하기에는 곤란한 일이
기 때문이었다.

여하간 우리들은 G…M…이 써보내기로 약속한 편지
속에 그의 의향이 완전히 밝혀 질 때까지 기다려 보기
로 작정하였다. 아니나다를까, 이튿날 변장을 한 하인
의 손으로 편지가 전달되었는데, 그 하인은 교묘하게도
아무도 없는 곳에서 마농과 얘기할 기회를 가졌던 것이
다. 마농은 답장을 써줄 테니 기다리라고 일러 놓고, 이
내 나한테로 그 편지를 가지고 왔다. 우리는 같이 뜯어
보았다. 애정의 흔해 빠진 표현 외에도 약속의 갖가지

세목이 차분히 적혀 있었다. 그는 조금도 비용을 아끼
지 않았다. 저택을 선사할 때 만 프랑을 줄 터인데, 늘
그만한 액수를 현금으로 가질 수 있도록 끊임없이 보충
하겠노라고 하였다. 집이 마련될 날짜도 그리 먼 것은
아니어서 준비에 이틀만 여유를 달라 하고, 거리와 집
이름을 적어서, 만약 내 손에서 빠져나올 수만 있다면,
이틀 후 오후에 그곳에서 기다리고 있겠노라는 것이었
다. 요컨대 내 손으로부터 빠져나오는 것 여부만이 그
의 유일한 근심거리이고, 다른 점은 모두 자신만만한
듯 보였다. 끝으로, 만약 탈주가 곤란하다고 짐작되면,
쉽게 달아나올 수 있는 수단을 강구하겠다고 덧붙여 있
었다.

   G…M…은 그의 부친보다 한 수 높았다. 돈을 치르
기도 전에 대상을 얻으려는 배짱이었다. 우리들은 마농
이 취해야 할 행동에 대해서 연구하였다. 나는 아직도
이런 계획을 포기시키려고 노력하였으며, 갖은 위험을
들어 설명하였다. 그러나 결국 그의 결심을 돌이킬 수
없었다. 그는 G…M…에게 짤막한 답장을 썼다. 지정
된 날에 파리로 가기는 어려운 일이 아니니 안심하고
기다려 달라는 사연이었다. 그러고 나서 우리들은 의논
을 하기를, 나는 바로 빨리 건너편 어느 시골에다 새로
방을 빌려 놓고 필요한 물건을 실어 나르기로 하고, 마
농은 지정된 다음 날 오후 일찍 파리로 가서, G…M…
의 선물을 받아들고는 극장에 구경가자고 졸라, 몸에
지닐 수 있는 한도까지 돈을 가지고 가되, 나머지는 같

이 데리고 갈 하인에게 맡기기로 하였다. 그 하인은 바로 마농의 탈출을 도와준 사나이로, 우리에게 온갖 충성을 다 바치고 있었다. 나는 먼저 마차로 쌩 탕드레 데 자르크 거리의 입구에 가서 그 마차를 대기시켜 놓고, 어둠을 타서 코메디 극장 앞으로 나가기로 하였다. 한편, 마농은 그때쯤 잠시 자리를 떠날 핑계를 꾸며대어 밖으로 빠져나와 나를 만난다는 약속이었다. 그 다음의 일은 문제가 없었다. 냉큼 마차로 돌아와서 쌩 탕투완 교외 거리로 파리를 빠져 나오면 되었으니, 그 거리는 바로 우리들의 새집으로 통하는 길이었다.

이와 같은 계획은 모험적인 점이 없는 것은 아니었지만, 퍽 훌륭한 묘책인 듯 생각되었다. 그러나 이 계획이 희한하게 성공하는 날에는 뒤따를 일은 걱정할 바 아니라고 생각했으니만큼, 그 밑바닥엔 어리석기 한없는 경솔함이 숨어 있었던 것이다. 여하간 우리들은 용감무쌍하게도 위험 속으로 뛰어들었다. 마농은 마르셀과 함께 떠났다. 그것이 바로 하인의 이름이었다. 나는 괴로운 마음으로 그를 보냈다. 그에게 입을 맞추면서 나는 말하였다.

"마농, 날 속이지 마오, 날 버리진 않겠지?"

이러한 의혹에 대하여 그는 다정하게 원망하고, 온갖 사랑의 맹세를 되풀이하였다. 그는 세시경에 파리에 닿을 예정이었다. 그보다 한 걸음 처져 나도 떠났다. 쌩 미셀 다릿목의 카페 드 프레에서 오후시간을 보내기로 하고 밤을 기다렸다. 때가 되어 그곳을 나온 나는 마차

를 불러 타고 약속대로 쎙 탕드레 데 자르크 거리 입구
에다 세웠다. 그리고 코메디 극장 문전까지 걸어갔다.
그런데 놀랄 만한 일은, 그곳에서 나를 기다리고 있어
야 할 마르셀이 보이지 않는 것이었다. 나는 한 시간
동안이나 득실거리는 하인들 틈에 끼어 눈을 부릅뜬 채
모든 행인들에 주의하면서 기다렸다. 마침내 일곱시의
종이 울려왔으나, 우리들의 계획과 관련 있는 것이라곤
아무것도 나타나지 않았다. 나는 행여나 G…M…과 마
농이 관객석에 있지나 않을까 하여 아래층 표를 사서
들어가 보았다. 역시 마농도 G…M…도 보이지 않았
다. 다시 문전을 뛰어나온 나는 초조와 불안에 속태우
며 다시 십오 분을 기다렸다. 여전히 얼씬도 하지 않으
므로 도대체 어떻게 하면 좋을지 마음이 정해지지 않아
마차 있는 곳으로 되돌아 갔다. 그런데 나를 본 마부가
이상하다는 얼굴로 서너 걸음 다가오더니, 어떤 예쁜
처녀가 한 시간 전부터 마차 속에서 나를 기다리고 있
다고 말하는 것이었다. 사정을 들어 본즉, 그 여자는 마
부도 잘 아는 내 모습의 특징을 다져 본 다음, 내가 되
돌아온다는 것을 듣자 가만히 기다리고 있겠노라고 말
하더라는 것이었다. 대뜸 마농이라 짐작되어 달려가 보
았으나, 내가 본 귀엽고 자그만한 얼굴은 마농이 아니
었다. 모르는 소녀였다. 그는 나를 보자 슈발리에 데 그
류 님이시냐고 물었다. 그렇다고 나는 대답하였다.

"여기 전해 드릴 편지가 한 통 있습니다." 하고 그는
말하였다. "이것을 보시면 무슨 까닭으로 제가 이곳에

왔는지, 또 어떻게 해서 제가 선생님의 성함을 알고 있는가를 아실 거예요."

나는 가까운 주점에서 편지를 읽을 터이니 여유를 달라고 부탁하였다. 그 여자는 자기도 같이 가겠다고 말하고, 별실을 빌리도록 권하였다.

"누구한테서 보내 오는 편진가요?" 나는 방으로 올라가면서 그에게 물었다.

읽어보시면 안다는 대답이었다. 그것은 마농의 필적이었다. 사연은 대강 다음과 같았다.

G…M…은 예상 이상으로 정중하게, 그리고 호화롭게 자기를 맞이하였다. 산더미 같은 선물로 휩싸주었다. 마치 여왕이라도 된 듯한 기분을 맛보게 해주었다. 그렇다고 해서 그 새로운 호화 속에서도 나를 잊지 않았다는 것이며, G…M…이 코메디 극장에 데려가 줄 것을 승낙하지 않으므로 나를 만나볼 즐거움은 다른 날로 미루기로 작정하였다. 이 소식이 필경 나를 괴롭힐 것이니 조금이나마 그 괴로움을 덜게 하기 위하여 파리에서도 더없이 아름다운 아가씨를 소개해 드리기로 했는데, 이 편지를 가지고 가는 이가 바로 그 아가씨이다 ……. 이런 사연 끝에 '충실한 당신 애인 마농 레스코로부터' 라는 서명이 있었다.

이 편지 가운데 너무나도 잔혹하고 모욕적인 것이 있었던지라, 한동안 노여움인지 괴로움인지 알 수 없는 심경에 사로잡혔던 나는, 이 배은망덕하고도 요사스런 애인을 영원히 잊어버리고자 애써 보는 것이었다. 나는

앞에 자리잡고 앉은 처녀를 쳐다보았다. 몹시도 아름다
웠다. 이번에는 내가 불실한 사나이요 요사스러운 거짓
말쟁이가 될 만큼 아름다웠으면 하고 얼마나 바랐던 것
인지 모른다. 그러나 그 가냘프고 수심어린 눈동자를,
여신과도 같은 자태를, 사랑의 여신이 손수 물들인 살
결을, 결국 조화의 신이 불실한 마농에게 아낌없이 낭
비한 매혹의 메마르지 않는 샘을 그 처녀에게서 찾아볼
수는 없었다.

"아니야 안 되겠어." 그를 보던 눈을 돌리면서 나는
외쳤다. "당신을 이곳에 보낸 배은망덕한 계집은, 이런
짓이 헛된 수고라는 것을 잘 알고 있을 거요. 그에게
돌아가서, 기껏 그 죄악이나 즐기라고 그러시오. 마음
껏 뉘우침없이 즐기라고 말이요. 나는 영원히 단념하겠
소. 동시에 계집이란 계집은 눈도 거들떠보지 않으려오
……. 마농만큼 예쁘지도 않으면서 비겁하고 부정한 점
에서는 분명 뒤떨어지지 않을 테니까."

이 말을 남겨 놓고 나는 그 이상 마농의 일에 머리를
썩힐 필요없이 그곳을 떠나가려 하였다. 가슴을 갈기갈
기 파헤치는 듯한 질투의 불길이 침울하고 음산한 침착
으로 변했던 차에, 옛날 같으면 어쩔 수 없이 폭발할
격렬한 감정도 느끼지 않은지라, 마음의 고뇌도 이만
사라지려는가 싶었다. 아아! G…M…과 마농에게 속아
넘어간 나는 사실 사랑 그 자체에도 농락당하고 있었던
것이다.

나에게 편지를 가지고 온 처녀는, 내가 계단을 내려

가려는 것을 보자, G⋯M⋯씨와 그 귀부인께 무어라고
전할 것인가를 물었다. 이 질문을 듣자 나는 방 안으로
되들어왔다. 격렬한 정열에 고민한 일이 없는 사람들에
게는 믿어지지 않을 만한 급격한 마음의 변화로, 나는
여태까지의 차분한 마음을 잃고 별안간 분노에 복받친
흥분에 몸을 떠는 것이었다.

"가라! G⋯M⋯놈과 그놈의 화냥년에게 말해 주려무
나. 네가 가져온 저주스런 편지가 나를 절망의 구렁텅
이로 던져 버렸다고. 하지만 언제까지나 놈들의 웃음거
리가 되지는 않을 테니, 이놈들 두고 봐라, 이 손으로
푹 찔러죽이고야 말 테다."

나는 의자 위에 몸을 내던졌다. 모자와 단장은 양쪽
으로 나뒹굴었다. 두 줄기 쓰디 쓴 눈물이 뺨을 따라
눈에서 비오듯 흘렀다. 방금 겪은 분노의 발작은 또다
시 깊은 고뇌로 변하였다. 한탄하고 신음하면서 그저
눈물을 지을 따름이었다.

"여보, 이리 가까이 좀 오구려." 나는 소녀를 불렀다.
"이리 오라니까. 날 위안하려고 온 것이 아니오. 그래
노여움과 절망을 위로해 줄 무슨 말이라도 알고 있는
지, 저 살려 둘 수 없는 년놈들을 단번에 찔러죽이고
나도 죽고만 싶은 마음을 말이오. 자 이리로 와서⋯⋯."
하고 나는 몇 걸음 수줍은 듯 걸어나오는 소녀를 보면
서 말을 이었다. "내 눈물이나 씻어 주오. 내 가슴을 위
로해 주오. 그리고 날 사랑한다고 말해 주구려. 그래 나
도 그 부정한 계집 아닌 다른 여자의 사랑도 받을 수

있도록 말이오. 아아, 그대는 예쁘오. 이번에는 나도 그
대가 좋아질 듯하오."

아직 열여섯, 일곱도 채 되지 못한 이 가엾은 소녀는
그런 부류의 여자치고는 퍽 순직하게 보였지만, 이 이
상한 장면에 자못 놀란 기색이었다. 그래도 다가와서
나를 애무하려고 하였다. 나는 두 손으로 이내 그를 밀
어 뿌리치고 말했다.

"날 어쩌려는 거요? 아아, 그대도 계집의 한 사람. 가
장 싫은 지긋지긋한 계집이로군. 그대의 사랑스런 얼굴
은 벌써 배반을 숨기고 있는 것 같소. 나가 주시오. 혼
자 있게 해주오."

그는 한 마디도 없이 인사를 하고 밖으로 나가려 했
다. 나는 멈추라고 외쳤다.

"단 한 가지 이것만 가르쳐 주오. 무엇 때문에, 어떻
게 해서, 무슨 목적으로 당신을 이곳에 보냈는지, 어떻
게 내 이름과 날 만날 수 있는 장소를 알았는지……?"

그의 대답인즉, 오래 전부터 G…M…을 알고 있었는
데, 다섯시쯤 해서 사람을 보내 왔기에, 데리러 온 하인
을 따라 커다란 댁으로 들어가 본즉, G…M…은 아름
다운 귀부인과 골패놀음을 하고 있는 중이었는데, 그들
은 쌩 탕드레 거리의 입구에 가면 마차 안에서 내가 기
다리고 있을 것이라고 가르쳐 주면서 그 편지를 자기에
게 맡기더라는 것이었다. 그 이외는 아무 말도 하지 않
았느냐고 나는 다시 물어 보았다. 그러자 얼굴을 붉히
면서, 내가 자기를 동무삼아 줄 것이라는 말을 들었다

고 대답하였다.

"당신을 속인 것이오." 나는 말하였다. "가엾게도 당신을 속였단 말이오. 그대는 여자요. 그러니 남자가 필요하리다마는, 당신에겐 돈 많고 복 많은 남자가 필요할 것이오. 이런 곳으로 오다니 잘못 들어섰지. 자 돌아가시오, G…M…에게로 돌아가시오. 그자는 예쁜 여자에게 사랑받을 모든 것을 지니고 있다오, 가구 달린 저택이며 하녀들도 말이오. 그런데 이 나는 줄 것이라곤 사랑과 변함없는 마음뿐이니……여자들은 내 가난을 무시하고, 내 숫됨을 노리개로 삼을 따름이오."

가슴속을 어지럽히는 정열이 강해지고 약해짐에 따라, 나는 서글픈 하소연이며 격렬한 저주를 끝없이 지껄였다. 그러나 지나친 마음의 고뇌 끝에 흥분도 차츰 가시자 어느 정도 정신을 가다듬을 여유가 생겼던 것이다. 나는 부닥친 이 불행과 지난달에 겪었던 같은 종류의 불행과 비교를 해보았는데, 전에 비하여 지금의 불행이 더욱 절망적이라고는 생각되지 않았다. 마농의 성격을 나는 잘 알고 있다. 무엇 때문에 이미 각오했던 이 불행으로 그처럼 고민할 것이 있겠는가? 어찌하여 차라리 대책을 강구할 생각을 하지 않느냐 말이다. 아직도 늦지는 않다. 만약에 자포자기로써 나 자신의 고통에 손을 빌려 주었다는 자책을 느끼지 않으려거든, 적어도 할 수 있는 노력만은 아끼지 말아야 할 것이다. 이리하여 나는 희망의 길이 열릴 것 같은 온갖 수단을 생각하기 시작하였다.

폭력으로 G…M…의 손에서 마농을 탈취하려는 것은
자포자기의 수단이요, 자신의 파멸을 가져올 뿐더러 전
연 성공의 가능성이 없었다. 그러나 마농과 잠깐 동안
이나마 만나서 이야기할 수 있다면, 그의 마음을 도로
찾을 수 있을 것만 같았다. 나는 그의 가슴의 가장 감
수성 깊은 곳을 샅샅이 알고 있었으니 말이다. 그의 사
랑을 받을 수 있다는 점에는 이다지도 자신이 있는 나
였다. 나를 위로하기 위하여 예쁜 처녀를 보냈다는 이
야릇한 짓만 하더라도 그것이 마농의 생각에서요, 내
괴로움에 대한 동정심에서 나온 결과라는 것을 확신하
고 있었다. 갖은 수단을 다해서라도 그와 만날 결심을
하였다. 여러 가지 방법을 하나하나 검토하여 본 결과
다음의 것으로 낙착되었다.

즉 드 T…씨는 처음부터 나에게 더없는 호의를 베풀
어 준 터에 그의 성의며 열성에 대해서는 도시 의심할
여지가 없었다. 그러니 곧장 그에게로 달려가서 G…M
…을 급한 용무가 있다는 구실로 불러내오도록 부탁할
셈이었다. 마농과 얘기를 하는 데 삼십 분이면 충분했
다. 결국 그의 방으로 들어갈 계획이었는데, G…M…
이 집에 없는 틈을 타면 수월히 될 것같이 생각되었다.

이렇게 결정이 되자, 마음이 탁 가라앉은 나는 아직
자리를 뜨지 않은 그 처녀에게 후하게 돈을 쥐어 주었
다. 그리고 그가 심부름을 보낸 그자들에게 되돌아갈까
두려워서, 그의 주소를 묻고, 오늘 밤 함께 지낼 터이니
기다리라고 일렀다. 나는 마차를 타고, 전속력으로 드

T…씨를 찾아갔다. 다행히도 그는 집에 있었다. 도중
에 그 점만이 마음에 걸리던 일이었다. 단 몇 마디에
그는 내 고민이며 부탁하려는 용건을 알아차렸다. 그는
G…M…이 마농을 유혹했다는 것을 알자 무척 놀랐으
며, 내 불행에 그 자신 한 몫 거들었다는 사실을 모르
는 그는 자기의 친구들을 모두 불러 그들의 완력과 칼
을 빌려서라도 내 애인을 구출해 내겠노라고 친절히 제
안하는 것이었다. 그러나 이런 소동은 마농에게나 나에
게나 오히려 해로운 일이라고 설명해 주었다.

"극단적인 일일랑 삼가야겠어." 나는 그에게 말하였
다. "좀더 온건한 방법을 생각해 냈는데, 그것으로 성공
을 거두리라 믿네."

그는 내가 요구하는 일이라면 물불을 가리지 않겠노
라 하고, 다만 할 얘기가 있다고 G…M…을 밖으로 끌
어내어 한두 시간 붙들어 주기만 하면 된다는 내 말을
듣자, 곧 내 소원을 들어 주려고 함께 밖으로 나왔다.
어떤 수단으로 되도록 오랫동안 그를 붙들고 있을까 하
는 것을 우리들은 연구하였다. 나는 우선 어디 주점에
서 간단한 쪽지를 써보내되, 일각의 지체도 불허하는
중대한 용건이 있으니 곧 달려오도록 하자는 제안을 했
다.

"그자가 집에서 나오는 시각을 지키고 있다가 들어가
겠네. 날 아는 자는 마농과 하인 마르셀뿐이니까 무난
히 들어갈 수 있겠지. 당신은 그 동안 G…M…을 만나
서, 의논하고 싶은 중대사란 다름아닌 돈 문제인데, 놀

음에 패해서 홀랑 털린데다 다시 외상으로 논 끝에 또 큰 실패를 보았다고 설명하게. 당신과 함께 그의 금고에까지 가자면 적지 않은 시간이 걸릴 터이니, 나는 그 동안을 충분히 이용해서 계획을 실행하겠네."

드 T…씨는 이 계획에 완전히 동의하였다. 나는 그와 어느 주점에서 헤어졌는데, 그곳에서 그는 총총히 편지를 썼다. 나는 마농의 집 가까이 자리잡았다. 얼마 후에 심부름꾼이 집 안으로 들어가자, 이내 G…M…이 하인을 한 사람 데리고 걸어나가는 것이 보였다. 한길에서 그가 멀어지는 것을 기다려 나는 불실한 계집의 문턱에 들어섰다. 마음은 노여움에 가득했지만 절간에 들어가는 사람 모양 공손히 문을 두드렸다. 다행히도 문을 열어 준 것은 마르셀이었다. 나는 잠자코 있으라고 눈짓했다. 다른 하인들을 두려워할 것은 아니었지만, 나는 소리를 죽여 아무에게도 보이지 않게 마농이 있는 곳으로 안내할 수 있느냐고 물었다. 그는 큰 층계를 조용히 올라가면 일이 없다고 대답했다.

"자, 그럼 빨리 가보자. 그리고 내가 있는 동안 아무도 올라오지 못하도록 주의하게."

나는 무난히 그의 방 안으로 들어갔다. 마농은 책을 읽고 있었다. 그 이상스런 여자의 성격에 탄성을 올릴 수밖에 없는 것이 이런 때였다. 나를 보고도 놀라거나 겁먹은 듯 보이기는커녕, 다만 먼 곳에 있다고 생각했던 사람이 눈앞에 나타났을 때 누구나가 나타내지 않을 수 없는 그저 가벼운 놀람의 표정을 보였을 따름이었다.

"아아! 당신이군요." 여느 때나 다름없는 애정으로 달려와 입을 맞추면서 그는 말했다. "참 당신도, 대담하기도 해라! 이렇게 오늘 나타나실 줄은 꿈에도 몰랐어요."

나는 그의 팔을 뿌리쳤다. 그리고 그의 애무에 응하기는 고사하고 쌀쌀하게 떼밀었거니와, 그 곁에서 떠나려고 두어 걸음 물러섰다. 이러한 거동에 그도 가슴이 선뜻했던 모양이다. 그는 서 있던 자리에 우뚝 머무른 채, 안색이 변해 나를 쳐다보았다. 그러나 사실인즉 그와 다시 만나보고 기쁨에 북받친 나머지, 마땅히 분노를 터뜨릴 이유가 허다하게 있음에도 나는 입을 열어 그를 꾸짖을 힘조차도 없었다. 그러나 내 가슴은 그로부터 받은 잔인한 모욕으로 타오르고 있었다. 나는 원망의 정을 북돋기 위하여 그 모욕을 머릿 속에 되살렸으며, 사랑의 불길 아닌 다른 불꽃을 두 눈에 태워 보려고 애썼다. 이처럼 한동안 잠자코 있느라니, 내 분노를 눈치챈 듯 두려움에 와들와들 몸을 떠는 것이었다. 이 광경을 차마 보고만 있을 수는 없었다.

"아아! 마농." 나는 부드러운 음성으로 말하였다. "무정하고 요사스런 마농! 무엇부터 원망하여야 좋을까? 당신은 파리해서 떨고 있구려. 아직도 당신의 조그마한 괴로움에도 가슴아파하는 나는, 내 꾸지람으로 당신이 너무 괴로워할까 두렵소. 하지만 마농, 내 말을 들어 보오. 이 가슴은 당신의 배반으로 찢어지는 듯하오. 죽음을 각오하지 않는 이상, 결코 자기 애인에게 이런 지독한 타격을 줄 수는 없을 것이오. 마농. 이번이 세번째요. 나는 잘 기억해 두었소. 어찌 이런 일을 잊을 수 있단 말이오. 자, 어떻게 할 작정인가 잘 생각해 보구려. 내 가슴은 이 이상 참혹한 시련에 견뎌 낼 수가 없으니까 말이오. 내 가슴은 터질 것만 같소. 그만 괴로움에 뻐개질 듯하오. 이젠 더 참을 수 없단 말이오." 하고 의자 위에 걸터 앉으면서 나는 말을 이었다. "말할 기력도, 서 있을 힘도 없구려."

그는 아무런 대답도 하지 않더니, 내가 자리에 주저앉자, 넘어지는 듯이 앞으로 끓어앉았다. 그러고는 내 무릎 위에 머리를 떨어뜨리며 얼굴을 내 손 안에 파묻었다. 나는 이내 그의 눈물로 손이 젖어 가는 것을 느꼈다. 아아! 하느님, 그 어떤 감동에 내 가슴이 끓어올랐겠습니까!

"아아, 마농, 마농." 한숨을 내쉬며 나는 말을 이었다. "나를 죽도록 괴롭혀 놓고 눈물을 지은들 무슨 소용이 있겠소? 당신은 마음에도 없는 슬픔을 가장하는 거요. 당신의 가장 큰 불행은 내가 곁에 있어서 당신의 쾌락에 훼방 놓는 것이요. 눈을 뜨고, 자, 내가 누군가 자세히 보오. 자기가 배반하고 무참하게 차버린 불행한 사나이를 위해서는 그처럼 뜨거운 눈물을 흘리는 것이 아니오."

그는 몸을 움직이지 않은 채 손에 입을 갖다대었다.

"불실한 마농……." 나는 다시 입을 열었다. "배은하고 요망한 여인이여, 당신의 약속이며, 맹세는 어디로

갔다는 말이오? 천 번이나 마음 변하는 가혹한 애인이
여, 오늘도 맹세하는 그 사랑을 어떻게 했단 말이오?
아아! 하느님! 그처럼 성스럽게 당신을 증인삼아 맹세
했던 여인이 당신을 비웃다니 그럴 수가 있겠습니까?
거짓말쟁이가 칭찬을 받는단 말입니까? 변치 않는 마음
과 성실한 사람에게 절망과 버림이 있어야 합니까?"

　이 말을 계속하면서 몹시도 가슴 아픈 생각에 잠겼던
나는 그만 나도 모르게 눈물을 흘리지 않을 수 없었다.
마농도 내 음성의 변화로 그것을 알아차리고 드디어 입
을 열었다.

　"제가 나빴어요." 그는 서글프게 말하였다. "이처럼
고통과 절망을 끼쳤으니까요. 하지만, 하느님! 만일 내
가 나쁜 줄 알고 했던 것이라면, 애당초 그럴 생각을
품었던 것이라면 나에게 벌을 내리소서!"

　이 말이 전연 무의미하고 성실성이 없는 것처럼 느껴
진 나는, 노여움의 치열한 불길에 사로잡히지 않을 수
없었다.

　"이 끔찍스런 기만!" 나는 소리를 높여 외쳤다. "이처
럼 몰염치하고 요사한 계집인 줄은 몰랐어. 이젠 너의
더러운 성격을 알고도 남았다. 비겁한 계집아! 다시는
안 볼 테다! 나는 자리를 박차고 일어서면서 말하였다.
"너와 다시 상종할 바에는 차라리 천 번이라도 달게 죽
겠다. 이제부터 조금이라도 너를 거들떠본다면 하늘의
벌이라도 받을 테다. 새로운 정부와 같이 살려무나, 놈
을 기껏 사랑하고 날 증오하려무나. 명예며 양식(良識)

이며 다 내던져라. 나는 죄다 비웃을 테다. 이게 다 무
어 매맡라 죽은 거냐 말이다."

마농은 이 흥분의 장면에 얼마나 놀랐던지, 내가 박
차고 일어선 의자 곁에 꿇어앉은 채 와들와들 떠는 몸
으로 숨도 쉬지 못하는 양 나를 쳐다보고만 있었다. 나
는 고개를 돌려 그대로 그를 노려보면서 몇 걸음 문 쪽
으로 내디뎠다. 그러나 이토록 가득한 아름다움에 마음
을 잃지 않으려면 여간 독한 마음이 필요한 것이 아니
었다. 그러나 그와 같은 야만스런 힘이 없는 나는, 돌연
이와 반대의 충동으로 그에게로 돌아갔던 것이다. 아니
아무 생각도 없이 달려들었다. 나는 두 팔로 그를 힘있
게 껴안고는 애정 깊은 키스를 마구 퍼부었다. 분별없
는 나의 흥분에 용서를 구하고, 나는 막돼먹은 놈이니
그와 같은 여자에게서 사랑받을 만한 행복된 자격도 없
노라고 고백하였다. 나는 그를 자리에 앉히고, 이번에
는 내가 무릎을 꿇은 채 그대로 얘기를 들어 달라고 애
원하였다. 그리하여 매력에 굴복하고 정열에 사로잡힌
애인이 생각할 수 있는 가장 겸허하고 다정스런 말로
사과를 되풀이하였다. 관대히 나를 용서한다는 한 마디
만 말해 달라고 애걸하였다. 그는 두 팔을 내 목에 얹
고, 오히려 자기야말로 내게 끼친 괴로움을 잊을 수 있
는 너그러운 나의 용서를 빈다고 말하였다. 또한 변명
하고자 말한들 믿어 주지 않을 것이라고 걱정하였다.

"내가 듣지 않는다고!" 이내 나는 그의 말을 가로막았
다. "아아! 그런 변명일랑 들려 줄 필요가 없소. 당신이

한 일은 무엇이든 찬성이오. 당신의 행동의 이유를 따지다니, 그런 짓은 내가 할 일이 아니오. 귀여운 마농이 진정으로 사랑하고 있다면 더없이 행복하고 만족스런 나요! 하지만……." 하고 나는 지금의 내 운명에 생각을 미치면서 말을 이었다. "마농! 당신은 나를 기쁘게나 괴롭게나 뜻대로 할 수 있소. 이제 당신 앞에 몸을 굽혀 후회의 표시를 충분히 보여 준 다음이니, 나의 슬픔과 고통을 이야기해도 좋을는지? 이제부터 어떻게 할 것이며, 또 당신은 내 원수와 오늘밤을 같이함으로써 굳이 나를 죽일 것인지, 자, 당신 입으로 말해 주구려."

한참 동안 그는 대답을 궁리하고 있었다.

"사랑하는 나의 슈발리에," 이윽고 평온한 상태로 되돌아온 그가 입을 열었다. "처음부터 솔직히 생각을 말씀해 주셨더라면 그런 고통일랑 면하셨을 것이고, 또 저 자신도 이처럼 가슴아픈 경우를 당하지 않았을 거예요. 당신의 괴로움이 결국 질투 때문이라면, 세상 끝까지라도 당신을 따라감으로써 제 마음을 밝혀 드렸을 거예요. 하지만 저는, 당신의 분개가 G…M… 앞에서 쓴 그 편지와 보내 드린 아가씨 때문인 줄만 믿었었지요. 당신이 제 편지를 놀림감으로 보셨을 것이고, 또 그 여자를 내 대신 물려 주기 위해 보낸 것으로만 생각하여, 마치 당신을 박차고 G…M…에게로 옮겨 가겠다는 의사표시로 해석하신 것만 같았어요. 그렇게 생각하자 아주 어쩔 줄 몰랐지요. 제가 아무리 결백하다 할지라도, 그렇게 생각해 보면 제게 불리한 조건뿐이니까요. 하지만 사실을 들으신 다음에 저를 심판하세요."

그를 바로 이곳에서 기다리고 있었던 G…M…은 누
구 부럽지 않는 세계 제일의 여왕처럼 그를 맞이해 주
었던 것이다. 집 안을 일일이 보여 주었는데, 방이란 방
은 모두가 놀랄 만큼 아담하고 말쑥하였다. 그리고 바
로 그의 방 안에서 일만 리블의 돈을 치러 주었을 뿐만
아니라 몇 개의 보석까지도 쥐어 주었던 것인데, 그 중
에는 전에 그의 부친에게서 선사받은 일이 있는 팔찌며
진주 목걸이도 있었다. 그는 처음 보는 응접실로 안내
하였다. 그곳에는 희한한 차 준비가 되어 있었다. 그러
고는 마농을 위해 새로 고용한 하인들로 하여금 시종을
들게 하면서 이제부터는 이 부인이 너희들의 주인이라
고 이르는 것이었다. 끝으로 마차며 말이며, 그외의 온
갖 선물들을 모두 보여 준 다음, 만찬의 시간까지 골패
놀이를 하자고 청하더라는 것이었다.

"숨김없이 말씀드려서……." 하고 그는 말을 이었다.
"저는 이 호화스러움에 눈이 부실 정도였어요. 그래 곰
곰이 생각해 본즉, 문제의 만 프랑과 보석을 가지고 도
망하는 것으로 만족하고 이 모든 재산을 그대로 내버린
다는 것이 아깝기만 하더군요. 이야말로 당신과 나를
위해 마련된 재산이요, G…M…의 돈으로 안락하게 살
수 있으리라 싶었어요. 그래서 코메디 극장에 가자고
제의하는 대신에, 당신의 문제를 끄집어내서 그를 시험
해 볼 작정이었지요. 내 계획이 실행에 옮겨질 때 과연
우리가 쉽게 상봉할 수 있을까 없을까를 다짐해 볼 셈

이었지요. 그런데 그는 퍽 다루기 쉬운 사람이더군요. 제가 당신을 어떻게 생각하는가, 당신과 헤어져 후회하지 않는가를 묻지 않겠어요. 그래 저는, 당신이 좋은 분이요, 또 당신이 몹시도 신사답게 대해 주었으니만큼 당신을 싫어할 수야 없는 노릇이라고 대답했지요. 그도 당신을 훌륭한 사람이며, 진정 동무가 되고 싶다고 고백하더군요. 그리고 제가 집을 나온 일을 당신이 어떻게 생각할 것 같으냐고―특히 제가 자기의 수중에 있다는 것을 안다면 어떻게 생각할 것 같으냐고 묻지 않겠어요. 그래 대답해 주기를, 우리들의 사랑은 무척 오랜 이야기가 되어서 이제는 좀 열도 식을 때가 되었으며, 또 생활도 어려운 처지였던만큼 무거운 짐덩이를 내린 셈으로 별로 불행이라고는 여기지 않으리라 했지요. 또 당신이 야단법석을 칠 사람이 아님을 잘 알고 있기 때문에 파리에 잠깐 볼일이 있어 갔다 오겠노라고 만만하게 말하였더니, 선선히 승낙하고 나서, 같이 따라와 주었거니와 따로 걱정하는 빛이 없더라고 덧붙여 말했답니다. 그자는 만약에 당신이 자기와 의좋게 지낼 셈이라면, 앞장 서서 당신을 도와줄 것이요, 사례할 터이라고 말하더군요. 저는, 당신의 성격을 잘 알고 있지만, 그것으로 미루어 보아 반드시 그 뜻을 받아드릴 것이라고, 더욱이 가족과 멀어진 후로는 생활이 영 형편없는 처지이니, 그 점을 도와주기만 한다면야 문제가 없다고 보장했지요. 그러자 내 말을 가로막고, 자기로서 할 수 있는 모든 도움을 바칠 터라고 단정하지 않겠어요. 또

만약에 당신이 다른 여자를 사랑할 뜻이 있다면, 이번
에 저 때문에 손을 뗀, 예쁜 아가씨를 소개해 줄 수도
있는 일이라고 하더군요. 저는 그의 온갖 의심을 완전
해 봉해 버리기 위해서 그의 제안에 찬동하였지요. 그
리하여 저의 계획에 대한 자신도 갈수록 굳어지게 되
어, 이제는 당신에게 이것을 알리기만 하면 된다는 생
각이었어요. 왜냐하면 제가 약속을 어긴 것을 너무 걱
정하시지나 않을까 두려웠으니까요. 그래, 그런 생각에
서 오늘 밤에라도 그 여자를 당신에게 보내자고 내세웠
던 것인데, 오직 기회를 얻어 당신에게 몇 자 편지를
써붙이고 싶어서였지요. 단 한순간도 자유롭게 놓아 주
지 않으니, 마지못해 그 수단에 의탁할 수밖에 없었어
요. 내 제안을 듣자 그는 웃더군요. 그러더니 하인을 불
러 예전 애인을 찾을 수 있겠느냐고 묻고는 찾아오라고
분부하지 않겠어요. 그런데 당신을 만나게 하려면 그
여자를 샤이요로 보내야 되겠다는 눈치더군요. 그래,
아까 당신과 헤어질 때 코메디 극장 앞에서 다시 만나
기로 약속했다는 것, 또 만일 어쩌다 제가 그곳에 가지
못하는 경우에는 쌩 탕드레 거리의 입구에서 마차를 대
기시키기로 했다는 것, 그러니 당신이 밤새도록 기다리
지 않게 하기 위해서라도 새 정부를 당신에게 보내야
한다고 그렇게 말했지요. 그리고 이 야릇한 교환에 대
해서 한마디 써보내는 것이 좋겠다고 덧붙여 말했어요.
그렇지 않고는 무슨 영문인지 당신이 알지 못할 것이라
고 했더니, 이에 승낙은 했지만, 끝내 그가 보는 자리에

서 쓰라고 하지 않겠어요? 그래서 마음속을 털어놓고
쓸 수가 없었던 거예요. 이것이 그 동안의 경과이지요.
저의 행동에 대해서나 마음속의 계획에 대해서나 아무
것도 숨긴 것이 없어요. 그러는 동안에 아가씨가 왔지
요. 무척 예쁘더군요. 제가 떠난 것으로 하여 당신이 몹
시 괴로워 하시리라는 것은 너무나도 빤한 일이기에 저
는 잠시 동안이라도 당신의 외로움을 위로해 줄 수 있
었으면 하고 충심으로 바랐던 거예요. 오직 당신에게
바라는 것은 마음의 정조니까요. 마르셀을 보낼 수만
있었다면야 얼마나 좋았겠어요. 하지만 당신에게 알려
드릴 일을 그에게 귀띔할 틈이 암만해도 없었던 거예
요."

마지막으로 그는 드 T…씨의 편지를 받아들고 얼마
나 G…M…이 난처한 얼굴을 했던가를 말하며 이렇게
이야기의 끝을 맺었다.

"그이는 나를 두고 떠나서 어떨지 망설이고 있더니,
곧 돌아오겠다고 일러 놓고 나갔어요. 그래 이렇게 만
나고 있는 사이에도 제가 걱정하는 것은 그거예요. 당
신이 나타나는 것을 보고 놀란 것도요."

나는 끝까지 꾹 참고 이 얘기를 들었다. 그 가운데
나에 대한 잔인하고도 모욕적인 사실들이 수없이 있었
으니, 부정한 짓을 하려던 계획은 너무나도 분명한 일
로 굳이 나에게 숨길 필요조차 없었던 것이다. G…M
…이 그를 밤새도록 순결한 그대로 내버려 두리라고는
바랄 수 없는 일이니까 말이다. 그러고 보니 마농은 그

자와 함께 하룻밤을 새울 배짱이었던 것이다. 사랑하는
사람에 대한 이 어찌된 고백이냐! 그러나 돌이켜 생각
해 보면 나도 그의 과오에 대한 책임을 일부분 져야 마
땅했다. G…M…이 그에 대해 품고 있는 연정을 알려
준 것이 나였거니와 경솔하게도 그 모험적인 책략에 전
후 분별없이 뛰어들었기 때문이다. 게다가 나는 특이한
성격으로 해서, 그의 허식 없는 이야기이며, 내게 대한
가장 모욕적인 일까지도 숨김없이 지껄여대는 고지식한
태도에 감동되지 않을 수 없었다. 그는 죄를 범하나 악
의는 없는 것이라고 마음속으로 중얼거렸다. 하기야 경
솔하고 무분별한 험은 있지만, 곧고 진지한 점은 있는
것이다. 뿐만 아니라 그에 대한 사랑만으로도 그의 온
갖 허물을 덮어 주기에 충분했던 것이다. 오늘밤으로
연적한테서 그를 빼앗아낼 수 있다는 희망으로 나는 마
음 흡족했다. 그러나 이렇게 물어 보았다.

"그럼 오늘 밤을 누구와 함께 지낼 작정이오."

슬픈 얼굴로 묻는 나의 질문이 그를 난처하게 만들었
다. 그는 '하지만'이니, '만일'이니 하는 말로 머뭇머뭇할
뿐이었다. 그렇게 괴로워하는 것을 보자 가엾은 생각이
들어, 이 얘기를 그만두기로 하고 사실은 지금 곧 나를
따라와 주기를 기다리노라고 솔직하게 말하였다.

"정말 그렇게 하고 싶어요. 하지만 당신은 계획에 찬
성하지 않으세요?"

"아아니! 지금까지 당신이 한 짓을 용서해 주었는데
도 아직 부족하다는 말이요?"

"그래 만 프랑도 가지고 가지 않겠다는 거예요? 그 돈은 제가 받은 거예요. 제 것이에요."

나는 죄다 내버려 두고, 한시바삐 이곳에서 빠져 나가지 않으면 안 된다고 타일렀다. 그와 만난 지 반 시간도 채 못 되지만, G…M…이 돌아올까 봐 두려웠기 때문이다. 하지만 빈 손으로 돌아가지 않겠다고 어찌나 짓궂게 사정하는 바람에, 이만큼 이쪽 주장을 내세웠으니만큼 그의 청도 조금은 들어 주어야겠다고 생각했던 것이다.

떠날 준비를 차리고 있느라니, 한길에서 문을 두드리는 소리가 들려왔다. 그것이 G…M…이라고 믿어 의심치 않았던 나는 당황한 나머지, 만일 나타나기만 하면 죽여 버리겠다고 마농에게 말하였다. 사실 말이지, 그를 보고도 꾹 참을 수 있을리만큼 아직 나의 흥분은 가시지 않았었다. 그런데 마르셀이 나타나 내게 보낸 편지를 내밀기에 겨우 안심하였다. 드 T…씨가 보내 온 쪽지였다. 사연을 보니 G…M…은 방금 집으로 돈을 가지러 갔는데, 그 틈을 타서 아주 재미나는 착상을 기별하겠다는 것이었다. 즉, 나의 연적에게 복수할 수단으로 그가 준비해 둔 만찬을 먹고, 또 그가 나의 애인과 더불어 동침하려던 침대에서 이 밤을 새우는 것보다 더 재미스러운 일은 없을 터인데, 만약 내가 담이 크고 믿음직한 사나이를 서너 사람 손에 넣어서, 길목에 기다리고 있다가 그자를 사로잡아 다음 날까지 붙들어 두기만 한다면 수월하기 짝이 없는 일이라는 것이었다.

그리고 G…M…이 돌아오는 것을 기다려, 그럴 듯한
이유를 준비해 두었다가 적어도 한 시간은 더 붙잡아
두겠노라는 약속이었다.

나는 이 편지쪽지를 마농에게 보여 주고는, 어떤 수
단으로 여기에 멋들어지게 숨어 들어왔는가를 알려 주
었다. 그는 나의 착안이나 드 T…씨의 착안을 무척 흥
겨워했다. 우리들은 한참 동안 웃어 제쳤다. 그러나 드
T…씨의 책략을 단순한 장난거리로 얘기했는데, 그는
아주 흥미로운 착안이라 하여 실행에 옮기자고 진정으
로 주장하는 것이었다. G…M…을 사로잡아 실수 없이
붙잡아 둘 사람들을 당장에 어디에서 찾아 낼 것이냐고
아무리 우겨도 듣지 않았다. 그는 드 T…씨가 아직도
한 시간을 보장해 주었으니 해볼 만한 일이 아니냐고
말하고, 계속 반대하는 나에 대해서, 폭군 행세를 하며
자기를 사랑하는 마음이 없는 것이라고 원망하는 것이
었다. 진정 그에게는 이보다 재미나는 일이 없는 모양
이었다.

"당신은 그의 식탁에서 저녁을 드시고 그의 잠자리에
서 주무세요. 그러고는 내일 아침 일찍 그자의 애인과
돈을 가지고 달아나는 거예요. 그렇게 하면 애비에게도
자식에게도 충분히 복수한 셈이 되겠죠."

나는 좋지 못한 파국에 부딪히지나 않을까 하는 예감
에 마음이 뒤흔들렸지만 마지못해 그의 소원을 들어 주
기로 하였다. 그래서 전에 레스코를 통해 사귄 서너 명
의 근위병에게 G…M…을 사로잡을 역할을 맡기려고

밖으로 나갔다. 숙소에 가본즉 그들 중 하나밖에는 없
었은데, 어지간히 간이 큰 그자는 무슨 영문인지 잘 알
아듣기도 전에 염려 말라고 자신하였다. 다만 자기가
지휘할 세 사람의 병졸을 고용하겠으니, 그들 몫으로
십 피스톨을 달라고 요구하였다. 나는 지체없이 착수해
달라고 부탁하였다. 그러자 십오 분도 채 못 되어 그는
병졸들을 한자리에 모았다. 나는 그의 집에서 기다리고
있었는데, 그자가 패거리를 거느리고 오자, 앞장서서,
G…M…이 마농에게 돌아오자면 반드시 통과할 만한
골목길로 그들을 데리고 갔다. 나는 그 두목에게 결코
횡포한 취급을 해서는 안 되며, 내일 아침 일곱시까지
달아나지 못하도록 엄중히 감시할 것을 당부하였다. 그
는 G…M…을 자기 방으로 데리고 가서 옷을 벗기거나
침대에 눕히든지 하고서 자기네들은 술과 노름으로 밤
을 새울 계획이라고 말하였다. 나는 G…M…이 나타날
때까지 그들과 더불어 머물러 있다가, 그가 나타나자
몇 걸음 물러서서 이 희한한 광경을 구경하였다. 근위
병은 손에 피스톨을 쥐어 들고 그에게로 다가서더니 공
손하게 설명하여 말하기를, 자기는 그의 생명이나 돈을
탐내는 자는 아니로되, 자기와 동행함을 거절하거나 조
금이라도 고함을 지르면 한 방 쏘아붙일 터라고 하였
다. 세 사람의 병졸을 거느리고 있는 그를 본 G…M…
은 권총의 방아쇠가 겁났든지 아무런 저항도 보이지 않
았다. 양과 같이 끌려가는 것을 나는 보았다.

　나는 이내 마농에게로 돌아갔다. 하인들의 의심을 풀

기 위하여 집 안에 들어서면서, G…M…씨를 만찬에
기다릴 필요는 없으며, 뜻밖의 일로 부득이 밖에 머무
르게 되어 나로 하여금 부인께 사실을 아뢰고 만찬의
벗이 되어 드리라는 부탁을 받았으니, 이처럼 아름다운
부인 곁에 있게 됨을 다시없는 영광으로 생각한다고 마
농에게 말하였다. 그는 재치 있게 내 수작에 맞장구를
쳤다. 우리들은 식탁에 자리잡았다. 하인들이 머물러
있는 동안은 의젓하게 차리고 있었다. 마침내 그들을
물러가게 한 다음으로는, 우리들은 생애에 있어 그지없
이 즐거운 하룻밤을 보냈던 것이다. 나는 남몰래 마르
셀로 하여금 이튿날 여섯시 전에 마차를 불러 문 밖에
대기시키도록 분부하였다. 나는 자정이 가까워 일단 마
농 곁을 물러나가는 시늉을 했는데, 마르셀의 수작으로
무난히 다시 들어가자 식탁의 자리를 잡은 것과 마찬가
지로 G…M…의 침대를 점령하려 했던 것이다.

  이러는 동안 우리들의 악령은 우리들을 파멸시키려고
끊임없이 움직이고 있었다. 우리들이 쾌락의 절정에 취
하고 있을 때 머리 위에는 무서운 칼날이 번쩍이고 있
었다. 칼을 지탱하고 있는 줄이 끊어지려 하고 있었다.
그러나 우리들의 몰락의 내력을 한결 쉽게 알 수 있도
록 그 원인부터 밝히지 않으면 안 된다.

  G…M…이 근위병에게 붙잡혔을 때 한 사람의 하인
을 데리고 있었다. 주인의 봉변에 겁을 집어먹은 종은
그자리에서 달아났는데, 주인을 구출할 양으로 부리나
케 G…M… 노인에게로 달려가 사건의 전말을 고해 바

쳤던 것이다. 이 끔찍한 소리를 듣자 그는 대경실색하
였다. 오직 하나밖에 없는 외아들인데다가, 그는 나이
에 비해 몹시도 정정하였다. 우선 하인에게 아들이 오
늘 오후 무엇을 했는지, 혹시 누구와 다툰 일은 없었는
지, 남의 싸움에 휩쓸려 든 일은 없었는지, 혹은 어디
수상한 집에 간 일이 없었는지 샅샅이 물어 보았다. 종
놈은 주인이 매우 위험한 지경에 처해 있는 것으로만
믿었기 때문에, 이제 그를 구출하기 위해서는 무엇을
숨기고 할 때가 아니라고 생각하고, 마농에 대한 사랑
과 마농을 위한 막대한 비용, 오후 그의 집에서 아홉시
경까지 지내던 모양, 그의 외출, 그리고 돌아오는 도중
에서의 봉변 등을 낱낱이 고해 바쳤다. 이쯤 이야기를
들으면 아들의 사건이 치정관계에서 오는 것임은 짐작
하고도 남았다. 아무리 일러야 열시 반은 넘었는데도
그는 지체없이 경시총감에게로 달려갔다. 그는 모든 야
경대에게 비상명령을 내려 달라고 부탁하고, 자신도 일
대의 경관들을 거느리고 아들이 붙잡힌 현장으로 달렸
다. 아들이 있음직한 곳이란 곳은 다 뒤져 보았으나 아
무 데도 그 흔적이 없기에, 마침내 아들이 돌아왔을지
도 모른다는 생각으로, 정부의 집으로 찾아갔다.

  그곳에 도착한 것은 내가 바로 잠자리에 들려고 할
무렵이었다. 침실의 문이 닫혀 있었으므로 한길의 문을
두드리는 소리가 들리지 않았다. 그래, 두 경관을 데리
고 들어선 그는 아들의 소식을 물어 보았으나 종내 허
사였으므로, 아들의 애인을 만나보면 혹 무슨 소식이라

도 얻을까 싶어, 여전히 경관을 동반한 채 방으로 들어
섰던 것이다. 우리들은 막 침대에 들 참이었다. 문을 열
고 들어선 그를 보자 우리들의 피는 일시에 얼어붙었
다.

"아아, 저건 G…M…의 애비가 아니야!" 나는 마농에
게 말하였다.

나는 급히 칼을 집어들려고 했으나, 불행히도 혁대에
걸려 뺄 수가 없었다. 내 거동을 보고 있던 경관들이
대뜸 내게 달려들더니 칼을 빼앗아 버렸다. 속옷바람의
몸으로는 저항할 도리가 없었다. 그들은 일체의 방어수
단을 가로챈 것이다.

G…M…은 이 광경에 어리둥절하였지만 이내 나를
알아보았다. 하물며 마농을 알아내기는 쉬운 일이었다.

"이게 꿈이 아닌가?" 하고 그는 무거운 목소리로 말
하였다. "바로 슈발리에 데 그류와 마농.레스코가 아닌
가?……"

나는 수치와 고통에 미칠 듯한 나머지, 아무 대답도
하지 않았다. 한동안 그는 이런 생각 저런 생각에 골몰
한 듯 보이더니, 별안간 노여움이 북받치기라도 한 듯
나를 향해 고함쳤다.

"이놈, 네가 내 아들을 죽였지!"

이 모욕은 나를 격분케 했다.

"망할 놈의 영감쟁이야!" 하고 나는 거만스럽게 쏘아
붙였다. "네 일족의 누굴 죽인다면 우선 너부터 죽일 테
다!"

"저놈을 잘 묶어라." 그는 경관들에게 호령했다. "이 놈으로 하여금 아들의 소식을 불게 해야 돼. 지금 당장에 고백하지 않는다면, 내일이라도 주릴 틀어 끝장을 낼 테니까."

"주리를 튼다고? 파염치한 같으니라구! 네놈들이야말로 주릿대를 안겨야 해. 난 네놈들보다 훨씬 귀하고 가문 높은 집안의 출신이야. 그래, 네 아들놈이 어떻게 된 줄 잘 알고 있다. 만일 날 더 욕보이기라도 해봐라, 내일이 못 가서 목을 비틀어 죽일 테다. 다음은 네 차례인 줄을 잘 알아 둬."

그의 아들의 거처를 안다고 지껄여 버렸으니, 그것은 경솔한 짓이었다. 그러나 극도의 분노는 그만 이런 실언을 저지르게 했던 것이다. 그는 곧 문 밖에 기다리고 서 있던 대여섯 사람의 경관들을 불러, 집 안에 있는 하인들을 다짐하라고 명령했다.

"하하, 그래, 슈발리에 씨." 그는 비웃는 어조로 말을 했다. "내 아들의 거처를 아신다고요? 그리고 목을 졸라 죽이신다고요? 우리가 잘 앞질러 처리할 터이니 어디 보고 계시지."

순간 나는 잘못을 저지른 것을 깨달았다. 그는 침대 위에 울며 앉아 있는 마농에게로 가까이 갔다. 그리고 자기네들 부자를 거뜬히 다룬 솜씨며 이용하는 수단에 대하여 빈정거리는 말로 치하하기 시작하였다. 그러고는 이 음탕한 늙은 괴물은 마농에게 치근치근 달라붙으려고 하는 것이었다.

"손가락 하나 대지 말아!" 나는 고래고래 소리를 질렀다. "네놈의 목숨은 이 손으로 죽여 줄 테다."

그는 방 안에 세 사람의 경관을 남겨 놓고 나가면서 곧 우리들에게 옷을 입히라고 명령을 내렸다.

그가 우리들을 앞으로 어떻게 할 셈이었는지 짐작도 할 수 없었다. 아들의 거처만 대주면 자유의 몸이 될 수 있지 않을까. 나는 옷을 입으면서 이것이 최선의 방법은 아닐까 하고 생각하였다. 그러나 방에서 나갈 때의 생각으로는 그랬을지도 모르지만, 되돌아왔을 때는 벌써 딴 배포였다. 그는 경관들이 붙잡아 둔 종들을 심문했던 것이다. 그의 아들이 마농을 위해서 고용한 종들에게서는 종내 아무런 소식도 알아내지 못했지만, 마르셀이 그 전부터 우리들에게 고용되었던 사실을 알자, 온갖 위협을 다해서라도 자백시키려고 마음먹었다. 마르셀은 충실하기는 했으나, 숫되고 고지식한 놈이었다. 마농을 감화원에서 탈출케 하던 일이 머리에 되살아오자, G…M…으로부터 받은 공포까지 겹쳐 그 약한 마음에 그만 겁을 집어먹은 나머지, 이제는 교수대에 걸리거나, 갈기갈기 찢길 것만 같이 생각되었던 모양이다. 그래 목숨만 살려 준다면 알고 있는 온갖 것을 죄다 고백하겠다고 약속하였다. 그 말을 듣자 G…M…은 이 사건 뒤에 여태껏 상상조차 못했던 중대하고도 한결 범죄적인 무엇이 숨겨 있으려니 생각했다. 그는 마르셀에게 목숨만 살려 주는 게 아니라 상까지 주겠노라고 보증했다.

철없는 마르셀은 그만 우리들의 계획의 일부를 자백하고 말았으니, 그의 도움이 필요했던 우리들은 거리낌없이 그 앞에서 계획을 이야기하곤 했었다. 하긴 우리들이 파리에서 계획을 변경한 것은 전혀 모르고 있었지만, 샤이요를 떠날 때에는 책략의 줄거리며 자기가 맡은 역할에 대해서 잘 알고 있었다. 따라서 우리들이 그의 아들을 속일 배짱이었다는 것, 마농은 일만 프랑은 받게 되든가 또는 이미 받았을 것이라는 것, 우리들의 계획으로 하면 두 번 다시 G…M…가의 상속자의 수중에 들어가지 않으리라는 것 등을 실토한 것이었다.

이 사실을 알고 흥분된 노인은 별안간 우리들의 방으로 뛰어올라왔다. 그러고는 한 마디도 없이 돈과 보석을 찾아냈다. 그는 노기에 벌겋게 단 얼굴로 우리에게 오더니 우리들의 귀중품이라 일부러 부르면서 내보이고, 차마 귀담아들을 수 없는 욕설을 우리에게 퍼부었다. 그는 마농에게 자세히 진주 목걸이와 팔찌들을 보이면서,

"이걸 모르시지는 않겠지?" 하고 조소를 띠면서 말하였다. "처음 보는 것이 아닐 테니까. 암, 바로 같은 것이지. 몹시도 탐냈었군그래, 아가씨. 잘 알고말고. 가엾은 애새끼들 같은이라구! 둘 다 무척 귀엽긴 한데, 속이 좀 웅큼해."

이 모욕적인 말을 듣고 내 심장은 노염에 타오랐다. 한순간이나마 자유를 얻기 위해서 차라리……아, 하느님, 왜 그렇게 하지 못했을까! 마침내 나는 간신히 감

정을 억누르고, 아니 분노를 부드럽게 한 것에 지나지
않는 온화한 마음으로 입을 열었다.

"자, 그런 쌍스런 조롱은 그만둡시다. 대체 무슨 일이
에요? 아니, 우리들을 어떻게 하시겠다는 말씀인가요?"

"슈발리에 씨, 문제란 이 길로 샤트레 감옥으로 가주
실 일이오. 차츰 날도 밝아지겠지요. 그럼 사건의 내용
도 밝혀질 것이고, 아들의 거처도 수고롭지만 알려 주
시게 될 것이오."

샤트레 감옥에 갇힌다는 것이 우리들에게 얼마나 무
서운 결과를 가져오는 일인가는 굳이 생각해 볼 필요조
차도 없이 뚜렷했다. 몸서리를 치면서 나는 온갖 위험
을 상상하였다. 모든 긍지를 버리고서라도 운명의 압력
앞에 굴복해야 하며, 가장 잔혹한 원수의 환심을 사서
그 굴종에서나마 무엇을 얻지 않으면 안 되겠다고 깨달
았다. 나는 정중하게 잠깐 동안 내 얘기를 들어 달라고
애원하였다.

"저의 죄를 깨달았습니다. 젊음으로 해서 많은 잘못
을 저질렀지요. 영감님이 화를 내시는 것도 당연합니
다. 하지만 영감님께서 사랑의 힘을 잘 아신다면, 그리
고 사랑하는 모든 것을 빼앗긴 불행한 젊은이가 얼마나
괴로워할 것인가를 상상해 주신다면, 그저 그만한 복수
를 꾸미려던 어리석은 소견을 용서하시겠지요. 그러시
지 않더라도, 지금 받은 치욕만으로 충분히 벌을 받은
셈이라고 인정하여 주시겠지요. 영감님의 아드님이 어
디 계시는가를 아시기 위해서 굳이 저희들을 감옥살이

시키거나 형벌을 받게 하실 필요는 없습니다. 그분은
안전합니다. 조금도 그분을 해치거나 영감님을 모욕할
생각은 없었으니까요. 저희들을 자유롭게만 해주신다
면, 그분이 편안히 밤을 지내고 있는 곳을 곧 알려 드
리겠습니다."

이 늙은 호랑이는 내 애원에 감동하기는커녕 등을 돌
려 대고 웃어댔다. 그는 우리들의 속셈은 시초부터 다
알고 있노라고 몇 마디 중얼거릴 따름이었다. 아들의
일일랑 내가 죽이지 않은 이상 무난히 찾아내겠지 하고
내뱉듯이 덧붙였다.

"이놈들을 프티 샤트레에 데리고 가." 그는 경관들에
게 분부하였다. "슈발리에가 도망치지 못하도록 주의하
란 말이야. 쌩 라자르에서 빠져나온 여간 놈이 아니니
까."

그는 밖으로 나갔다. 뒤에 남은 내가 그 어떤 상태에
있었는지는 짐작하고도 남을 것이다.

"오오, 하느님! 당신이 내리시는 벌이라면 그 어떤
것이건 달게 받겠습니다. 하지만 저런 얼간이 녀석이
저에게 이러한 포악을 가할 힘을 가졌다고 생각하면,
원통하기 그지없습니다."

경관들은 더 기다릴 수 없으니 서두르라고 재촉했다.
그들은 문 밖에 마차를 대기시켰던 것이다. 나는 마농
에게 손을 빌려주며 층계를 내려갔다.

"자, 사랑하는 그대여, 가혹한 운명에라도 순종합시
다. 언젠가는 하느님도 우리를 행복하게 해주실 날이

있겠지."

우리들은 한 마차에 실려 갔다. 마농은 내 가슴에 안겼다. G…M…이 나타난 순간부터 그는 한 마디도 입에 담지 않았었다. 그러나 단둘이 되자 자기로 인한 불행에 자책하면서 수없이 애정의 말을 되풀이하는 것이었다. 나는 그가 사랑해 주는 날까지는 결코 어떠한 운명도 원망하지 않겠노라고 맹세하였다.

"걱정되는 것은 이 몸이 아니오." 나는 말을 이었다. "몇 달 동안의 감옥살이에 겁을 집어먹을 내가 아니오. 또, 쌩 라자르보다는 샤트레가 나에게는 더 좋소. 다만 내 마음이 언짢은 것은 사랑하는 당신의 일 때문이오. 이처럼 아름다운 당신에게 그 얼마나 가혹한 운명이란 말이오! 하느님! 당신이 만드신 가장 완전한 미에 대해서 어찌하여 그토록 가혹하게 대하십니까? 어찌하여 우리들은 이 불행에 알맞는 용모를 타고나지 않았을까요? 우리들은 재치와 취미와 감정을 풍부히 받았습니다. 아아! 저 비천하고, 오히려 우리들의 벌을 당해 마땅한 것들이 운명의 온갖 은총을 향유하고 있는데, 우리들은 그 얼마나 터무니없는 모욕에 그것을 더럽히고 있습니까?"

이러한 생각을 하면서 내 가슴은 괴로움에 찢기는 것 같았다. 그러나 앞으로 당할 일을 생각하면 그 따위 것은 아무것도 아니었으니, 마농의 일이 근심스러워 온몸이 말라드는 것이었다. 이미 감화원 감옥살이를 한 전과자였다. 설사 정당하게 나왔다 해도 재차 투옥케 될

때에는 극히 위험스런 결과를 초래한다는 사실을 나는
잘 알고 있었다. 나의 근심을 알려 주고도 싶었지만, 지
나치게 놀라게나 하지 않을까 두려웠다. 감히 다가오는
위험을 알려 주지도 못한 채 그의 일을 근심하여 몸을
떨고만 있었다. 나는 한숨을 지으면서 그를 껴안았으
니, 나의 사랑으로나마 마음을 든든하게 하기 위함이었
다. 실상 이 사랑만이 표시할 수 있는 단 하나의 감정
이었던 것이다.

"마농, 진정으로 말해 보오, 영원히 날 사랑하려오?"
그는 그런 것까지 의심하다니 야속하다고 대답하였
다.

"미안하오, 의심하지 않겠소. 이 확신을 가지고 모든
원수와 싸우겠소. 나는 가문을 이용하여 샤트레에서 나
오겠거니와, 자유의 몸이 되는 대로 당신을 구출하지
못한다면 내 목숨이 어떻게 된들 상관치 않으리다."

우리들은 감옥에 도착하였다. 그리고 각각 다른 감방
에 갇히었다. 미리 각오했던 터라 별로 괴로운 일은 아
니었다. 나는 간수에게 내가 다소간 지체 있는 사람임
을 알리고, 적지 않은 보상을 약속하면서 마농의 일을
부탁하였다. 헤어지기 전에 나는 귀여운 애인에게 입맞
추었다. 너무 근심하지 말고, 내가 이 세상에 살아 있는
한 아무것도 두려워 말라고 타일렀다. 나에게는 한 푼
도 돈이 없었다. 일부분은 그에게 주었고, 남은 몫은 우
리들의 한 달치 우대료로 간수에게 선불해 주었던 것이
다.

돈의 효과는 즉각적이었다. 나는 말쑥한 가구 차림의
감방으로 인도되었으며, 마농 또한 이와 같은 방을 차
지했노라는 다짐을 받았다. 나는 곧 어떻게 하면 하루
속히 자유의 몸이 될 수 있는가를 궁리하기 시작하였
다. 실상 이 사건에는 전적으로 범죄라 할 만한 것이
없음이 분명하며, 설사 마르셀의 토설로 우리의 사기계
획이 증명되었다손 치더라도 이루어지지 않은 단순한
계획만으로는 벌을받지 않는다는 사실을 나는 잘 알고
있었다. 결국 부친께 편지를 쓰되 친히 파리에 와주시
도록 부탁을 드리기로 결정하였다. 이미 말한 바와 같
이 쌩 라자르에 비해 샤트레 감옥은 덜 수치스러웠거니
와, 한편 부친에 대한 두려운 마음에는 변함이 없었으
나 나이며 경험은 여간 나를 대담스럽게 만든 것이 아
니었다. 나는 붓을 들었다. 편지를 내보내는 것은 샤트
레이니만큼 그리 어려운 일이 아니었다. 그러나 부친께
서 이튿날 파리에 도착한다는 사실을 알고 있었던들,
이 수고를 하지는 않았을 것이다.
  아버지는 일 주일 전에 써올린 편지를 받으신 것이
다. 편지를 보시고 크게 만족하였던 것인데, 나의 개심
에 대하여 어느 정도 희망을 갖기는 하였으나, 그렇다
고 맹세를 전적으로 믿을 수는 없는 일이라고 생각하신
모양이었다. 친히 와보고 생활의 변화를 확인하며, 과
연 진심으로 개심하였는가의 여부에 따라 비로소 태도
를 결정하기로 작정한 것이다. 아버지는 내가 투옥된
다음 날 도착하였다. 제일 먼저 찾아간 사람은 다름아

닌 티벨쥬였는데, 나는 아버지의 답장을 그의 주소로
보내도록 부탁드렸었다. 그러나 티벨쥬에게서 나의 거
처도 안부도 알지 못한 아버지는 다만 쌩 슐피스를 탈
출하여 나온 뒤의 중요한 사건들에 대해서만 얘기를 들
었을 뿐이었다. 티벨쥬는 내가, 자기와 마지막 만나던
때에 선으로 몹시 돌아갈 마음이 되어 있었노라고 퍽
유리하게 진술하였다. 뿐만 아니라, 마농과는 완전히
헤어진 것으로 믿어지는데, 여드레가 지나도록 소식이
없다는 것은 야릇한 일이라고 덧붙였다. 아버지는 둔한
사람이 아니었다. 티벨쥬는 나한테서 소식을 받지 못한
것을 근심하고 있지만, 거기에는 필경 그가 눈치채지
못하는 무슨 복선이 있음을 깨달았던 것이다. 그리하여
온갖 힘을 다하여 팔방으로 탐색한 결과 파리에 도착한
지 이틀째 되는 날 내가 샤트레에 갇혀 있는 것을 알아
냈다.

　그처럼 빨리 오실 줄 몰랐던 아버지를 뵙기 전에, 나
는 경시총감의 방문을, 아니 그들이 사용하는 언어를
빌리자면, 신문을 받았다. 그는 몇 마디 나를 질책하였
으나, 그다지 쌀쌀한 것도 무례한 것도 아니었다. 그는
부드럽게 말하기를, 좋지 못한 내 행실이 근심된다고
하고 드 G…M…씨와 같은 상대자를 원수삼다니 지혜
롭지 못한 일이며, 하기야 내 사건을 살펴보면 악의에
서라기보다는 경솔과 무분별의 탓이라는 점은 쉽게 알
수 있지만, 감옥살이 신세지는 것도 벌써 두 차례요, 자
기로서는 쌩 라자르에서 두어 달 교훈을 받았으니만큼

좀더 상냥해졌으려니 기대하고 있었노라고 하였다. 이
처럼 사리에 통할 수 있는 법관을 만나게 되어 기쁜 나
머지, 더할 나위 없이 공손하고 겸허한 태도로 생각하
고 있는 바를 밝혔더니, 그도 내 대답에 무척 만족하는
모양이었다. 그는 너무 비관하지 말 것이며, 나의 가문
과 젊음을 생각해서 선처하도록 힘써 보겠노라고 말하
였다. 나는 대담한 마음으로 마농의 일도 부탁하여 그
의 애정과 착한 성품을 찬양하였다. 그러자 웃으면서,
아직 만나보지는 않았으나, 모두들 위험한 여자로 생각
하고 있더라고 대답하였다. 이 말을 듣자 그에 대한 사
랑이 불타올라, 나는 갖은 얘기를 되풀이하며 가엾은
나의 애인을 두둔하면서 하염없이 흐르는 눈물을 걷잡
지 못하였다.

  그는 나를 내 방으로 데려가라고 분부하였다.

  "오, 사랑이여, 사랑이여." 물러나가는 나의 뒷모습을
보며 엄숙한 법관은 외쳤다. "그대는 결코 지혜와 어울
리지 않으려는가?"

  감방으로 돌아온 나는 서글픈 마음으로 온갖 생각에
잠기며, 경시총감과 주고받은 얘기를 돌이켜 생각하고
있었다. 그때 방문이 열리는 소리가 들려왔다. 들어온
것은 아버지였다. 며칠 후면 뵐 수 있으리라 하고 어느
정도 마음의 준비가 되어 있지 않은 것은 아니었지만,
막상 대하고 나니 어찌나 당황하고 뜨끔거리었는지, 만
약 발 밑에 땅이 입을 벌리고 있었더라면 그 안으로 뛰
어들어가고 싶을 정도였다. 그지없이 당황한 태도로 나

는 아버지를 안았다. 이윽고 아버지는 자리에 앉으셨는데, 둘 다 아무 말이 없었다. 눈을 내리감고 모자를 벗은 채 우두커니 서 있노라니,

"거기 앉아라." 하고 아버지가 근엄하게 말씀하시기 시작하였다. "네 방종과 협잡질이 하도 유명한 덕택에 네가 있는 곳을 쉽게 찾을 수 있었다. 남의 눈에 나타나지 않고는 못 배기는 것이 너 같은 재질을 타고난 사람의 보람인가 보구나. 어떤 길을 통해서라도 너는 이름을 날리게 될 거란 말이다. 그래, 종국은 그레브 형장이 고작일 테고, 과연 만인의 찬양을 받으며 영광스럽게도 그곳에 매어달리겠지."

나는 한 마디도 대답하지 않았다. 아버지는 다시 말을 이었다.

"그처럼 아들을 귀여워하고 훌륭한 인간으로 만들기 위하여 갖은 수고를 아끼지 않았는데, 종내 애비의 이름을 더럽히는 무례한이 되고 말다니, 그 얼마나 불행한 애빈가 말이다! 재산을 잃는 따위의 불행이라면 단념할 수도 있겠지, 세월이 흐르면 잊을 수도 있는 일이요, 슬픔도 가시는 법이다. 하지만 온갖 명예심을 잃은 악덕한 자식은 나날이 악행만 쌓아가니 이 일을 어떻게 하면 좋단 말이냐? 이놈, 말이 없구나. 그꼴에 얌전하게 온순을 가장하는 걸 보란 말야. 남이 보면 천하의 훌륭한 성품의 인간이라고 생각하겠지."

이러한 꾸지람을 받아 마땅하다고 생각되었지만, 그래도 너무 심한 말씀인 것만 같았다. 나는 내 마음속을

있는 그대로 말씀드려도 좋을 것이라고 생각되었다.

"아버지, 저는 겉으로만 죄송스런 채 꾸미고 있는 것은 아닙니다. 이것은 훌륭한 집안에 태어난 아들이 아버지께, 특히 노하신 아버님께 더할 나위 없는 경의를 표하는 당연한 태도입니다. 제가 외람되게 저희 가문의 가장 품행 바른 인간이라고 내세우는 것도 아닙니다. 아버지의 꾸지람을 천 번 들어 마땅한 줄 압니다만, 그래도 좀더 가엾게 여겨 주시고, 제발 저를 인간 중에도 가장 더러운 인간으로 취급하는 일만은 말아 주세요. 제가 그처럼 가혹한 말씀을 들어야 할 만큼 나쁜 놈은 아니니까요. 아버님도 아실 거예요. 저의 모든 잘못은 오직 사랑에서 저지른 것입니다. 어쩔 수 없는 숙명적인 정열! 아아, 그 사랑의 위력을 모르시나요? 저를 낳아 주신 아버지께서 그런 열정에 휩쓸리신 일이 없으실까요? 사랑은, 그처럼 아름다운 애인에 대하여 저로 하여금 너무나 다정하고 너무나 정열적으로 그리고 너무나 충실하게 만들었으며, 아마 지나친 친절을 베풀게 했던 거예요. 죄라면 이것이 모두 저의 죄입니다. 그 중에 아버지의 이름을 더럽힐 소행이 있을까요? 아버지." 나는 다정하게 말을 이었다. "이 불쌍한 자식을 조금은 가엾다고 여겨 주세요. 저는 아버지를 늘 존경하고 사랑하고 있습니다. 아버님이 생각하시는 것처럼 명예나 본분을 저버린 적은 없으며, 참 저야말로 아버지가 생각하실 수 없으리만큼 불쌍한 놈이에요."

이렇게 말을 맺으면서 나는 하염없이 눈물을 떨어뜨

렸다.

아버지의 마음이란 조화의 신의 다시없는 작품이다. 이를테면, 자연이 자애에 넘친 마음으로 그곳에 군림하여 몸소 그의 온갖 원동력을 조정하고 있는 것이다. 나의 아버지로 말하면 그러한 것 이외에도 뛰어난 재치와 정서를 지니고 있었던 터라 내가 변명의 말씀을 올리는 그 태도에 크게 감동하였거니와, 그 마음의 동요를 숨기지 못하여,

"이리 오너라, 가엾은 나의 슈발리에," 하며 나를 부르셨다. "와서 내게 입맞추렴, 이 가엾은 놈아."

나는 아버지께 키스했다. 아버지는 나를 꼭 안아 주셨는데, 이로써 아버지의 마음에서 무엇이 움직이고 있는가는 짐작되고도 남았다.

"그래, 어떻게 하면 여기서 널 끌어낼 수 있겠느냐? 자, 네가 한 짓을 숨김없이 말해 보려무나."

하여간 내 행실에는 적어도 어떤 종류의 사회의 청년들에 비하여 그리 불명예스러운 일이 없을 뿐더러 애인을 갖는 것이나, 도박으로 돈 모으는 재주를 약간 지녔다는 것은 오늘날에 있어서 조금도 수치스러운 일이 아닌 만큼, 나는 그 동안의 내 생활을 남김없이 바른 대로 말씀드렸다. 하나하나의 잘못을 고백할 때마다 나는 조금이라도 나의 수치를 덜 양으로 유명한 예를 덧붙이는 것을 잊지 않았다.

"저는 정식으로 결혼하지 않은 채 애인과 함께 살고 있습니다. 하지만 드…공작으로 말하면 온 파리 사람들

이 주시하는 가운데 둘이나 데리고 살고 있지요. 또, 드
…씨로 말하면 십 년 전부터 애인을 한 사람 데리고 살
지만 본부인에게도 결코 보인 일이 없는 충실함을 가지
고 사랑하고 있답니다. 프랑스의 신사 중 삼 분의 이에
해당하는 사람들이 애인을 가진 것으로 자랑삼고 있어
요. 저는 도박에 약간의 농간을 부렸지만요, 드…후작
이며, 드…백작과 같은 사람들은 그런 수입밖에는 없으
며, 드…태공이나 드…공작도 그와 같은 종류의 도박단
의 두목들이에요."

　그리고 G…M 부자의 재물에 대한 내 계획에 관해서
도 예를 들기로 하면 그보다 쉬운 일은 없었다. 그러나
아직도 나에게는 명예를 아끼는 마음이 남아 있었던지
라, 차마 그런 족속들까지 끄집어내어 자기 죄를 얼버
무릴 수는 없는 일이었다. 그리하여 아버지께는, 그 처
럼 내 마음에 불길을 붙였던 두 정열, 즉 사랑과 복수
에 대한 격한 마음을 용서해 주시라고 애원하였다. 아
버지는 내가 석방될 수 있는 무슨 쉬운 방법은 없겠는
가, 그리고 세상의 화젯거리가 되지 않을 방법이 없겠
는가 말해 보라고 하셨다. 나는 경시총감이 나에게 호
감을 가지고 있음을 말씀드렸다.

　"만약 무슨 곤란이 따른다면 그것은 오직 G…M…
부자측밖에는 없겠지요. 그러니 아버지께서 그들과 만
나 주시는 것이 좋을 거예요."

　아버지는 그렇게 하시겠노라고 약속하였다. 나는 마
농을 위해서도 힘써 주시도록 차마 부탁드리지는 못하

였다. 그만한 용기가 없었던 것이 아니라 이런 부탁으로 아버지의 역정을 사서 마농과 내게 무슨 좋지 못한 처리라도 하시지 않을까 하는 두려움 때문이었다. 지금도 나는 이 염려로 말미암아, 끝내 아버지의 마음을 움직이고 불행한 애인에게 호의를 베푸시도록 부탁드리지 못한 것이 나의 가장 큰 불행의 원인은 아니었을까, 하고 생각하는 것이다. 아마도 나는 아버지께 불쌍한 애인에 대한 동정을 빌어야 마땅했을 것이다. 그리고 G⋯M⋯노인의 말을 쉽사리 곧이듣고 나쁜 인상을 가지실지도 모르니 미리 일러 드려야 했을 것이다. 하기야 아무리 내가 몸부림을 쳤더라도 악운을 이길 도리는 없었을지 모른다. 그러나 그렇게라도 했던들, 나의 불행을 이 불운한 숙명과 참혹한 원수들의 탓으로만 원망했을 것이 아니냐.

아버지는 나와 헤어져 곧 드 G⋯M⋯씨를 찾았다. 그 자리에는 아들도 같이 있었는데, 그는 근위병들로부터 간신히 풀려 나온 것이었다. 그들이 주고받은 얘기의 상세한 점까지는 알 도리가 없었지만, 그 뒤의 치명적인 결과로 미루어 능히 짐작할 수 있다.

그들은, 즉 두 아버지는 같이 경시총감을 찾아가서 두 가지의 은전을 청원하였다. 그 중 하나는 즉시로 나를 샤트레 감옥에서 석방하는 것이요, 또 하나는 마농을 종신금고로 처하든가, 아메리카로 유형보내 달라는 것이었다. 당시 많은 부랑자들을 미시시피 강가로 실어 보내기 시작했던 것이다. 경시총감은 최초의 선박으로 마농을 보낼 것이라고 그들에게 확언하였다.

드 G…M…씨와 아버지는 곧 나에게 석방의 기별을
알리러 왔다. 드 G…M…씨는 지난 일에 대해 은근히
인사하고, 이처럼 좋은 아버지를 가졌으니 얼마나 행복
하냐고 치하한 다음, 앞으로 아버지의 교훈과 모범을
거울삼으라고 훈시하는 것이었다. 아버지는 그들 일가
에게 끼친 손해에 대하여 사과할 것과, 나의 석방을 위
해 진력해 준 데 대하여 치사를 하라고 분부하셨다. 우
리들은 마농에 관해서 단 한 마디도 없이 그곳을 떠났
다. 그들이 한자리에 있었으므로 간수에게 물어 볼 수
도 없는 노릇이었다. 아아, 나의 처량한 노력도 허사로
돌아가고 말았으리라! 마농에 대한 가혹한 명령은 나의
석방명령과 때를 같이하여 내려졌다. 불우한 그 여인은
한 시간 후에 감화원으로 끌려 가, 같은 운명을 기다리
는 몇몇 불행한 여인들과 뒤섞이게 되었다. 아버지는
숙소로 미리 정해 놓은 여관으로 나를 데리고 갔기 때
문에 간신히 아버지의 눈을 피해 샤트레에 달려가 볼
여유를 얻은 것은 저녁 여섯시경이 되어서였다. 내 생
각은 다만 마농에게 먹을 것을 좀 넣어 주고, 간수에게
잘 부탁해 두자는 것이었다. 그를 만나볼 수 있으리라
고는 기대하기 어려웠기 때문이다. 또한 그를 어떠한
방법으로 석방시킬 것인지 생각해 볼 여유도 갖지 못했
었다.

나는 간수에게 할 말이 있다고 하였다. 그는 쥐어 준
돈과 점잖은 내 태도에 크게 만족하고 있었던 터라, 나

를 위하여 힘써 줄 양으로, 마농의 운명에 관하여 몹시
동정하고 있다 하며, 그 불행에 얼마나 상심하느냐고
말하는 것이었다. 나는 통 무슨 영문인지 알아듣지 못
하였다. 한동안 우리들은 말을 주고받았으나 서로 무슨
뜻인 줄을 몰랐다. 마침내 간수는 설명이 필요하다는
것을 눈치채고, 벌써 이야기한바 다시 말하기도 끔찍한
마농의 신상에 대하여 들려 주는 것이었다.

그 어떤 격렬한 간질병도 이처럼 갑작스런, 이처럼
끔찍한 결과를 가져오지는 않았을 것이다. 몹시도 고통
스런 가슴의 울렁거림을 느끼며 땅에 쓰러진 나는 의식
을 잃은 순간 영원히 이대로 생명을 잃을 것만 같았다.
의식을 다시 찾았을 때에도, 이런 생각은 남아 있었던
것이다. 다만 나는 온 방 안을 두리번거리며 나 자신을
돌아보고는, 아직도 살아서 불행한 인간의 고역을 지니
고 있는가를 따져 보았다.

오직 이러한 고통에서 벗어나려는 본능적 충동을 따
르노라면, 이 절망과 경악의 순간에는 죽음보다 더 감
미로운 것은 없다고 느껴졌다. 종교가 지옥의 고역으로
그 어떤 것을 그려낸다 할지라도 나의 가혹한 고통에는
비할 수가 없었으리라. 그러나 사랑의 기적이라고 할
까, 나는 의식과 이성을 돌려 주신 하느님께 감사드릴
기력을 도로 찾은 것이다. 나의 죽음이란 나에게만 유
익할 따름이다. 그러나 마농을 석방시키고 구출하여 원
수를 갚기 위해서는 나의 생명이 필요했던 것이다. 이
목적을 위하여 생명을 바치기로 나는 굳게 결심하였다.

간수는 가장 가까운 친구에게서나 기대할 수 있는 극
진한 조력을 아끼지 않았다. 나는 충심으로 감사하며
그의 호의를 받았다.

"아아! 당신은 내 괴로움에 동정해 주시는군요. 이
세상 사람은 모두 나를 저버렸소. 아버지까지도 가장
가혹한 박해자의 한 사람이요. 아무도 날 동정해 주는
이는 없소. 당신만이, 이 냉혹하고 야만스런 세상에서,
다만 당신만이 모든 사람 중에도 가장 불행한 사나이에
게 동정을 베푸는구려!"

그는 흥분을 가라앉힌 다음에 밖으로 나가라고 충고
하였다.

"내버려 두오, 내 버려 두오." 나는 밖으로 나오면서
말하였다. "당신이 생각하느니보다 더 일찍 이리로 돌
아올 테요. 가장 어두운 감방을 준비하여 두시오. 거기
들어갈 수 있도록 힘써 볼 테니."

사실 그때의 결심으로는 G…M…부자와 경시총감을
죽인 다음, 내 편에 가담시킬 수 있는 사람을 모두 거
느리고 무장하여 감화원을 습격할 생각뿐이었다. 아버
지까지도 이 정당한 복수 앞에서는 용서할 바가 아니라
고 마음먹을 지경이었는데, 간수로부터 G…M…과 더
불어 아버지도 나의 비운의 공모자였음을 듣고 있었기
때문이다. 그러나 거리로 몇 걸음 내디디고, 바람을 쐬
자 혈기와 흥분도 약간 식어진지라, 노여움도 차츰차츰
사리에 맞는 생각으로 변해 간 것이다. 원수들을 무찔
러 죽인데야 마농을 위해서 별 이익이 없을 뿐더러, 그

를 구출할 수 있는 온갖 수단을 박탈당하는 결과밖에는
되지 않을 것이었다. 한편, 비겁한 암살이란 수단을 어
찌 취할 수 있겠는가? 그렇다면 복수하기 위하여 어떤
다른 길이 있을는지? 우선 나는 마농의 석방을 위하여
갖은 노력과 지혜를 다하기로 하고, 그외의 일일랑 이
중대한 계획이 성공한 후로 미루기로 작정하였다.

　내 수중에 남은 돈은 약소했다. 그러나 돈은 없어서
는 안 될 기반이요, 그것이 있어 비로소 모든 일이 진
행되게 마련이다. 내가 기대를 가질 수 있는 사람이라
고는 세 사람뿐이었다. 즉 드 T… 씨와 아버지와 티벨
쥬이다. 아버지나 티벨쥬에게서는 도시 가망이 없는데
다, 드 T… 씨에 대해서는 다시금 치근덕스럽게 폐를
끼치기란 부끄러운 일이었다. 그러나 막다른 절망 속에
서야 무슨 염치를 생각할 여유가 있겠는가. 나는 곧 쎙
쉴피스 신학교를 찾아갔다. 남의 눈에 띄리라는 것도
문제삼지 않았다. 나는 티벨슈를 불러냈다. 그의 첫마
디로 이번 사건을 모른다는 것을 나는 곧 짐작했다. 이
사실을 안 나는 그의 동정심에 호소하려던 애초의 계획
을 변경하지 않을 수 없었다. 나는 부친을 뵙게 되어
기쁘노라고 말하고, 아버지에겐 알려 드리고 싶지 않은
빚을 파리를 떠나기 전에 갚아야 되겠으니 얼마큼 빌려
줄 수 없겠느냐고 부탁하였다. 그는 곧 돈주머니를 꺼
내 보여 주었다. 나는 육백 프랑 있는 중에서 오백 프
랑을 빌렸다. 증서를 써주었으나 관대하기 그지없는 그
는 받지 않았다.

그곳에서 나는 드 T…씨를 찾아갔다. 그에게는 아무
것도 숨길 필요가 없었다. 나는 나의 불행과 고민을 실
토하였다. 그런데 G…M…의 아들 사건을 주목하고 있
었던 터라 벌써 자세한 내막까지도 상세히 알고 있었
다. 그러나 내 얘기에 귀를 기울이고 몹시 나를 동정하
는 것이었다. 마농을 석방시키는 데 무슨 좋은 수가 없
겠느냐고 그의 의견을 묻자, 그는 슬픈 태도로 대답하
기를, 도시 가망이 없는 일로서 특별한 신의 구원이 없
는 한 단념함이 옳다 하고, 마농이 감화원에 갇힌 것을
알고 일부러 찾아봤으나 면회조차도 허락되지 않더라는
것이었다. 경시총감의 어명이 엄하기 짝이 없었는데,
불행은 그것뿐만 아니고, 마농을 포함한 불행한 일행은
모레 출발하게 되어 있다고 그는 말을 맺었다. 그의 얘
기를 듣고 놀란 나머지 나는 대답 한 마디를 던질 기력
도 없이 한 시간 동안이나 줄곧 그의 얘기를 듣고만 있
었다. 그는 계속해서 나와 아무런 관계가 없는 것으로
보이는 편이 나를 위해서 일하기 쉬울 것 같았기 때문
에 샤트레에 나를 만나러 가지 않았던 것인데, 그곳에
서 나온 지 몇 시간 동안이나 어디에 가 있는지 알지
못하여 유감이었노라고 말하였다. 한시 바삐 나를 만나
보고 싶었던 것은 마농의 운명에 어떤 변화를 바랄 수
있는 단 하나의 복안을 알려 주고 싶어서였는데, 이 복
안인즉, 위험스럽기 한없는 것으로 자기가 관련되어 있
다는 것은 영원히 비밀로 해달라고 부탁하는 것이었다.
그것은 힘깨나 쓰는 장정 몇 사람을 골라, 마농 일행을

데리고 파리를 출발한 후를 엿보아, 그 호위병들을 공
격하게 하는 것이었다. 그는 내 편에서 돈 문제를 끄집
어낼 때까지 기다리지 않았다.

"여기 백 피스톨 있소." 그는 지갑을 내놓으면서 말하
였다. "다소 도움이 되겠지요. 천운이 돌아왔을 때나 갚
아 주면 그만이요."

그리고 자기의 이름만 생각지 않는다면 자기도 마농
의 구출을 위해 그의 힘과 칼을 빌려 도와줄 수 있을
것을, 하고 부언하였다.

이토록 극진한 마음에 나는 눈물이 날 만큼 감동하였
다. 그에게 감사의 뜻을 표하기 위하여 나는 고통에 시
달린 마음에 아직도 남아 있는 온갖 정열을 다하였다.
그리고 혹시 경시총감에게 탄원하는 길은 없겠느냐고
물어 보았다. 그는 아닌게 아니라 자기도 생각해 보았
으나, 그러한 은전을 탄원하는 경우에는 무슨 그럴 만
한 동기가 있어야만 하는 법인데, 더욱이 유력하고 위
엄 있는 인물을 세우려 해도 통이 무슨 이유를 붙여야
할지 알 수 없는 처지인 만큼, 자기로서는 아무 소득
없는 일일 것 같다고 말하였다. 또 설사 그러한 방법에
어느 정도 기대를 갖는다 해도, 거기에는 드 G…M…
과 아버지의 마음을 돌이켜, 그들로 하여금 직접 경시
총감에게 판결을 취소하도록 부탁케 하는 도리밖에는
없다는 것이다. 하여간 자기는 있는 힘을 다하여 G…
M…의 아들을―하긴 이번 사건으로 의심쩍은 점이 있
었는지 자기에 대한 태도가 꽤 냉담해졌지만, 그를 타

일러 보겠으니, 나에게는 아버지의 마음을 돌이키기 위
하여 할 수 있는 일은 다 해보라고 권고하는 것이었다.

이것은 내게 있어 결코 쉬운 일이 아니었다. 이렇게
말하는 것은 아버지를 설복시키는 데 따르는 당연한 어
려움에서만이 아니다. 나에게는 아버지에게 가까이 가
는 일조차 두려워하게 하는 또 하나의 이유가 있어 그
러는 것인데, 아버지의 분부를 어기고 여관을 빠져 나
왔거니와 마농의 처량한 신세를 알게 된 후로는 도시
돌아가지 않을 각오를 하고 있었던 터다. 응당 내가 두
려워한 것은, 억지로 나를 붙잡아 시골로 데려가지나
않을까, 하는 점이었다. 형도 전에 그 수단을 쓴 일이
있다. 하기야 그때보다 나이는 먹었지만, 나이란 폭력
앞에 신통한 이유가 될 수 없는 것이다.

그러나 나는 위험을 막을 수 있는 한 가지 방법을 생
각해 냈다. 즉, 아버지를 어떤 공중의 장소로 불러내어,
남의 이름을 빌려 면회하도록 하자는 것이다. 나는 곧
이렇게 하기로 작정하였다. 드 T…씨는 G…M…의 집
으로 가고, 나는 룩상부르 공원으로 향하였다. 그곳에
서 아버지께 사람을 보내어 그를 알아 모시는 한 귀족
이 기다리고 있노라고 알리었다. 밤이 이미 가까워졌는
지라, 혹시 아버지께서 외출을 꺼리시지나 않을까 걱정
이었다. 그러나 잠시 후, 아버지는 하인을 데리고 나타
나셨다. 단둘이서 얘기할 수 있도록 샛길로 들어가시자
고 말씀드렸다. 우리들은 말없이 한참 동안을 거닐었
다. 아마 아버지도, 이처럼 신중한 태도에는 분명 무슨

중대한 곡절이 숨어 있을 것이라고 짐작하셨을 것이다.
아버지는 내 말을 기다리셨으나, 나는 무어라고 말씀
드려야 좋을지 궁리만 할 따름이었다. 이윽고 입을 열
었다.

"아버지." 내 목소리는 사뭇 떨리었다. "아버지는 참
좋은 분입니다. 아버지는 사랑으로 저를 채워 주셨고,
수없는 잘못도 용서해 주셨습니다. 그러나 어찌 제가
자식으로서 가질 수 있는 가장 큰 애정과 존경을 품지
않을 수가 있겠습니까. 하느님도 내려다 보십니다. 하
지만 아버지는 너무……가혹하셔서……."

"무어라고! 가혹하다고?" 아버지는 내 말을 가로막았
다. 일부러 화를 돋우려고 내가 머뭇거리는 줄 아셨던
모양이다.

"아아, 아버지, 그 불행한 마농에 대한 대우가 너무나
가혹하셨어요. G…M…이 하는 말을 곧이 들으셨겠지
요. 그는 마농에 대한 원망으로 더없이 나쁘게만 말했
을 겁니다. 그래서 아버지는 그에 대하여 모진 생각
을 하고 계시지요. 하지만 그처럼 정답고 사랑스런 여
자는 다시없을 것입니다. 왜 하느님은 아버지에게 단
한 번만이라도 그이와 만나볼 생각을 가지시도록 하지
않았을까요! 아버지도 한 번 보신다면 제가 생각하는
이상으로 아름다운 여자라고 생각하실 거예요. 그리고
마농을 두둔해 주실 것이고, G…M…의 음흉한 수작일
랑 증오하실 거예요. 마농이나 저를 가엾게 여겨 주실
거예요. 아아, 자신있는 일입니다. 아버지는 냉정한 분

이 아니세요, 반드시 감동을 받으실 거예요."

내가 흥분한 나머지 마구 지껄여 말을 그칠 듯싶지 않았으므로, 아버지는 다시 나를 제지하였다. 그리고, 그렇게 흥분되어 이야기하지 말고 그 말에 따른 결론은 무엇이냐고 물었다.

"마농이 아메리카로 떠나기만 하면 한시도 저는 살 수가 없습니다. 그러니 제 목숨을 살려 주시라는 것입니다."

"안 될 말이야, 안 돼." 아버지는 엄숙하게 말씀하셨다. "이성도 명예도 없이 사는 너를 보기보다는 차라리 죽어 없어졌으면 좋겠다."

"자, 그럼, 더 말씀드리지 않겠어요!" 하고 나는 아버지의 팔을 붙잡으면서 외쳤다. "이 목숨을, 견딜 수 없는 저주스런 이 목숨을 끊어 주세요. 저를 절망 속에 내던지신 지금은 죽음이야말로 저에 대한 고마운 선물입니다. 그것이 아버지 손에 합당한 선물이에요."

"나는 네 신세에 합당한 것만을 주겠다. 하기야 너 같은 불효자식을 손수 죽이기에 이처럼 오래 기다리지 않은 아버지들이 많을 게다. 그러나 너를 망친 것은 지나친 내 사랑이로구나."

나는 아버지 무릎에 몸을 내던졌다.

"아아, 아직도 그 사랑이 남아 있으시다면……." 하고 나는 무릎을 얼싸안으면서 말을 이었다. "제 눈물에 그처럼 가혹하게 대하지 마세요. 저는 아버지의 아들이 아닙니까…… 아아, 저의 어머니를 생각해 주세요. 그

처럼 아버지가 사랑하였던 어머니를! 아버지의 품안에
서 어머니를 빼앗기신다면 참을 수 있으시겠어요? 목숨
을 다하셔서라도 지켰을 것입니다. 남들이라 해서 어찌
그런 마음이 아니겠어요? 사랑이며, 고민을 한 번 겪어
안 사람이 그처럼 몰인정한 마음을 가질 수 있겠습니
까."

"어머니 얘기는 더 꺼내지 말아." 아버지는 노하신 어
조로 말씀하셨다. "네 어미 일을 생각하면 화가 치민다.
지금 살아서 네 방탕한 이 꼴을 보았다면, 마음의 고통
으로 벌써 돌아가셨을 것이다. 이 얘기도 그만두자. 귀
찮기만 할 뿐, 내 결심은 굽힐 수가 없다. 여관으로 돌
아갈 테니, 날 따라 와."

이렇게 명령하는 쌀쌀하고 가혹한 태도는, 이제 그의
마음을 돌이킬 수 없음을 역력히 알리고도 남음이 있었
다. 나는 아버지가 손수 붙잡지나 않을까 두려워서 몇
걸음 뒤로 물러났다.

"아버지의 뜻을 거역케 만드시고 저의 절망을 더 크
게 하시지 말아 주세요. 아버지를 따라갈 수는 없습니
다. 아버지께서 그처럼 가혹하게 대하여 주신 다음에야
살아 있을 수도 없습니다. 그럼 영원한 작별인사를 올
립니다. 제가 죽은 것을 곧 아시게 되면……." 나는 처
량하게 말을 이었다. "그때는 아버지다운 심정으로 저
를 생각하시겠지요."

아버지의 곁을 떠나려고 돌아섰을 때,

"그래, 날 따라오지 않겠느냐?" 하고 아버지는 노기충

천하여 언성을 높였다. "가라, 가서 네 몸을 망치란 말
이다. 이 천하에 불효한 놈 같으니."

"네, 가겠어요." 나도 흥분하여 대꾸하였다. "이제는
마지막입니다. 냉혹하고 부모답지 않은 부모와는!"

나는 곧 룩상부르 공원에서 나왔다. 미친 사람 모양
드 T…씨의 집까지 거리를 달려갔다. 길을 걸으면서도
눈을 쳐들고 팔을 들며 하느님의 모든 가호를 빌곤 하
였다.

'오오, 하느님, 당신도 인간처럼 무자비하시겠습니
까? 이제는 당신의 구원을 기다릴 밖에 없는 목숨입니
다!'

드 T…씨는 아직 돌아오지 않았으나 내가 도착한 후
이내 돌아왔다. 그의 교섭 또한 나와 마찬가지로 실패
였다. 맥이 풀린 얼굴에 벌써 나타나 있었다. G…M…
의 아들은, 마농이나 나에 대하여 애비만큼은 노해 있
지 않았으나, 우리들을 두둔하기 위하여 감히 부친에게
청원하려 하진 않았다. 마농과의 교제를 꾀하였다고 하
여 심한 꾸지람을 받고 노여움을 산지라, 그 복수심 강
한 노인네를 두려워하더라는 것이었다. 이러고 보니 남
은 길은 이미 드 T…씨가 암시하였던바 폭력수단밖에
는 없는 셈이다. 나는 모든 기대를 그 것에 둘 수밖에
없었다.

"하긴 기대를 걸어 봤자 믿을 수 없는 것이긴 하지만,
내게 있어 가장 확실하고 위안이 되는 기대는 그 일을
꾀하다가 죽어 버리는 일일세."

나는 마음으로나마 나를 원조해 달라고 부탁하고 그
와 헤어졌다. 머릿 속에는 나의 용기와 결의를 더불어
나눌 수 있는 동지들을 모으는 일념 외에는 아무 생각
도 없었다.

먼저 머릿 속에 떠오른 사람은 얼마 전에 G…M…을
붙잡아 두기 위해서 고용했던 그 근위병이었다. 한편
그날 밤은 그의 방에서 보낼 셈이었는데, 오후는 줄곧
마음이 어지러웠던 탓으로 여관을 정할 만한 여유도 없
었던 것이다. 그를 찾아가 본즉 혼자였다. 내가 샤트레
에서 나온 것을 보고 기뻐하였다. 그는 친절하게도 무
엇이든 내 힘이 되어 주겠다고 나섰다. 나는 그로서 도
움이 될 수 있는 일을 설명하였다. 그 일에 따르는 모
든 곤란을 모르리만큼 분별없는 사나이는 아니었으나,
어디 한 번 해보겠노라고 고맙게도 도맡아 주었다. 우
리들은 밤중까지 계획을 세웠다. 그는 지난번 부려 본
일이 있는 세 사람의 얘기를 꺼내면서, 이미 시험해 봤
으니 확실하다고 말하였다. 드 T…씨는 마농 일행을
인솔할 호송병의 수를 정확히 알려 주었는데, 그들은
불과 여섯 명뿐이었다. 담이 크고 든든한 사나이 다섯
만 있으면 놈들을 위협하기에는 충분할 것이다. 이 자
들이란 위험한 일에는 결코 달려들지 않는 얼간이들이
니까 말이다. 내게는 돈푼도 어지간히 있는 처지인만큼
이 습격을 성공시키기 위해서는 돈을 아껴서는 안 된다
고 그는 충고하였다.

"우리들에게는 말이 필요하고, 권총과 각자 기총 한

자루는 있어야 하오. 내일의 모든 준비는 내가 맡겠소. 그리고 병정들에게 입힐 같은 사복이 세 벌 있어야 하오. 군복 차림으로는 이런 일에 관계하기를 꺼릴 테니까요."

나는 드 T…씨에게서 받은 백 피스톨을 그의 손에 쥐어 주었다. 그 돈은 다음 날로 한 푼 남김없이 소비되었다. 세 사람의 병정이 나와 대면하였다. 나는 그들에게 어마어마한 약속을 한 다음, 사기를 돋우고, 또한 의심을 막기 위하여 우선 십 피스톨씩을 나누어 주었다.

이윽고 결행의 날이 다가왔다. 나는 그 중 한 사람을 아침 일찍 감화원으로 보내 호송병들이 죄수와 더불어 떠나는 시각을 직접 알아보도록 하였다. 마음이 불안하고 앞일이 꺼림칙한 나머지 이런 조심성 있는 태도를 취한 것이지만, 그것은 절대로 필요했던 것을 알게 되었다. 나는 그들 일행이 취할 도정에 대하여 약간 거짓이 있을지도 모른다고 추측했는데, 이 불행한 일행이 배에 오르는 게 라 로셀인 줄만 믿고 오르레앙 가로에서 기다리고 있었더라면 큰 낭패를 볼 뻔했던 것이다. 그러나 근위병의 보고로, 일행은 노르만디 가도를 지나르 아브르 드 그라스에서 아메리카로 출발한다는 것을 알게 되었다.

우리들은 이내 쌩 토노레문을 향하기로 했는데, 각각 딴 길을 취할 것을 잊지 않았다. 그리하여 교외 막다른 지점에서 일동이 집결하였다. 우리들의 말은 모두 팔팔

했었다. 얼마 있지 않아 여섯 사람의 호송병과 파시에서 이 년 전에 본 바와 같은 두 대의 허술한 마차가 나타났다. 이 광경을 본 순간 나는 의식과 기력을 잃을 뻔하였다.

"오오, 운명이여, 가혹한 운명이여!" 나는 부르짖었다. "적어도 여기서만은 죽음이 아니면 승리를 허락하여 주오."

우리들은 잠깐 동안 어떻게 습격할 것인가, 그 방법을 의논하였다. 호송병들은 벌써 사백 보 되는 지점에까지 이르렀다. 우리들은, 큰길이 에워싸고 있는 작은 밭을 옆질러 가면 일행을 차단할 수 있었다. 근위병은 이 방법이 좋다는 의견이었으며, 별안간 습격을 감행함으로써 놈들을 무찌르자는 것이었다. 나도 그의 의견에 찬성하고 선두에 나서 말을 몰았다. 그러나 운명은 무참하게도 나의 소원을 저버렸다. 호송병들은 다섯 명의 기사가 그들을 향해 달려옴을 보자 틀림없이 습격 당하는 것으로 짐작했던 모양이다. 그들은 제법 단호한 태도로 칼과 총을 겨누고 방위태세를 취하였다. 이것을 보고 근위병과 나는 용기백배하였으나, 나머지 비겁한 세 놈은 그만 용기를 잃고 말았다. 놈들은 마치 의논이라도 한 듯 말을 멈추더니, 내가 알아듣지 못하게 몇 마디 말을 주고받고는 말머리를 돌려 파리 가로를 쏜살같이 달려갔다.

"아차!" 이 비겁한 도주에 나에 못지않게 놀란 듯 근위병이 외쳤다. "이 일을 어떻게 한담. 우리는 둘뿐이니!"

분노와 놀람에 나는 말문이 막혔다. 우선 저 비겁한 놈들부터 쫓아가서 처벌할까 어쩔까 망설이며, 나는 말을 멈췄다. 죽어라고 도망치는 놈들을 바라보던 나는 또 한편의 호위병들에게 시선을 돌렸다. 내 몸을 두 조각으로 낼 수만 있었다면, 한꺼번에 양편으로 달려들었을 것이다. 모두 무찌르고 싶었다. 번갈아 바라보며, 갈피를 잡지 못하는 나를 보고 근위병은 자기 의견을 들어 달라고 부탁하였다.

"우리 둘밖에 남지 않은 이제, 우리나 다름없이 무장하고 게다가 단호한 태도로 대기하고 있는 여섯 놈에게 덤벼들기란 미친 수작일 수밖엔 없소. 파리로 다시 돌아가서 힘센 놈을 좀더 잘 골라 봅시다. 저렇게 무거운 마차를 거느리고 있으니 놈들은 하루에 많이는 못 갈 것이요. 내일이면 문제없이 따를 수 있소."

이 제안을 잠깐 생각해 보았으나, 어느 편을 둘러 봐도 오직 절망이 있을 따름이라, 아주 자포자기의 결심을 내렸던 것이다. 그것은 근위병의 조력을 사절하고 호송병들을 공격하는 대신 그들에게 굴복하여 그들 일행에 끼어 달라고 부탁하자는 것이었다. 그리하여 마농을 따라 르 아브르 드 그라스까지 가서, 그와 더불어 바다 저편으로 건너갈 작정이었다.

"모든 사람이 나를 핍박하며 배반합니다." 나는 근위병에게 말하였다. "이제는 누구를 믿을 수 있겠습니까. 운명에도 인간의 조력에도 아무런 기대를 갖지 않겠소.

이제는 더없이 불행하게 된 나요. 그러니 단념할 수밖에 없구려. 모든 희망을 버리겠소. 당신의 친절은 하느님이 보답해 주시리다! 안녕히 계시오. 스스로 불운에 몸을 맡겨 나의 악운을 도와서 파멸을 장식하려오."

그는 나를 파리로 데려가려고 무던히 권고하였으나, 나는 응하지 않았다. 나는 내 결심대로 할 터이니 용서하라 하고, 호송병들이 아직도 우리를 보고 공격하는 것으로 알면 불리하니, 곧 떠나라고 부탁하였다. 나는 천천히 그들 곁으로 나아갔다. 하도 맥풀린 얼굴을 하고 있었던지라, 내가 접근함에 별로 겁내는 동정이 없었다. 그러나 방위태세는 풀지 않았다.

"안심하시오." 나는 다가서면서 그들에게 말을 걸었다. "싸우려고 오는 것이 아니오, 청이 있을 뿐이오."

나는 걱정 말고 가던 길을 가자고 청하고 나서 같이 걸으면서, 그들에게 바라는 청이 무엇인가를 말하였다. 그들은 나의 청원을 어떻게 받아들일 것인가를 같이 의논하더니, 일행의 두목이 일동을 대신하여 입을 떼었다. 그의 대답인즉, 여죄수들을 감시하라는 상사의 명은 엄하기 한없는 것이나, 보자 하니 상냥한 분이라 부하들도 다소 눈감아 줄 수는 있는 노릇인데, 그러나 여기에 무엇이 좀 필요하다는 것을 알아 주어야 되겠다는 것이었다. 내게 남은 돈은 십오 피스톨밖에 되지 않았다. 나는 사실대로 총재산이 얼마라는 것을 그들에게 말했다.

"아, 그만하면 넉넉하게 쓸 수 있지요." 하고 호송병

은 말하였다. "당신이 제일 좋아하는 아가씨와 한 시간
얘기하는 데 일 에퀴만 치르면 됩니다. 이게 파리의 시
세니까요."

나는 특별히 마농을 지목해서 말하지 않았다. 그들에
게 내 사랑을 알릴 까닭이 없었기 때문이다. 그들은 처
음에는 그저 젊은이의 심심풀이로 여자들을 집적거려
볼 생각인 줄만 안 모양이었다. 그러나 내가 사랑하고
있음을 눈치챈 후로는 지독하게 세금을 받아내므로, 망
트를 떠나 파시에 다다를 때에는 내 호주머니는 고스란
히 비어 버렸던 것이다.

이 도정에서 마농과 주고받은 이야기가 그 얼마나 가
슴아픈 것이었는지, 그리고 마차에 가까이 가도 좋다는
허락을 받고 그의 모습을 보았을 때 그 어떤 인상을 받
았었는지 굳이 말할 필요가 있는 일일까? 아아, 이런
때 말이란 감정의 절반도 채 나타낼 수 없는 것이다.
하지만 허리통을 쇠사슬로 묶인 나의 애인을 머릿 속에
그려 보시라. 한 주먹이나 되는 짚단 위에 앉아, 머리는
힘없이 마차 한구석에 기댄 채, 파리한 얼굴에는 노상
감고 있는 눈시울이 넘쳐 흐르는 눈물에 젖어 있는 것
이 아닌가. 호송병들이 습격을 두려워하여 법석을 떨
때에도 눈 한 번 거들떠볼 호기심조차도 없었던 것이
다. 더러운 그의 속옷은 누더기가 되었고, 가냘픈 두 손
은 찬 바람에 거칠 대로 거칠어졌다. 결국 그 모든 매
력, 전 우주로 하여금 우상으로 받들게 하리만큼 아름
다운 그의 자태는 이루 표현할 수 없는 어지러움과 피

로에 덮여 있는 듯 보였던 것이다. 나는 마차와 나란히 말을 달리면서 한동안 우두커니 그를 바라보고만 있었다. 넋을 잃은 나는 몇 차례나 말에서 떨어질 뻔했는지 모른다. 나의 한숨소리와 여러 번 그를 부르곤 한 내 음성에, 마침내 그도 이쪽으로 시선을 돌렸다. 나를 알아본 그는, 그 순간 내게 달려오려고 마차 밖으로 몸을 내던지며 몸부림쳤으나 쇠사슬에 묶인 몸인지라 그만 제자리에 털썩 주저앉고 말았다.

나는 호송병들에게 제발 마차를 좀 세워 달라고 애원하였다. 돈이 탐난 놈들은 승낙하였다. 나는 그의 곁으로 가 앉으려고 말에서 내렸다. 마농은 어찌나 피로하고 쇠약했던지 한참 동안이나 말할 기력도 손을 움직일 힘도 없었다. 그 동안 나도 하염없이 그의 손등에 눈물만을 흘렸다. 나 또한 말문이 막힌 채 우리들은 우두커니 앉아만 있었으니, 이보다 더 구슬픈 모습이 이 세상 어디에 또 있을 수 있겠는가. 마침내 입을 열어 주고받은 이야기도 한갓 구슬프기만 했던 것이다.

마농은 거의 말을 하지 않았다. 수치와 고통에 목이 메었다고나 할까, 목소리는 약하게 떨고 있었다. 그는 자기를 잊지 않은 것을 감사하고, 다시 한 번 마지막이나마 나를 만나보며 작별인사를 드릴 수 있게 해주어서 만족하다고 한숨지으면서 말하였다. 그러나 무슨 일이 있더라도 그와 헤어지지 않을 것이요, 세상 끝까지라도 그를 따라가 그의 힘이 되고, 사랑하고, 영원히 불행한 운명을 같이할 각오라고 다짐하자, 이 가엾은 여인은

그만 애처롭고도 번민에 넘친 감정에 사로잡혀 생명이
염려스러우리만큼 강렬한 감동에 흐느끼는 것이었다.
그의 심혼의 온갖 움직임이 그의 두 눈에 집중되는 것
같았다. 그 눈으로 말끄러미 나를 바라보고만 있었다.
몇 차례나 입을 떼어 무슨 말인가 머뭇거리다가는 입밖
에 낼 기력이 없는 모양이었다. 그러나 간신히 몇 마디
새어나왔다. 그것은 나의 사랑에 대한 감격의 표시요,
지나친 사랑에 대한 흐뭇한 꾸지람이요, 그토록 비할
데 없는 사랑으로 행복을 누려도 좋으냐는 의문의 표시
요, 또한 자기를 따르려는 생각일랑 버리고 내게 합당
한 행복— 도저히 자기와는 바랄 수 없는 행복을 딴 곳
에서 찾으라는 애원이었다.

　이 세상에서 가장 잔혹한 운명에 처해 있으면서도,
나는 그의 아리따운 눈초리와, 그리고 나에 대한 그의
사랑의 확신 가운데, 나의 행복을 느끼는 것이었다. 실
상 나는 세상 사람들이 탐내는 모든 것을 잃은 셈이다.
그러나 마농의 사랑을 차지했으니, 오직 이것이야말로
나에게 귀중한 보배였다. 유럽에서 살거나, 아메리카에
서 살거나 나의 애인과 더불어 행복하게 살 수만 있다
면야 어디서 살든 무슨 문제란 말이냐? 온 세계가 충실
한 두 애인의 보금자리가 아니겠느냐? 그들은 서로가
아버지요, 어머니요, 가족이요, 벗이요, 재물이요, 행복
이 아니겠느냐? 혹 무슨 걱정거리가 있다면, 그것은 가
난으로 말미암아 마농을 고생시키지나 않을까 하는 것
이었다. 벌써 나는 그와 더불어 황막하고 야만인이 사

는 광야에 몸을 둔 느낌이었다.

'그곳에는 G…M…이나 아버지와 같은 냉혹한 사람들은 분명히 살고 있지 않을 것이오, 딴 건 몰라도 평화롭게 사는 것은 방해하지 않겠지. 사람들의 말이 옳다면 그들 토인들은 자연의 법칙에 따라 살고 있을 것이오. G…M…이 사로잡힌 악착스런 탐욕도, 아버지로 하여금 날 원수로 삼게 한 명예라는 헛된 생각도 그들은 모를 것이오. 그들이나 다름없이 단순하게 사는 두 애인을 괴롭힐 리가 없소.'

그러니 이런 점에서는 안심이었다. 그러나 인간 생활의 필수품이란 점에 생각이 미치자, 그저 낭만적인 생각에 잠겨 있을 수는 없었다. 없어서는 견딜 수 없는 필요한 물건들이 있다는 것, 특히 풍족하고 안락한 생활에 길들여진 가냘픈 여인에게는 그러하다는 것을 나는 너무나도 잘 알고 있다. 헛되이 돈을 써버린 것을 생각하면, 또 그나마 몇 푼 남은 돈까지도 협잡꾼 호송병들에게 털릴 것을 생각하면 다만 절망이 있을 따름이었다. 만약 내게 돈이 좀 있으면 돈이 귀한 아메리카에서 당분간 고생을 면할 수 있을 뿐만 아니라, 앞으로의 기반을 위해서 일을 시작할 수도 있을 텐데, 하고 생각하는 것이었다. 이 생각 끝에 나는 티벨쥬에게 편지를 쓰기로 마음먹었다. 그는 늘 즉석에서 친구로서의 원조를 아끼지 않았던 사람이다. 나는 처음 지나친 마음에서 그에게 편지를 썼다. 황급한 사정으로 르 아브르 드 그라스에 가지 않을 수 없게 되었다는 사연 외에는 아

무것도 적지 않았는데, 다만 마농을 동반한다는 사실만
은 고백하였다. 백 피스톨을 빌려 달라고 부탁하였다.

　……르 아브르에서 우편국장의 손으로부터 받도록 해
주게. 자네 우정에 폐를 끼치는 것도 이번이 마지막일
세. 자네도 아다시피 나의 불행한 애인은 영원히 내게
서 박탈당하게 된즉, 그의 운명과 나의 죽도록 괴로운
미련을 덜 수 있는 무슨 도움을 보태 주지 않고는 떠나
보낼 수가 없구려.

　호송병들은 나의 사랑의 열렬함을 알자 더욱 가혹하
게 굴어, 급기야는 아무것도 아닌 호의에도 자꾸만 값
을 올리는 바람에, 얼마 가지 않아 나는 한 푼 없는 신
세가 되어 버렸다. 한편 사랑은 돈주머니를 걱정하지
않았다. 나는 아침부터 저녁까지 줄곧 마농 곁에 붙어
있곤 하였는데, 이제는 시간 단위의 계산이 아니요, 하
루가 단위였던 것이다. 마침내 돈주머니를 털털 턴 다
음에는 여섯 놈의 학대와 제멋대로의 장난에 직면하게
되었거니와, 놈들의 태도는 도저히 견딜 수 없는 거만
한 것이었다. 선생께서 파시에서 목격하신 바 그대로이
다. 선생님을 만나뵙게 된 것은 운명의 신이 허락하여
준 행복의 일순간이었다. 나의 고통을 보고 품으신 그
동정은 참으로 내게 있어 유일한 힘이 되어 준 것이었
다. 그리하여 선생님께서 아낌없이 베풀어 주신 도움의
덕택으로 르 아브르에 도착할 수 있었는데, 호송병들은

뜻밖에도 충실히 그 약속을 지켜 준 것이었다.

우리들은 르 아브르에 도착하였다. 먼저 나는 우편국
에 가보았다. 티벨쥬가 회답을 보내 오기에는 아직 때
가 일렀었다. 언제나 받을 수 있는가를 상세히 알아본
즉, 이틀을 더 기다리지 않으면 안 된다는 것이었는데,
악운은 뻗칠 대로 뻗쳐, 우리들의 배는 예정된 날 아침
에 떠나기로 되어 있었다. 그때의 나의 절망은 이루 표
현할 수가 없었다.

"아니! 이 불행의 밑바닥에서도 나는 항상 더큰 불행
에 짓밟혀야만 한단 말이냐!" 나는 울부짖었다.

"아아! 이다지도 고달픈 삶인 것을, 무슨 보람으로
이토록 악을 쓰며 살아야만 하겠어요? 차라리 이곳 르
아브르에서 죽어 버리지요. 목숨을 끊어 단숨에 우리들
의 불행을 씻어 버려요! 끔찍한 학대를 받을 수밖에 없
는 낯선 나라에까지, 어떻게 이런 불운을 짊어지고 가
겠어요, 저는 형벌을 받으러 가는 몸이니까 아예 죽어
버리지요, 네?" 하고 그는 되풀이하였다. "아니, 저만이
라도 죽여 주세요. 그리고 당신일랑 더 행복한 애인의
품안에서 새로운 운명을 찾아 주세요."

"아니오, 그럴 수는 없소. 당신과 더불어 있으면 불행
한들 도리어 흡족한 운명이오."

그의 말을 듣고 나는 몸서리쳤다. 그의 불행에 한없
이 괴로워하고 있음을 안 것이다. 죽음이니 절망이니
하는 생각들을 없애기 위해 나는 태연한 태도를 가지려
애썼다. 앞으로도 같은 태도를 지속하기로 결심하였는

데, 그후 사랑하는 남자의 대담성만큼 여자에게 용기를
북돋워 주는 것은 아무것도 없다는 것을 나는 깨달았
다.

티벨쥬에게서 원조를 받을 희망을 잃게 되자, 나는
말을 팔았다. 그 대금과 선생께서 받은 나머지 돈을 합
쳐, 그럭저럭 십칠 피스톨의 돈을 장만하게 되었다. 그
중 칠 피스톨로 마농에게 필요한 몇 가지 위안거리를
사주고, 나머지는 아메리카에서의 우리들의 운수와 희
망의 밑천으로 소중하게 간직하였다. 나는 무난하게 같
은 배에 오를 수가 있었다. 때마침 식민지행을 자진하
는 젊은이들을 모집하고 있던 중이었다. 배삯이며 식비
까지도 무료였다. 파리행의 우편차가 다음날 떠나기로
되어 있었으므로, 티벨쥬에게 편지를 한 통 써놓았다.
실로 감동 어린 그 편지는 틀림없이 티벨쥬의 마음 속
깊이 안타까운 정을 불어넣었을 것이니, 이 편지를 읽
고 그는 불행한 친구에 대한 무한한 애정과 연민의 정
이 아니고서는 도저히 행할 수 없는 결심을 갖기에 이
르렀던 것이다.

마침내 우리들의 배는 출범하였다. 줄곧 순풍이었다.
나는 선장으로부터 마농과 나를 위한 별실을 얻었다.
그는 친절하게도 우리들을 천한 일행과는 달리 대해 주
었다. 나는 첫날 그를 외딴 곳으로 불러내어, 그의 각별
한 대우를 부탁할 셈으로, 우리들의 불우한 신세에 관
한 얘기를 일부 들려 주었던 것이다. 나는 마농과 결혼
한 몸이라고까지 얘기했지만, 수치스러운 거짓이라는

죄스러운 마음은 없었다. 그는 이 말을 믿은 모양으로,
그의 보호를 약속하여 주었다. 우리들은 항해하는 동안
줄곧 그의 은혜를 입었다. 그는 식사도 훌륭하게 대접
하려고 돌봐 주곤 하였으며, 그가 이와 같은 성의를 베
푸는 것을 보자 같은 불행한 동행들도 우리들을 우러러
보게 되었다. 나는 마농이 조금이라도 불편을 느끼지
않도록 계속 주의를 게을리하지 않았다. 마농도 이 뜻
을 잘 이해하고 있었는데, 자기로 말미암아 내가 이렇
듯 야릇한 불행에 빠졌다는 심한 후회의 느낌까지 한데
어울려, 더없이 정깊고 정열적인 여인이 되었을 뿐만
아니라, 나의 사소한 요구에도 지극한 정성으로 대하곤
하여, 마치 우리 둘 사이의 관계는 봉사와 사랑의 끝없
는 경쟁 같기만 하였다. 나는 조금도 유럽을 아쉬워하
지 않았다. 오히려 이와는 반대로 아메리카에 가까워지
면 가까워질수록 한결 가슴이 넓어지고 평온하여지는
느낌이었다. 만약에 그곳에서 생활에 절대 필요한 물건
들에 부자유를 느끼지 않을 자신만 가질 수 있었다면,
나는 우리들의 불행에 이토록 호의에 넘친 전환을 가져
온 것에 대하여 운명의 신에 감사했을 것이다.

　두 달에 걸친 항해 끝에 이윽고 우리들은 그립던 해
안에 다다랐다. 처음 보기에는 무엇 하나 마음 즐겁게
하는 것이 없었다. 황막하고 인적 없는 들이요, 오직 몇
포기 갈대와 바람에 시달린 앙상한 나무 몇 그루가 보
일 따름이었다. 사람의 흔적도, 동물의 발자취도 없었
다. 그러나 선장이 몇 방의 대포를 쏘자, 잠시 후에 한

떼의 누벨 오르레앙 시민들이 나타나더니 사뭇 즐거운
빛을 띠고 우리들 쪽으로 가까이 다가왔다. 마을은 보
이지 않았다. 저편 작은 언덕 뒤에 숨어 있었다. 우리들
은 마치 하늘에서 내려온 사람처럼 환대를 받았다. 이
가엾은 주민들은 프랑스의 형편이며, 자기네들 고향 소
식을 들으려고 마구 질문을 퍼붓는 것이었다. 그들은
마치 형제인 양, 그리고 그들의 불행과 고독을 나누기
위하여 찾아온 친한 동지인 양 우리들을 포옹하곤 하였
다. 일행은 그들과 함께 마을로 향했다. 그러나 가까이
감에 따라, 그때까지 훌륭한 마을이라 자랑하던 것이
한갓 초라한 몇몇 움막의 집단인 것을 발견하고 놀라움
을 금할 수가 없었다. 그 움막에는 오륙백 명의 주민들
이 살고 있었다. 촌장의 집은 그 위치와 높이로 자연
뛰어나 보였다. 흙을 쌓아 올려 만든 벽돌로 보호되어
있었는데, 그 주위에는 넓은 못이 에워싸고 있었다.

먼저 우리들은 촌장에게 소개되었다. 그는 오랫동안
선장과 수군거리더니, 다시 돌아와서는, 배에 실려 온
여인들을 한 사람 한 사람 검문하였다. 그들은 서른이
나 되었는데, 르 아브르에서 또 한떼와 합류되었기 때
문이다. 촌장은 오랫동안 고루고루 그들을 살펴본 다
음, 신부를 기다리다 못해 지친 마을의 여러 젊은이들
을 불러들였다. 그는 유력한 자들에게 그 중에서 가장
고운 여자들을 내주고, 나머지는 제비를 뽑게 하였다.
그는 마농에게는 한 마디 말도 하지 않더니, 이윽고 모
두 물러가게 한 다음, 그와 나만을 남게 하였다.

"선장에게서 들었소이다." 하고 그는 우리에게 말하였다. "결혼하셨다지요. 그리고 항해 중 두 분이 다 교양 있고 훌륭한 분이라는 것도 보아 왔다고 하더군요. 무슨 이유로 이런 불행을 당하셨는지 캐고 싶진 않습니다. 하지만 당신들이 처세의 길을 체득하고 계시다면— 하긴 얼굴에 나타나 보입니다만—나도 당신들의 불행을 덜어 드리기 위해 힘을 아끼지 않겠소. 당신들도 이 거칠고 황막한 곳에, 조금이라도 즐거움을 가져올 수 있도록 힘써 주시기 바라오."

나는 우리들에 대한 그의 생각에 어긋나지 않도록 가장 만족스러운 대답을 주었다. 그는 분부를 내려 우리의 숙소를 준비케 하더니, 붙잡으면서 저녁을 같이하자고 권하는 것이었다. 불행한 추방자들의 두목으로서는 퍽 예의 바른 사람이었다. 그는 우리들의 모험의 내정에 대해서 노골적으로 묻지 않았다. 주고받은 이야기는 평범한 것이었으며, 마농과 나 또한 비탄에 잠겨 있으면서도, 회화를 즐겁게 하려고 힘썼다.

밤이 되어 준비한 집으로 우리들은 안내되었다. 가본즉, 그곳은 판자와 진흙으로 된 초라한 움막으로, 땅바닥에 방 두어 칸과 천장, 웃방이 한 칸 있을 뿐이었다. 그리고 걸상 대여섯 개와 살림 세간 몇 개가 널려 있었다. 너무나도 초라한 집꼴을 보고 마농은 기가 막히는 모양이었다. 그가 마음 괴로워한 것은 자기 때문이 아니라 나를 위해서였다. 우리 둘만 남게 되자 자리에 걸터앉더니 하염없이 쓴 눈물을 지었다. 처음에는

그를 위로하려고 하였으나, 그가 슬퍼하는 것은 오직
나를 생각해서요. 우리들의 불행 중에서도 나의 괴로움
만이 마음에 걸리노라는 그의 고백을 듣고, 나는 용기
와 기쁨에 넘친 태도를 보여 그에게 힘을 돋우려고 애
썼다.

"내게 무엇이 불만스럽겠소? 나는 원하는 모든 것을
소유하고 있지 않소. 당신은 날 사랑하오. 그외에 무슨
행복을 내가 바란 적이 있었단 말이오? 우리의 운명은
하느님께 맡깁시다. 크게 염려할 것은 없을 것이오. 촌
장도 은근한 사람이요, 우리에게는 각별한 호의를 베풀
고 있으니, 부자유하게 고생시키지는 않을 것이오. 이
집의 가난한 꼴이며 초라한 살림이 안타깝지만, 당신도
보아 아다시피 이보다 나은 집이나 살림을 가진 사람은
이 마을에 별로 없는 것이 아니오. 그리고……." 그를
품안에 껴안으며 나는 말을 이었다. "당신은 놀라운 화
학자요. 모든 것을 황금으로 바꿔 놓을 수 있으니까요."

"그렇다면 당신은 이 세상의 누구보다도 제일가는 부
자예요." 하고 그는 대답하였다. "당신의 사랑과 같은
깊은 애정이 없지만, 또 당신만큼 진정으로 사랑받는
이도 없을 테니까요. 전 잘 알고 있어요. 전 당신으로부
터 이토록 사랑받을 값이 없는 여자임을 잘 알고 있어
요. 저는 무척 괴로움을 끼쳐 드렸어요. 한없이 너그러
운 마음을 갖지 않고서는 도저히 용서할 수 없는 일뿐
이었지요. 경박하고 변덕스러웠고 진정 당신을 사랑하
면서도 배은망덕한 짓만 해왔어요. 하지만 제가 이제는

딴 사람이라고 말씀드리면 믿지 않으려 하시겠지요. 프랑스를 떠난 후 메마를 새 없이 흘린 눈물은 단 한 번도 저의 불행을 슬퍼해서 운 것이 아니었어요. 당신이 저의 불행을 같이 해주신 다음부터는 말끔히 잊었던 거예요. 저의 눈물은 오직 당신에 대한 사랑과 동정의 눈물이었어요. 당신에게 슬픔을 끼친 일은 죽도록 저의 한이 될 거예요. 저는 끝없이 경박한 마음을 뉘우치며, 또 당신이 사랑으로 말미암아 보람없는 불행한 여인을 위해 해주신 일을 생각하며 감격에 잠기곤 해요. 제가 온몸의 피를 쏟더라도 당신께 끼쳐 드린 고통의 절반만큼도 갚아 드릴 수 없을 거예요."

그의 눈물, 그의 말, 그리고 그 목소리가 어찌나 강한 감동을 주었던지, 금시 나의 영혼은 두 갈래로 갈라질 것만 같았다.

"그만하오, 그만, 사랑하는 마농, 당신 사랑의 그처럼 과격한 고백을 견디어 낼 힘이 나에게는 없구려, 이다지도 강한 기쁨에 미칠 것만 같소. 오오, 하느님." 나는 하늘을 향해 울부짖었다. "이제는 무엇을 더 바라리오! 저는 마농의 사랑을 꽉 쥐었나이다. 저의 행복을 위해 바라 온 것은 오직 그것뿐이었습니다. 이제는 행복하지 않을 수 없으며, 이 행복은 확고히 뿌리박았나이다."

"그 행복이 제게 달려 있는 것이라면, 꼭 그대로예요. 믿어 주세요. 저도 저의 행복을 어디에서 찾을 것인지 잘 알겠어요."

나는 이 즐거운 생각을 안고 잠자리에 누웠으니, 초

라한 움막은 세계 제일의 왕에 합당한 궁전으로 변하였다. 이제부터는 아메리카가 지상의 낙원으로 느껴졌던 것이다.

"사랑의 참다운 기쁨을 맛보려거든……." 하고 나는 자주 마농에게 말하였다. "누벨 오르레앙에 와서 살 일이야. 이곳에서야말로 사람들은 이기심도, 질투도, 불실한 마음도 없이 사랑할 수 있단 말이야. 조국의 사람들은 황금을 찾으러 이곳에 오지만, 우리가 그것보다 더 귀중한 보배를 발견한 것은 꿈에도 생각 못하거든."

우리들은 촌장과의 우정을 두텁게 하려고 정성을 기울였다. 그는 우리가 도착한 지 몇 주일 만에 때마침 보루공사에 자리가 비었다고 하여 일자리를 알선해 주었다. 따는 별다른 일자리는 아니었지만, 하늘이 주신 은혜려니 하고 수락하였다. 이 일터로 말미암아 우리들은 남의 신세를 지지 않고 살아갈 수 있게 되었다. 그리하여 내 하인 한 사람과 마농을 위한 몸종 한 사람을 고용하였다. 우리의 작은 살림도 궤도에 오른 셈이다. 나는 몸가짐에 조심하였거니와 마농 또한 나에 지지 않았다. 우리들은 기회 있는 대로 이웃 사람들에게 도움을 베풀고 착한 일을 해주었다. 이 친절한 마음씨와 상냥한 태도로 말미암아 우리들은 모든 식민지 사람들의 신뢰와 사랑을 한몸에 지니게 되었다. 이리하여 단시일 동안에 그처럼이나 존경을 받게 된 우리들은 촌장의 다음 가는 인물로 추대받을 정도였다.

매일 하는 일이 단순하였을 뿐만 아니라 줄곧 평온한

가운데 살아온 탓으로 우리들은 은연중 종교를 다시 찾
게 되었다. 마농은 결코 신앙심이 없는 여자는 아니었
다. 나도 방탕한 생활에 무종교를 표방함으로써 영광을
삼는 터무니없는 탕자는 아니었다. 사랑과 젊음이 우리
들의 온갖 방종을 가져왔을 뿐이다. 그러나 생각하여
보면 경험이 나이를 대신한 셈이요, 긴 세월이나 다름
없는 효과를 나타낸 것이었다. 늘 깊은 생각에서 우러
나오곤 한 우리들의 대화는, 부지중에 우리들로 하여금
도리에 닿는 사랑을 동경하게 만들었다. 이 변화를 먼
저 마농에게 제의한 것은 나였다. 나는 그의 마음의 요
소를 잘 알고 있다. 모든 감정에 있어 곧고 솔직한 그
는 미덕을 지향하는 훌륭한 성분을 가지고 있는 것이
다. 나는 우리의 행복에 오직 한 가지 결함이 있음을
그에게 설명해 주었다.

"다름아니라 하느님의 뜻에 합당하게 하는 일이오.
우리들은 너무나도 아름다운 영혼과 다같이 아름다운
마음을 가지고 있는데, 어찌 예사로이 본분을 잊고 살
아 갈 수 있단 말이오. 프랑스에서 그렇게 지내 온 것
은 하는 수 없었소. 거기서는 서로 사랑을 단념할 수도,
그렇다고 정당한 방법으로 서로를 만족시킬 수도 없었
으니까요. 하지만 이곳 아메리카에서는—오직 우리 하
기에 달려 있고, 계급이니 특권이니 하는 따위 제멋대
로의 법칙에 구애될 필요도 없고, 게다가 남들은 우리
가 결혼한 것으로 믿고 있는 이곳에서라면, 이제 정식
으로 결혼해서, 종교가 허락하는 신성한 맹세로 우리의

사랑을 보다 드높은 것으로 한들 그 누가 훼방하겠단
말이오. 나로서는 몸도 마음도 이미 당신 것이오. 이제
새삼스레 바친다 한들 새로운 것은 없소. 다만 하느님
의 제단 아래서 다시 한 번 바치려는 마음뿐이오."

　이 말은 그를 몹시 기쁘게 한 것 같았다.

　"아메리카에 건너온 뒤, 저는 늘 그 생각을 해왔다고
말씀드린다면 아마 곧이 안 들으시겠지요. 하지만 당신
이 불쾌히 여기실까 두려워서 가슴속에 묻어 두고 있었
던 거예요. 당신의 아내가 되겠다는 외람된 생각을 가
질 수 없으니까요."

　"아아, 마농! 만일 하느님이 나를 왕관을 씌워 이 세
상에 보내 주셨다면, 당신은 곧 왕비가 될 것이오. 무엇
을 망설인단 말이요. 이제는 아무런 훼방도 두려워할
필요가 없소. 곧 오늘이라도 그 뜻을 촌장께 얘기하고,
오늘날까지 속여 온 것을 고백하려오. 비겁한 애인들에
게나 이 결혼이 풀려야 풀 수 없는 쇠사슬이 두려울 것
이오. 만약 우리들처럼 사랑의 쇠사슬에 굳게 묶여 있
다면 두려워하지 않으련만."

　이와 같은 결정에 마농은 미칠 듯 기뻐 날뛰었다.

　나는 믿거니와, 이 세상에 교양 있는 사람이라면, 어
찌할 수 없는 정열에 숙명적으로 정복되고, 그나마 억
누를 수 없는 회한에 시달린 당시의 나의 심경으로서,
그런 생각을 품게 된 것을 이해 못할 자는 없을 것이
다. 그러나 하느님의 뜻에 들려고 이렇듯 계획한 일이
도리어 하느님의 손으로 거절당했을 때, 그 가혹함을

원망한다면 누가 이 원망을 불의한 것으로 비난할 것이
겠는가? 아아! 거절당하였다고? 아니, 하느님은 차라
리 죄악이나 다름없이 벌주신 것이다! 하느님은 내가
악덕의 길을 맹목적으로 걷는 동안 꾹 참고 계셨다가,
이윽고 내가 미덕으로 돌아가려는 때를 위하여 가장 잔
혹한 형벌을 준비하셨던 것이다. 내 이야기 중에도 다
시없이 불행한 사건을 끝까지 얘기할 기력이 과연 남아
있을는지 두려워지는 것이다.

　마농과 합의가 된지라 우리의 결혼식 승낙을 얻으려
촌장을 찾아갔다. 만약 그때 마을에서 단 한 사람의 사
제인 교계사가 촌장의 입회 없이 식을 올려 줄 것이 확
실하기만 했다면, 굳이 촌장에게나 그 누구에게도 이야
기하지 않았을 것이다. 그러나 그가 말을 내지 않으리
라고는 감히 바랄 수 없었으므로, 당당하게 행동하기로
결심하였던 것이다. 촌장에게는 그가 몹시 귀여워하는
센느레라는 조카가 있었다. 나이 서른 살이었는데, 용
감하나 난폭하고 성급한 사나이였다. 아직 결혼하지 않
은 독신자였다. 마농의 아름다움은 우리가 도착하던 첫
날부터 그의 마음을 뒤흔들어 놓았던 것인데, 그후 열
달 가까운 세월에 마농을 대하는 기회가 수없이 거듭됨
에 따라 그의 가슴의 연정은 끓어올라, 남몰래 속을 태
우고 있었던 것이다. 그러나 숙부를 위시하여 온 마을
사람들과 함께, 우리가 결혼한 사이로 믿었으니만큼 자
기 사랑을 억제하고, 조금도 그런 기색을 밖에 나타내
보이지 않았거니와, 기회 있는 대로 나에 대한 극진한

호의를 베풀기까지 했다. 보루에 가본 즉, 그는 숙부와
같이 있었다. 나는 그에게 내 계획을 숨겨야만 할 아무
런 이유도 없었기 때문에, 함께 있는 자리에서 터놓고
얘기하였다. 촌장은 여느 때나 다름없는 호의로서 내
말을 들어 주었다. 나는 그에게 나의 사랑의 얘기까지
도 들려 주었는데, 그는 즐겨 귀를 기울였거니와, 결혼
식에 부디 참석해 달라는 나의 부탁을 듣자, 관대하게
도 혼인잔치의 온갖 비용을 자진하여 도맡겠노라고 하
였다. 나는 무척 만족하여 물러갔다.

　한 시간 후에 교계사가 집으로 찾아왔다. 나는 결혼
식에 관한 몇 가지 주의를 주려고 왔거니 생각하였다.
그러나 쌀쌀하게 인사한 다음, 그는 촌장이 내 결혼을
허락하지 않으며, 마농에 대해서는 딴 의견을 가지고
있노라고 간단히 전달하였다.

　"마농에 대해서는 딴 의견이시라고요!" 나는 가슴이
터질 것 같은 충격을 느끼면서 물었다. "대체 어떤 의견
이에요? 신부님."

　그는 대답하여 말하기를, 당신도 아다시피 촌장은 이
마을의 지배자인즉, 마농이 프랑스에서 압송되어 온 이
상 그의 운명을 결정할 권리가 촌장에게 있는 것인데,
여태까지 그렇게 하지 않은 것은 결혼한 것으로 알고
있었기 때문이다. 이제 그렇지 않다는 사실을 내게서
들어 알았으니만큼, 마농을 사모하는 센느레에게 주는
것이 마땅하다고 생각한 것이라 하였다. 삽시에 흥분한
나머지 나는 조심성을 잃어버렸다. 노기를 띤 어조로

냉큼 사라지라고 교계사에게 호통을 하고, 촌장이건 센
느레이건 마을의 어느 놈이건 내 아내에게, 아니 놈들
이 그렇게 부르기를 원한다면, 내 정부에게 손가락 한
개라도 대지 못할 것이라고 고함을 질렀다.

나는 곧 방금 들은 불길한 소식을 마농에게 알렸다.
센느레란 놈이 내가 돌아간 후 그 아저씨인 촌장을 꾄
것이요, 오래 전부터 획책하여 오던 것임에 틀림없다고
우리들은 짐작하였다. 그들은 우리보다 유력한 자들이
었다. 게다가 누벨 오르레앙이란 바다 한복판이나 다름
없었으니 광막한 공간에 의하여 딴 세계와 격리되어 있
었던 것이다. 어디로 달아날 것인가?—낯설고, 황막한
맹수가 살고, 그에 못지않은 야만인들이 살고 있는 고
장에서 말인가? 나는 마을 사람들의 존경을 받고 있었
다. 하지만 이 불행에서 구원받기 위하여 그들을 내 편
으로 끌어들인다는 것은 바랄 수 없는 일이었다. 그러
기 위해서는 돈이 있어야만 했다. 그러나 무슨 돈이 내
게 있단 말인가. 한편, 민중을 선동한다는 일은 성공의
가능성이 희박하니만큼 만약 우리들의 운이 나쁘다면
그야말로 헤어날 도리없는 불행에 빠질 따름이다. 나는
하염없이 이러한 생각 속에 헤매었다. 그 일부를 마농
에게 얘기했다. 그의 대답을 듣기도 전에 딴 생각에 잠
겼다. 어떤 결심을 취하는가 하면, 금세 그것을 버리고
딴 생각에 쏠리곤 하였다. 혼자서 지껄이고 큰 소리로
자기의 생각에 대답하였다. 마침내 나는 그 무엇에도
비할 수 없는 고뇌에 빠졌으니, 일찍이 경험하여 본 일

이 없는 그런 혼란이었다. 마농은 말끄러미 나를 쳐다
보고만 있었다. 그는 나의 고민의 모습을 보고 얼마나
재난이 큰 것인가를 깨달았던 것인데, 이 정다운 여인
은 자기를 위해서라기보다는 오히려 나를 걱정하여 몸
을 떨 뿐, 감히 입을 열어 자기의 불안에 대해서 한 마
디도 말을 못하는 것이었다.

생각다 못해 마침내 촌장을 찾아가서, 그의 명예심에
호소하고, 지난날의 나의 경의와 그의 애정을 되살려
그의 마음을 돌이켜 보기로 마음먹었다. 마농은 내가
나가는 것을 말리려고 하였다. 두 눈에 눈물을 머금고,
그는 이렇게 말하였다.

"당신은 죽으러 가시는 거예요. 그들은 당신을 죽이
려 할 거예요. 이제 다시는 만나뵐 수 없으니, 당신보다
앞서 내가 죽겠어요."

그런 것이 아니라 내가 나가 봐야 하며, 또 마농은
집에 머물러 있어야만 한다는 것을 나는 간신히 타일렀
다. 그리고 금세 돌아오겠노라고 약속하였다. 그러나
하느님의 노여움과 우리의 원수들의 저주는 바로 마농
위에 뿌려지게 마련일 줄은, 마농도 나도 몰랐던 것이
다.

나는 보루로 갔다. 촌장은 신부와 같이 있었다. 오직
그의 마음을 움직일 셈으로, 딴 이유에서라면 수치에
못 이겨 죽으리만큼 비굴한 겸손을 보였던 것이다. 냉
혹하고 잔인한 짐승이 아닌 이상 가슴 깊이 감동을 받
지 않을 수 없는 온갖 성의를 다 쏟았다. 그러나 잔혹

한 그자는 내 탄원에 단 두 마디 대답을 되풀이할 따름
이었다. 마농의 운명은 내 손에 쥐어진 것이요, 이미 조
카에게 약속했다고 말하였다.

나는 끝까지 내 자신을 죽여 빌어 볼 결심을 하고,
계속하여 말하기를, 그처럼 당신을 벗으로 믿고 있는
내가 죽는 것을 당신은 차마 원하지 않을 것이요, 애인
을 잃느니보다 나는 차라리 죽음을 택할 것이라고 하였
다.

그곳에서 물러나올 때 나는 이 완고한 노인에게 기대
할 수 있는 건 아무것도 없음을 너무나도 역력히 깨달
았다. 자기 조카를 위해서라면 천 번이라도 지옥에 떨
어져 후회하지 않을 영감이었으니 말이다. 그러나 나는
끝까지 겸손한 태도를 견지하면서, 뱃속으로는 만일 놈
들이 끝내 불의한 짓을 감행하기만 하면 일찍이 보지
못한 끔찍하고 피비린내나는 장면을 아메리카에서 연출
할 결심을 먹었다. 그런 계획에 골몰하면서 집으로 돌
아갈 때였다. 나의 파멸을 재촉하는 운명의 장난이라고
할까, 나는 우연히 센느레와 길에서 마주치게 되었다.
그는 내 눈길 속에서 내 생각의 일부를 읽은 모양이었
다. 앞서 말한 바와 같이 그는 용감한 사나이였다. 내
앞으로 다가오더니,

"나를 찾는 것은 아닌지?" 하고 말하였다. "이번 일에
자네가 노하고 있는 것은 나도 알고 있네. 어차피 자네
와 결판을 내지 않으면 안 되겠다는 것도 이미 각오한
바일세. 자, 누가 보다 행복을 누릴 수 있겠나 겨누어

보세."

나는 옳은 말이요, 우리들의 싸움을 끝장 내는 것은
내 죽음밖에 없을 것이라고 대답하였다. 우리들은 백
보 가량 마을 밖으로 나아갔다. 둘은 칼을 뽑았다. 나는
그에게 상처를 주고, 그와 동시에 칼마저 빼앗아 버렸
다. 이 실패에 노기충천한 그는 목숨을 비는 일도, 마농
을 단념하는 일도 거절하였다. 이때 나는 일격으로 그
의 목숨을 빼앗고 싶었으나, 아량 있는 내 기질을 스스
로 어길 수가 없었다. 나는 그의 칼을 던져 주었다.

"다시 시작하세. 이번엔 용서없네."

그는 이루 표현할 수 없는 분노에서 마구 공격하여
왔다. 솔직한 고백이지만 파리에서 불과 석 달 가량의
훈련밖에 받은 일이 없는 나는, 검술에는 통히 자신이
없었다. 그러나 사랑의 일념이 내 칼을 인도하였다. 센
느레는 내 팔을 서너 군데 찔렀다. 그러나 내가 틈을
타서 어찌나 힘찬 일격을 가했던지, 그는 그만 내 밑에
나가떨어져 꼼짝도 하지 않았다.

치열한 싸움 끝에 얻은 승리의 기쁨에도 불구하고,
나는 센느레의 죽음이 어떤 결과를 가져올 것인가를 생
각지 않을 수 없었다. 나로서는 그 어떠한 은전도 형의
유예도 바랄 수 없는 처지였다.

조카에 대한 촌장의 사랑이 얼마나 두터운가를 잘 알
고 있는 터에, 만약 그가 조카의 죽음을 안다면 일각의
유예도 없이 내게 죽음이 닥쳐 오리라는 것은 분명했
다. 그러나 아무리 이 두려움이 강했다 할지라도 내 불

안의 최대 원인은 되지 못했던 것이다. 마농, 그에 대한
염려, 그에게 닥쳐 올 위험, 그를 잃을 수밖에 없는 운
명─이러한 생각들은 눈앞을 캄캄하게 하리만큼 나를
괴롭혔으며, 도시 내가 어디에 있는지 정신을 차릴 수
도 없었다. 나는 센느레를 죽인 것을 후회했다. 당장에
죽어 없어지는 것만이 이 고뇌에서 벗어날 수 있는 유
일한 방법일 것만 같았다. 그러나 바로 이 생각은 불현
듯 정신을 되살려 주었거니와, 하나의 결심을 재촉하였
던 것이다.

"그래, 고통을 벗어나기 위해서 죽다니!" 나는 혼자서
울부짖었다. "그렇다면 애인을 잃는 것보다 더 두려워
하는 재난이 있단 말인가? 아아! 사랑하는 애인을 구출
하기 위해서는 가장 잔혹한 불행까지도 참아 견디어야
한다! 그래도 헛된 일이라면 그때 가서 죽으면 그만 아
닌가."

나는 다시 마을로 돌아갔다. 집으로 가본즉, 마농은
공포와 불안으로 거의 죽은 사람이나 다름없었다. 내가
돌아온 것에 그는 용기를 회복하였다. 나는 방금 일어
난 끔찍한 불행을 숨길 수도 없어 전말을 들려 주었다.
센느레가 죽은 일, 내가 상처 입은 일들을 들은 그는
그만 정신을 잃고 내 품안에 쓰러졌다. 나는 십오 분이
나 걸려 간신히 그의 의식을 회복시켰다. 나 또한 빈사
상태였다. 그와 나의 안전을 어떻게 도모할 것인지 도
무지 희망이 보이지 않았다.

"마농, 어떻게 하면 좋겠소?" 다소 원기를 회복하는

것을 보고 나는 말하였다. "아아! 어쩌면 좋단 말이오. 필연코 나는 떠나가야 하오. 당신은 마을에 머무르겠소? 그래, 여기서 살아요. 아직도 당신은 행복할 수 있으니 말이오. 그리고 나는 당신을 떠나 멀리, 야만인들의 무리 속에, 야수들의 독아 속에 죽음을 찾아가겠소."

그는 기력을 잃었음에도 기어이 몸을 일으키더니, 내 손을 마주잡고 문 밖으로 끌고 갔다.

"같이 도망가요. 한시도 지체해서는 안 돼요. 센느레의 시체가 어쩌면 발견되었을지도 모르니, 그러다가는 달아날 여유도 없어요."

"하지만 사랑하는 마농!" 나는 정신을 잃은 채 말을 이었다. "도대체 어디로 간단 말이오? 무슨 희망이라도 있단 말이오? 그보다는 나 없이라도 여기서 살기로 하고, 나는 자진해서 촌장에게 목숨을 갖다 바치는 편이 좋지 않겠소?"

이런 얘기는 도리어 달아나자는 그의 성화에 부채질을 할 뿐이었다. 그를 따라가야만 했다. 그러나 집을 나설 때 나는 방에 있는 독한 술 몇 통과 호주머니에 넣을 수 있는 한 식료품을 가지고 가는 것을 잊지 않았다. 옆방에 있는 식모와 하인에게는 저녁 소풍을 하러 나간다고 이르고—그것은 우리들의 매일의 습관이었다—우리들은 마농의 연약한 몸으로는 무리랄 만큼 빠른 걸음걸이로 마을에서 멀어졌다.

나는 어느 곳에 숨어야 할지 아직도 갈피를 잡지 못했지만 적어도 두 개의 희망이 있었으니, 그마저 없었더라면 마농의 신상에 그 무엇이 닥쳐 올지도 모르는 불안보다는 차라리 죽음을 택했을 것이다.

이 서글픈 희망과 더불어 또 하나의 기대가 있었다. 그것은 우리들과 같이 이 신대륙에 식민지를 가지고 있는 영국인들에 대한 것이었다. 그러나 하도 먼 지방이라 걱정스러웠다. 그들의 식민지까지 가기 위해서는 며칠이나 걸리는 황량한 벌판을 가로질러야 하며, 억세고 사나운 대장부 사나이도 힘들 지경인 높고 험한 산을 넘어가야만 했다. 그러나 다음의 두 가지 희망에 기대를 걸고 용기를 얻었다. 즉, 야만인이 우리들을 인도해 줄 것이요, 영국인이 선선히 맞이하여 줄 것이라는 희망이었다.

우리는 마농의 힘이 닿는 데까지 걷고 또 걸어 거의 이십 리나 왔다. 비길 곳 없는 상냥한 나의 애인은 내가 쉬어 가자고 권했으나 끝내 듣지 않았다. 벌써 어둠이 깃들였다. 우리들은 광막한 들 한복판에, 몸을 부지할 오직 한 그루의 나무도 찾아볼 수 없어, 그만 주저앉았다. 그는 대뜸, 떠나오기 전에 상처에 감아 준 붕대를 갈겠다는 것이었다. 아무리 사양했으나 듣지 않았다. 자기 스스로의 건강을 생각하기 전에, 우선 내가 평안하고 위험 없는 몸인 것을 확인하지 않고서는 만족할 수 없는 자기의 뜻을 어긴다면, 그것은 자기를 죽도록 괴롭히는 것이나 다름없다는 것이었다. 나는 잠시 그의 원대로 몸을 내맡겼다. 말없이 그리고 부끄러운 마음으로 정성어린 간호를 받았다.

그러나 그가 자기의 애정을 만족시키고 난 다음에는, 이번에는 나의 애정이 불같이 끓어올랐다. 나는 입고 있던 옷을 죄다 벗어, 땅바닥이 너무 딱딱하지 않도록 그의 등 밑에 깔았다. 싫다는 사양을 무릅쓰고 조금이라도 편히 해주려는 나의 정성을 받아들이도록 타일렀다. 나는 그의 손을 뜨거운 키스와 불타는 입김으로 따뜻이 해주었다. 밤새도록 그의 곁에서 망을 보고, 그를 위하여 아늑하고 조용한 잠을 하느님께 기도하며 날을 밝혔다. 오오, 하느님. 그 얼마나 저의 기도는 열렬하고 진지했던가요! 그럼에도 그 기도를 들어 주시지 않았으니 그 얼마나 심판이 가혹했던가요!

목숨을 끊을 듯한 이 얘기를 몇 마디로 끝마치더라도 용서 하기 바란다. 일찍이 그 유례를 찾아볼 수 없는 비참한 얘기를 들려 드리려는 것이다. 나의 온 생애는 그것을 슬퍼할 운명을 지니고 있다. 하지만 한 번도 잊은 일은 없으면서도, 막상 이야기하려 하면 내 혼은 그만 공포에 몸서리치며 물러서는 것이다.

우리들은 조용히 몇 시간인가 지냈다. 나는 사랑하는 마농이 잠든 것으로만 생각하고, 혹시 깨우지나 않을까 두려워 숨조차도 크게 쉬지 못하였다. 그러나 새벽녘이 되어 그의 손을 만져 본즉 얼음같이 차고 벌벌 떨고 있는 것이었다. 나는 그 손을 녹이려고 품속으로 끌어당겼다. 이 동정에 눈을 뜬 그는 내 손을 잡으려 애쓰면서, 가냘픈 목소리로 이제는 마지막 때가 왔나 보다고 속삭였다. 처음에는 이 말을 역경에서 흔히들 지껄이는 푸념으로만 믿고, 나는 사랑의 정다운 위안의 말로 대답할 따름이었다. 그러나 가빠진 숨결과 내 물음에 대한 그의 침묵, 그리고 가만히 쥐고 있던 내 손을 꽉 움켜쥐는 손의 힘 등은 나로 하여금 그의 생애의 최후가 가까워 왔음을 직감케 하였다.

아, 그때의 나의 심정이며 임종 때의 그의 모습을 어찌 감히 이야기할 수 있겠는가. 나는 그를 잃은 것이다. 숨이 끊어지는 순간까지도 그는 사랑의 표시를 보여 주었다. 이 비참하고도 숙명적인 일에 대하여 있는 기력을 다하여 감히 말할 수 있는 것은 이것이 전부이다.

내 영혼은 그의 넋을 따르지 않았다. 하느님은 아마도 내가 충분히 벌을 받지 않은 것으로 생각하셨던 모양이다. 하느님은 그 뒤로도 내가 비참하고 애처러운 생애를 보낼 것을 원하신 것이다. 하기야 나도 행복한 생애는 단념한 셈이다.

나는 사랑하는 마농의 얼굴과 손에 입술을 갖다 댄 채 일 주야 이상이나 그대로 머물러 있었다. 같이 죽자는 심산이었다. 그러나 이튿날 아침 문득 생각나기를, 내가 죽은 다음에는 그의 시체는 야수의 고기밥이 될 뿐이라는 것이었다. 그리하여 시체를 파묻고, 그 무덤 위에서 죽음을 기다리기로 마음먹었다. 굶주림과 상처로 말미암아 쇠약한 나도 죽음이 가까워졌는지라, 서 있기에도 대단한 노력이 필요하였다. 그리하여 가지고 온 술의 힘을 빌릴 수밖에 없었다. 술로 다소 기력을 차린 나는 이 슬픈 작업을 시작하였다. 그곳의 땅을 파는 일은 별로 힘들지 않았다. 모래 덮인 들판이었기 때문이다. 흙을 파기 위하여 칼을 사용했는데 꺾어지고 말았다. 그러나 오히려 손이 더 편리한 도구였다. 이윽고 커다란 구멍이 파졌다. 모래가 살에 닿지 않도록 조심성 있게 내 옷으로 몸을 싼 다음, 내 가슴의 사랑의 우상을 그곳에 눕혔다. 나는 그지없는 사랑의 열정을 다하여 수천 번 그에게 키스를 퍼부었다. 그의 곁에 앉아 넋을잃고 바라만 보았다. 끝내 무덤을 덮을 결심을 하지 못하였다. 그러나 마침내 나의 기력도 다시 쇠약해 가자 일이 끝나기 전에 온통 기력을 잃을까 두려운 생각이 들었으므로, 나는 일찍이 이 땅 위에 존재한 가장 완전하고 가장 사랑스런 것을 영원히 대지의 품속에 묻었던 것이다. 그러고 나서 나는 모래에 얼굴을 파묻고 무덤 위에 엎드렸다. 두 번 다시 뜨지 않을 양으로 눈을 감은 채, 하느님의 손길을 찾아, 오직 죽음만을 애처롭게 기다렸던 것이다.

아마 믿기 어려운 이야기겠지만, 이 처량한 작업을 하는 동안 나는 한 방울의 눈물도 흘리지 않았거니와 단 한 번의 한숨도 짓지 않았다. 너무나도 깊은 낙심과 확고한 죽음의 결심은, 절망이며 고통의 온갖 표현의 길을 끊어 버렸던 모양이다. 그리하여 무덤 위에 엎드려 누운 지 얼마 되지도 않아, 조금 남아 있던 의식이며 감각도 어느 결엔가 사라져 버렸다.

여기까지 들은 후에는, 다음 이야기의 결론은 하찮은 것이요, 굳이 들을 만한 얘깃거리도 못 된다. 센느레의

몸을 마을로 운반하여, 그 상처를 세밀히 조사하여 본
즉, 그는 죽지 않았을 뿐만 아니라, 받은 상처 또한 치
명적인 것이 아님이 밝혀졌다. 그는 자기 아저씨에게
우리들의 싸움을 이야기한 것인데, 그는 관대하게도 나
의 아량 있는 행동을 공포케 하였다. 그리하여 사람들
을 보내 나를 찾게 한 것인데, 마농과 더불어 내가 보
이지 않았으므로, 우리가 도주한 것으로 추측하였던 것
이다. 그러나 뒤를 쫓아 따라가기에는 너무 늦었기 때
문에, 그 이튿날, 그리고 그 다음 날로 우리들의 수색이
계속되었다. 이윽고 사람들은 마농의 무덤 위에 죽은
듯 늘어져 있는 나를 발견하였다. 그들은 거의 벌거숭
이요, 상처로 피투성이가 되어 있는 나를 보고서 틀림
없이 도적맞고 피살된 것으로 믿었던 것이다. 그들은
나를 마을로 싣고 갔다. 운반하는 동요로 말미암아 나
는 의식을 회복하였다. 눈을 뜨고 아직도 살아 있는 인
간들 사이에 있음을 저주하며 깊은 한숨을 내쉬었는데,
이것으로 그들은 아직 구조의 희망이 있음을 깨달은 모
양이었다. 그들은 극진한 간호를 베풀었다.

　그러나 나는 좁은 감방에 갇히게 되었다. 나는 예심
을 받았다. 알고 본즉, 마농이 나타나지 않았으므로 내
가 분노와 질투에서 그를 죽인 것이라는 혐의였다. 나
는 사실 그대로 서글픈 이야기를 들려 주었다. 쎈느레
는 이 얘기를 듣고 미칠 듯 괴로워하였으나 관대하게도
나의 특사를 청원하였다. 청원은 수리되었다. 기력을
잃을 대로 잃은 나는 감옥에서 곧 침대로 실려 가야 했

으며, 그후 나는 중병으로 말미암아 석 달 동안이나 병석에 누워 있었다.

생(生)에 대한 나의 원한은 가실 줄 몰랐다. 끊임없이 죽음을 원하면서 오랫동안 모든 약을 물리쳤다. 그러나 하느님은 그토록 가혹한 형벌을 내리신 끝에, 마침내 이 불행과 벌을 유익한 것으로 살려 주시려 한 것이었다. 하느님은 그의 광명으로 내 눈을 뜨게 하셨으니, 나의 가문과 교육에 합당한 가지가지 생각을 일깨워 주셨다. 마음속에 다시금 평온이 되살아 오자 병세도 호전되어 갔다. 나는 명예심을 도로 찾았으며 하잘것없는 작은 직책에 충실을 답하면서 매년 한 번씩 이곳 아메리카 식민지에 들어오는 프랑스 선박을 기다렸다. 나는 조국으로 돌아가서 어질고 절제 있는 생활을 함으로써 지금까지의 방종한 행동을 속죄하려고 마음먹었다. 셴느레는 호의를 베풀어 그리운 나의 애인의 시체를 훌륭한 장소로 이장하여 주었다.

내가 원기를 회복한 지 약 여섯 주일이 되는 어느 날, 해변가를 혼자 거닐고 있느라니 한 척의 상선이 누벨 오르레앙으로 들어오는 것이 보였다. 나는 선원이 배에서 내리는 것을 유심히 바라보았다. 그리고 마을로 향하는 사람들 가운데 티벨쥬를 발견하였을 때는 한없이 놀랐다. 이 충실한 벗은, 오랜 비탄으로 변한 나의 모습에도 불구하고 멀리서 곧 나를 알아보았다. 그는 말하기를, 그의 여행의 유일한 동기는 나를 만나 보고, 프랑스로 나를 데려갈 희망에서라는 것이었다. 르 아브

르에서 내가 써보낸 편지를 받아 보고 요청대로 도와주
려고 몸소 달려 갔었으나 이미 떠나간 것을 알았을 때
는 죽도록 괴로웠으며, 만약 뒤이어 출항하는 배라도
있었으면 곧 내 뒤를 쫓았을 것이라고 말을 이었다. 그
래 몇 달을 두고 이 항구 저 항구에서 배를 찾다가, 마
침내 쎙 마로에서 라 말티닉크로 향하는 배를 발견하였
기에, 그곳에서 누벨 오르레앙으로 건너가는 선편은 쉬
있으리라는 예산에서 그 배에 올라탔던 것이다. 그 배
는 도중 스페인 해적의 습격을 받아 놈들의 섬으로 끌
려 갔었는데, 교묘히 탈출하여, 이곳 저곳 헤매다가, 방
금 다다른 작은 배를 만나 다행히도 내가 있는 곳에 올
수 있었다는 것이다.

　이토록 너그럽고 충성스런 벗에게 나는 무어라고 감
사를 표시해야 좋을지 몰랐다. 나는 그를 집으로 데려
갔다. 그리하여 충심으로 환대하였다. 나는 프랑스를
떠난 후 내게 일어난 모든 일을 이야기해 주었거니와
그에게 의외의 기쁨을 주기 위하여, 일찍이 그가 내 가
슴속에 뿌렸던 미덕의 씨가 만족스런 열매를 맺기 시작
하였다고 밝혔다. 이 말을 듣자 그는, 이렇듯 감격적인
약속은 그 동안의 모든 여행의 피로를 보상하고도 남음
이 있다고 다짐하는 것이었다.

　우리들은 프랑스의 선박이 도착하는 것을 기다리느라
고 누벨 오르레앙에서 같이 두 달을 보냈다. 마침내 항
해에 오른 우리들은 십오일 전에 르 아브르 드 그라스
에 상륙하였다. 도착하자 곧 가족에게 편지를 썼다. 형

의 답장으로 나는 아버지의 별세란 슬픈 소식을 알게
되었다. 나의 방종한 생활이 그 원인은 아닌가 생각되
어 송구스런 마음으로 몸서리칠 따름이었다. 카레에 건
너가기에 알맞는 순풍이라 나는 곧 배에 올라탔다. 이
마을에서 몇십 리 떨어진 곳에 있는 친척되는 귀족의
집으로 가는데, 그곳에서 형님이 기다리기로 되어 있는
것이다.

옮긴이 약력

서울대학교 물리과대학 불문과 졸업
소르본 대학에서 1년간 불문학 전공
서울대학교 사범대학 교수 역임

역   서
사르트르 《벽》
카뮈 《유적과 왕국》
보들레르 《나심》
파스칼 《팡세》
F. 사강 《마음의 푸른 상흔》

마농 레스코 〈서문문고 50〉

초판 발행 / 1972년 9월 15일
개정판 1쇄 / 1997년 12월 5일
옮긴이 / 이   환
펴낸이 / 최 석 로
펴낸곳 / 서 문 당
주 소 / 서울시 마포구 동교동 103-7호
전 화 / 322—4916~8 팩스 / 322-9154
등록일자 / 1973. 10. 10
등록번호 / 제13-16

* 잘못된 책은 바꾸어 드립니다

서문문고 목록

001~303
◆ 번호 1의 단위는 국학
◆ 번호 홀수는 명저
◆ 번호 짝수는 문학